田金平
李丽 著

葛浩文与
中国当代文学的
描述性研究

北京 外语教学与研究出版社

图书在版编目（CIP）数据

葛浩文英译中国当代文学的描述性研究 / 田金平，李丽著. -- 北京：外语教学与研究出版社，2022.7（2023.6 重印）
ISBN 978-7-5213-3774-7

Ⅰ. ①葛… Ⅱ. ①田… ②李… Ⅲ. ①中国文学－当代文学－英语－文学翻译－研究 Ⅳ. ①I206.7②H315.9

中国版本图书馆 CIP 数据核字（2022）第 120337 号

出版人　王　芳
责任编辑　聂海鸿
责任校对　闫　璟
封面设计　覃一彪
出版发行　外语教学与研究出版社
社　　址　北京市西三环北路 19 号（100089）
网　　址　https://www.fltrp.com
印　　刷　北京天泽润科贸有限公司
开　　本　650×980　1/16
印　　张　13.5
版　　次　2022 年 7 月第 1 版 2023 年 6 月第 2 次印刷
书　　号　ISBN 978-7-5213-3774-7
定　　价　56.90 元

如有图书采购需求、图书内容或印刷装订等问题，侵权、盗版书籍等线索，请拨打以下电话或关注官方服务号：
客服电话：400 898 7008
官方服务号：微信搜索并关注公众号"外研社官方服务号"
外研社购书网址：https://fltrp.tmall.com

物料号：337740001

前　言

　　文学翻译作为一种语言文化交流的书面手段，承载着过去、现在和未来。无论人类社会进化到何种程度，借助文学翻译文本了解其他民族的社会、历史和文化是一个永恒不变的渠道。不夸张地说，只要人类社会存在，文学翻译将伴随其存在。文学翻译的人工操作是实现文学文本个性化的前提。即便随着科学技术的飞速发展，人工智能翻译日趋完善，某些智能辅助翻译手段在时间上、数量上以及某些领域的质量上都超越了人工翻译的能力，人工翻译文学的地位和价值也是无法撼动的。

　　文学翻译的人工操作具有不可替代性。首先，文学作品中千变万化的个性文体特征、独具魅力的用词和别具一格的句式，都无法通过智能化的语言进行普遍性、规律性的处理。这意味着文学一定要有文学性。从这层意义上说，译者是先欣赏认同了作者，然后将其文本用自己理解的方式给予传达。换句话说，译文可视为译者对原作的理解和注释。由此产生的千人千面及千种不同译本，为翻译理论研究提供了无穷尽的研究材料，有历时性的纵向比较意义，也有共时性的横向比较含义。这些研究材料也会随着时代的变迁不断输入新的理念，现有的宏观和微观理论得以修正、提高、拓宽和完善，形成新的理论体系。反过来，这些理论又有助于翻译实践的提高，让文本更好地发挥翻译的作用，达到翻译的宗旨。因而，探讨翻译实践文本，尤其是文学翻译文本从来都不过时。它不是迎合某一理论，也不是证明某个理论或流派存在的合理性或解释的权威性。

　　描述性文学翻译语篇研究就是要展示译者面对多元化元素，如何处理语言体系客观规定的强迫性要求和自主权与灵动性并存的主观选择倾向。这些倾向就某一个译者个体而言，有一定的相对规律性，并且这样的处理在绝大多数情形下是在我们认同的范畴内。所以，它可以视为翻译教学和翻译实践的相对准则和规范行为，对于提高翻译实践有很大的启发和促进作用。

就"中译英"翻译实践本身而言,"懂"与"会"之间存在着很大的距离。我们看别人的译本,尤其是公认优秀的或争议很大的译文,大约都有过这样的经历和体验:有些译文不论是遣词造句,还是句法调整与重组,恐怕都是可望而不可及的。也就是说,连"懂"的层面也有待学习。所以,在前言部分,我们必须坦言,本书命名为《葛浩文英译中国当代文学的描述性研究》,其写作初衷是通过描述翻译语篇,更好地向译者学习,体会其高超的翻译技能和娴熟的策略应用,以促进今后的翻译教学和争取进一步提高自身的翻译实践能力。

此外,选择中、短篇文本并不是要突出什么迥异的翻译现象,只是相对于长篇而言,以中、短篇为语料的研究成果比较少,这样做也是对现有研究内容的一个补充。

最后,本书作者认为,再高深的理论探讨,包括纯理论建设,最终目的是要成就翻译实践的目标,我们不是为搞理论而抽象地研究理论。毕竟,翻译文本是翻译问题的源泉,解决翻译中的实际问题,才是翻译研究的终极目标。格局不大,见识有限,大家海涵。

田金平　李丽
2020 年 7 月于临汾

目 录

第一章 绪论 1
  第一节 葛浩文及其中国文学翻译概述 1
  第二节 葛浩文英译文本的学术研究现状 7
  第三节 葛浩文英译文本语篇的材料组成 13
  第四节 研究译文语篇的意义 17

第二章 《干校六记》译文语篇——主题研究 20
  第一节 《下放记别》中的衔接与连贯 22
    1. 衔接与连贯 23
    2. 原文与译文的结构特征对比 24
    3. 连贯及显性连接词的使用对比 24
      3.1 显性衔接——翻译文本的语篇功能体现方式 25
      3.2 原文与译文的语篇连贯性对比 30
  第二节 《凿井记劳》译文中的"偏离"现象分析 31
    1. 概念功能与语域理论的关系 32
    2. 《凿井记劳》原文的语场 34
    3. 《凿井记劳》原文的文体特色及语式 35
    4. 译者特定功能语旨的选择应用 36
    5. 《凿井记劳》译文中的偏离现象分析 36
      5.1 负偏离的现象及原因分析 36
      5.2 偏离现象导致信息量的扩大 39
      5.3 正偏离的现象及原因分析 44
  第三节 场域理论视角下《学圃记闲》的译文解析 47
    1. 物理场传译中双语文本的地理环境近似度较高 48
    2. 心理场域差异带来的文本趋异 49
    3. 心理场域贴近——情感语义的选词与原文趋同 53

4. 心理场域近似度高——平行结构的谋篇形式趋同 55

第三章　《千万别把我当人》语言特色的英译描写研究 57
　　第一节　讽刺官僚主义的语言描述及英译 60
　　　　1.1 公文体语言特征概述 60
　　　　1.2 公文体语言特征的英译重构 61
　　第二节　铺陈式赞誉词的英译分析 66
　　　　2.1 铺陈式修辞语言的概念及渊源 66
　　　　2.2 铺陈式修辞的英语传译分析 67
　　第三节　区域特色的调侃语言的英译描述 72

第四章　《玉米》译文语篇面面观 89
　　第一节　从语义角度看译文中描述"施桂芳"时的动词选择 91
　　第二节　文化差异下的原文比喻性语言及度量单位的英译 94
　　第三节　粗话的英译 100
　　第四节　译文句法词汇省略及改变的理据分析 104
　　第五节　作者的评论性语言的等值性客观转换 136
　　第六节　乡土语言的英译描述 141
　　第七节　汉语特色句法的英译转换描述 164
　　第八节　改写 183
　　第九节　数字表示的笼统概念词的英译 196
　　第十节　无力解释的英语翻译现象 199

结语 202

参考文献 205

第一章
绪论

绪论部分旨在为完成后续研究内容铺设路径，为主体研究部分做好铺垫和预备工作。本章主要从总体上说明该研究的相关文献收集和整理过程，收集和整理的文献主要包括葛浩文（Howard Goldblatt）与中国现当代文学的渊源，译介中国文学的机遇及历史发展的特定时期赋予的机会。此外，本书也陈述了研究中面临的具体问题以及解决问题的方式方法，同时交代了写作的初衷和意愿。

第一节　葛浩文及其中国文学翻译概述

一提到葛浩文，业内人士，甚至普通大众首先想到的就是，他是一位汉学家、翻译家。葛浩文1939年生于美国加州长滩，1961年毕业于加州一所社区大学并获得学士学位。之后，入伍参加了美国海军，被派驻中国台湾4年，自此开始接触中文并产生了浓厚的兴趣。因此，他随后继续留在台湾，入台湾师范大学系统学习汉语（孙会军，2016：9）。

返回美国后，葛浩文在旧金山州立大学开始读研，拜许芥昱为师，1970年获得硕士学位并留校任教。一年后，他又转入印第安纳大学东亚语言与文学系，专攻中国文学专业，师从柳无忌先生（柳亚子先生的儿子），并于1974年毕业，获得博士学位（孙会军，2016：9）。

在把中国现当代文学译介到英语世界的国内外翻译家中，葛浩文是当之无愧的翘楚，翻译成就令人瞩目。就其翻译范围区域而言，涉及大陆（内地）、台湾和香港。据不完全统计，其翻译作品涉猎的中国作家有近五十位之多，按照译文出版先后顺序有：朱自清，黄春明、谢霜天、陈若曦、萧红、李昂、白先勇、东方白、萧军、袁琼琼、杨绛、林斤澜、王蒙、端木蕻良、汪曾祺、高晓声、王安忆、刘宾雁、萧飒、艾蓓、闻一多、阿城、莫言、刘恒、苏童、王朔、李锐、刘心武、王祯和、潘人木、格非、虹影、朱天文、巴金、施叔青、朱天心、贾平凹、阎连科、刘震云、姜戎、老鬼、毕飞宇、老舍、阿来、张洁等，他们当中的现当代作家，大概是三十二位。所涉猎的翻译体裁包括短篇、中篇及长篇小说，散文，戏剧等多种形式。

葛浩文译作分为独立完成和与他人合作两类，前者居多。从发表日期看，起始于20世纪70年代末至21世纪的最初十几年，与我国的改革开放的发展时期几乎同步。据孙会军在其《葛浩文和他的中国文学译介》中不完全的统计，葛浩文翻译的作品中有小说46部，其中所译最多的是莫言的作品（10部，最早的是《红高粱家族》，1993年由纽约的Viking Penguin出版社出版）。其次是苏童4部，贾平凹2部，刘恒2部，姜戎2部，其他作家的作品各1部。

葛浩文与他人合作翻译小说共10部，其中与夫人林丽君合译较多。合译小说包括毕飞宇的作品3部，阿莱的作品2部。同样，其他作家的作品各1部。

文学翻译吃力不讨好是不争的事实。然而，葛浩文却将自己的毕生精力用于研究、翻译并介绍中国文学。葛浩文是怎样成为优秀的翻译家的呢？四川大学的杨武能教授认为，翻译家是学者兼作家的结合体（金圣华，1997：21）。

葛浩文首先具备学者的身份。他翻译中国文学与他长期深入地学习和研究中国文学是分不开的。孙会军教授的研究结果表明，葛浩文研究中国文学作品先于他的翻译中国文学作品。"葛浩文的学术研究应该说开始于攻读博士学位期间。在确定论文选题过程中，他研究过中国古典小说、元杂剧、鲁迅和左翼作家的作品，也研究过田汉的戏剧和朱自清的散文。"（孙会军，2016：9）。

特别值得一提的是，在博士论文的基础上，葛浩文写出了 *Hsiao Hung*（《萧红评传》）一书，1976年由特怀恩出版公司（Twayne Publishers）出版。这是他的第一部专著，也是国内中国文学界最早研究萧红的学术专著（孙会军，2016：9）。从某种意义上说，萧红、萧军的文学作品再次走进人们的视野，引起人们的极大关注，葛浩文的推介功不可没。

1978 年是葛浩文文学研究的转折点。在此之前，"葛浩文对于中国文学的研究几乎完全集中在对古代和现代作品的研究和分析上，而从 1978 年 6 月开始，他的学术研究开始进入一个全新的阶段。"（孙会军，2016：11）众所周知，1978 年是中国改革开放的起航年，中国政治、经济、文化开始进入全面复兴的新时期，中国文学也迎来了复苏、发展的崭新阶段。比如，《文艺报》在 1978 年 7 月复刊一事，最早就是由葛浩文借助 World Literature Today，向西方世界介绍中国当代文学史上这一具有历史意义的标志性事件。"《文艺报》的复刊，预示着文学艺术领域的思想解放，标志着文学创作的新生。《文艺报》复刊无异于中国文学领域的一场文艺复兴。"（Goldblatt, 1979）。

这场文艺复兴意味着样板戏一统文艺天下的局面结束。文学艺术不仅仅是服务于阶级斗争的武器，它还有更宽广的多层面的功能，这标志着在中国，文艺政策以及人们对文学使命的认识都有了新的发展和拓宽。同年，正是葛浩文将中国文学界的这些新动态以文章的形式引介给西方学术界。1981 年，他在 World Literature Today 上发表题为 "Fresh flowers abloom again, Chinese literature on the rebound"（《鲜花重放：反弹中的中国文学》）一文，让西方学者看到中国文学已经进入了一个新的发展阶段，在文艺政策以及对文学使命的认识方面发生了革命性转变（孙会军，2016：12）。随后的岁月里，他不仅全面地梳理了中国现代小说，还以学术论文、随笔等形式出版了他的研究成果。经过这一番研究，葛浩文对中国现代小说具备了较为全面的了解和掌握，为后续翻译的文本选择和实践操作打下了坚实的基础。丰沛的研究成果为中国现代小说的英语传播研究和他本人的文学翻译活动研究都提供了丰富的文献资料。

译界前辈和同仁一致公认，长期从事研习汉语和中国文学，奠定了葛浩文透彻理解原作作者思想与作品文化背景的基础，在翻译过程中与汉语原作产生共鸣，理解并接受原语所依赖的社会语境。同时，作为英语母语翻译家，他对目的语文化与习惯熟稔于心。在翻译操作的过程中，有能力驾驭双语——这里所说的能力是高水准的英汉写作能力，可与作家相媲美。他能够娴熟地按照一定的路径，自然地将原语信息内容和形式在不破坏目的语的前提下，最大化地带入目的语。在形成译文时不仅复制了原语，还通过目的语尽可能地弥补原语意义的缺失，或局部进行必要的合理化调整，同时为目的语带入了新的内容，让翻译的跨文化意义得以彰显。

作为一名译者，对待原著，葛浩文持这样的态度："以我所见，对'好的'文学作品，要是持有狭隘的、僵化的看法，那就关上了太多太多艺术欣赏的大门。译者要为全世界的人送上文学瑰宝，这些瑰宝使我们大家在众多方面变得更加富有，绝不是说要推崇所谓的文学性，就把差异性拒之门外。"（葛浩文，2014：236）由此可见，葛浩文对于译者身份抱持着独到见解。在"Border Crossings: Chinese Writing, in Their World and Ours"一文中，葛浩文对于译者的角色进行了界定，认为文学翻译工作者所扮演的角色是文化之间的协调员（Goldblatt, in Dale 2004: 211-213）。他在"自访录"中，也有类似的表述："……我们是译者，翻译是我们的职业。……仅仅以我们自己的文化来判断文学标准，不从中国文化的角度评判他们的写作，据此接受或拒绝翻译他们的作品，那我们不是傻瓜嘛。这话我早就说过，在此有必要再说一次，在文学上或文化上，唯我为大，这对译者是不适用的。"（葛浩文，2014：246）

论及葛浩文的翻译观和翻译原则，他支持赞同乔治·斯坦纳的翻译观点："在所有的翻译作品中，百分之九十是不完全的（inadequate）。"因为，"翻译不可能复制原著，只能对原著进行弥补。"（Goldblatt, 2014）"所有的译者都承认，一部作品被翻译到另外一种语言当中，这个作品就被改头换面了，被改变了……翻译本身就是不完全的，但是如果我们想让这个作品在空间上和时间上拓展它的生命的话，我们就必须接受不完全的翻译。"（ibid）笔者认同这一观点，即："翻译本身就是不完全的"。换句话讲，正如乔治·斯坦纳所言："翻译即阐释"。这是翻译的本质。译者作为个体存在，从理解原文到产出译文的过程中，都会在潜意识里输入一定程度的个人认知体验和认知局限，与原作产生实质的距离感，造成理解层面的不全面。

另一层面的不完全则体现在译文的产出过程。即使译者的主观目标意在忠实复写原文，但首先难以跨越的是英语和汉语两种语言之间的意指差异性，由此带来的词与词、句与句之间的低对应性，导致转换难度极大。其次，译者长期依赖的目的语文化背景已经深植于其意识形态、诗学理念等，无形中会展露在译文的字里行间。不止如此，外部环境的操纵，比如出版社的编辑、赞助方等不容商量的要求，都会左右译文的最后形成。最终，与读者见面的译文出版物可能出于译者主观因素进行了调节、删改，甚至大篇幅删除，及来自外在的种种其他因素，再次佐证了"翻译是不完全的。""翻译即重写"可谓翻译的本质诠释。

翻译的过程既然是译者重写的过程，由此引发出另一个问题——翻译评论应该怎样做？这让我们又回到了一个绕不过去的问题：即伴随着翻译实践之始，翻译理论的建设就从未停止过。中外翻译历史上长期存在的"直译"与"意译"之争、"忠实论"的辩证，以及当今不仅仅是文学的翻译概念，而是引用了各科学术研究成果，融入了翻译研究并且多角度，多层次甚至跨学科的解说，比如"翻译语言学""翻译阐释学""翻译伦理学""翻译哲学""生态翻译学""功能翻译学""动态对等理论"以及"等值说"等等，实则它们都在回答一些本质的问题：翻译在操作层面的运行机制？翻译的目的及文本的作用如何评价？评价机制和依据又是如何确立才可谓客观？甚至提出科学性的趋势或前瞻性。以上问题无一不渗透在翻译评论的原则确立和过程中。其结果是众说纷纭，莫衷一是，带来了翻译理论及翻译评论百花齐放百家争鸣的景象。从实践上积极地推进翻译学的建设和翻译实践的提高，同样在客观上说明了翻译呈现的现象，其背后涵盖着多种学科的综合应用，非一家之说可统领全局。由此推论出翻译的多元性和标准的相对性，以及在翻译内容和目的的前提下，翻译实践的规范和规约制定的必要性。

再回到文学翻译的评论话题，更是仁者见仁，智者见智，其复杂性远远超出了其他类型体裁的翻译文本处理。一般评论翻译，包括对一般性文本翻译的基本原则，其实践基础来源多数是对文学文本翻译的总结和概括。葛浩文则表示，"人家指出问题，我总是心存感激，多少也有些不安，但我仍然希望大家能从更宽的视角评论我的译作，从一整部作品的忠实度（fidelity）上判定作品的成功度（degree of success），如语调、语域、清新度、魅力、优美的表达，等等。要是因为一个文化的或历史的所指没有加上脚注，或者，因为一个晦涩的暗指解释不当，据此批评译文没能对等（悲哀但又是真的），这种批评是没有益处的。"（葛浩文，2014：239）

　　葛浩文的态度清晰地表明了他对文学翻译所持的基本思想。首先，会尽其所能地忠实于原作，但是这并不意味着逐词逐句地移译作品进入目的语。从宏观角度遵从原著的基本基调，还原文学作品本来的味道。他并不否认翻译过程中的丢失，比如文化注解的度和量，以及个别晦涩词语的确切含义，例如，避免不了一个多义词在目的语中的无法对应性而必须做出的取舍，虽结果往往不尽如人意，但是瑕不掩瑜。旨在劝诫很多刚刚踏入翻译研究领域的新人，翻译批评重在翻译建设，理论建设的最终目的是更好地服务翻译实践任务的完成，而不是凌驾于实践之上的抽象概念，更不是为理论而作理论。翻译理论的多学派说明人们对待翻译有了更深层次的理解，翻译学与各学派之间的关系是互为依存，多角度、多元化的整体构建。没有孰强孰弱之分，理论出现只有时间概念的先后之分，传承中有发展、延伸。不能因强调自我体系的完整性，而攻击其他的缺陷和不足，紧紧抓住翻译文本的个别微观事实遗漏现象，或不恰当之处用严厉批评的口吻指责译者。译者的翻译水准远远超出了批评者的掌控范围，批评者文学水平的局限导致理解力不到位，误解误读带来的对译者及作品的横加指责，不利于建设良性的学术环境，更不宜于翻译学术的建设和发展。尤其表现在本科生和硕士研究生的翻译类毕业论文中，主观上不是恶意之举，但评论方法有待正确引导。

　　笔者同意葛浩文对待文学作品的翻译文本的态度。一个文本的最终形成，表面上执笔人是译者，翻译过程中影响译本最终形成的因素众多，部分已经不在译者的主观操控范围内，致使译者成为执行者。评论者面对静态文本，有必要客观地描述出它承载了原著的哪些特质，具体删除、改写、调整或弥补了哪些内容，这些策略的实施传递了什么信息，成就了文本哪些方面的文学性。甚或检测作者的策略实施存在语言差异等必然的强迫性。描述性研究有助于提高对翻译文本的鉴赏，更好地辨析良莠不齐的译作之间的差异,以便明确地把握翻译的尺度和处理原则。亦有助于翻译教学水平的提高,提供丰富语料,增进翻译实践能力。葛浩文赞同"文学翻译是可以传授的,但是理论不能挡道。"(葛浩文,2014:239)这个看似自相矛盾的说法。如果承认翻译本身是不完整的,建立在这个基础上的文本参考价值何在?其实,翻译正如写作一样,写作教学是从词到句再到篇章概念累进教学,优秀作品则融合了诸多基本元素,灵活运用其规则后,有意违背的再创造结果。翻译同样存在一般性的规律原则可循,具体到单独文本,则需采取相应的灵活多变的策略实施,高超的用词技能,附加文本外隐性的各种积累,同时作业,才会产生高水准的译本,成为译界同仁、在校从事翻译教学和研究的高校教师以及专业从事翻译学习的学生值得研读的范本。

以上是选择葛浩文先生的译本作为研究对象的原因所在。正如前面所介绍的,他一边研究中国文学,撰写众多文学评论方面的文章,同时从事文学作品的翻译,至今有40年的历史了。其所译作品以现当代作家的小说为主,涉猎近50个作家的作品。正如孙会军所说,读葛浩文的译作仍旧能读到原作的文学色彩。葛浩文译文已经成为一种翻译现象的说法丝毫没有夸张。

第二节 葛浩文英译文本的学术研究现状

长期以来,翻译界研究跨文化的双语翻译方面,传统研究内容以外译中为主流趋势,特别是涉及现当代的英语世界的作品,以长篇小说居多。而中译外研究多停留在古代或近代中国文学作品上,集中体现在诗经、唐诗宋词方面。相比较而言,元曲杂剧的研究资料较少。近现代小说以四大名著为代表。哲学著作的热译似乎从未降过温,围绕儒学、道教、法学的哲学著作翻译一直延续着,其辉煌时期最早出现在明末,在马祖毅的《中国翻译简史》和陈福康的《中国译学理论史稿》中有大量记载。

中国文学,特别是现当代文学的外译,涉及作家、译作数量以及在国际上的影响力而论,葛浩文取得的成就有目共睹,在中国现当代文学英译领域恐怕是其他人无法企及的（孙会军，2016：191）。他发表过多篇关于中国文学的论文，编写并组织翻译过多部中国文学选集，翻译出版了五十余部现当代中国小说。美国著名文学评论家约翰·厄普代克说过，中国当代小说的翻译，几乎是葛浩文一个人在包打天下[1]。他翻译的作品被刊载在《华盛顿邮报》《纽约时报》以及《纽约客》上，《浮躁》《荒人手记》《生死疲劳》《狼图腾》《河岸》《玉米》因其翻译而获得国际文学奖。2012年，莫言获得诺贝尔文学奖，更是离不开葛浩文多年以来的积极译介和出色翻译。他的译文使西方读者了解到中国文学的美丽，使他们认识到，在中国也有可以和昆德拉、马尔克斯相提并论的作家（孙会军，2016：192）。

笔者赞同孙老师的观点，葛浩文是一个严谨认真的译者"……但最为重要的是他作为翻译家和学者所特有的极高的艺术境界、开放的胸襟、包容的心态、谦虚态度和严谨的作风。"（同上）。毫不夸张地说，葛浩文的英译本能让我们再次感受到中国本土文学的艺术魅力。翻译界长期以来的共识，视葛浩文为成功的翻译现象，其译作进入教学课堂，成为大家探讨学习和借鉴赏析的对象。同时，对葛浩文译本的研究也成为翻译界的热门研究领域，几十年来从未中断过。

以中国知网的统计为基础，搜索主题词"葛浩文"，会得到这样的基本信息：葛浩文（426），英译本（177），翻译策略（126），《生死疲劳》（59），《红高粱家族》（46），《狼图腾》（46），译者主体性（44），《丰乳肥臀》（41），文化负载词（37），主体性（37），文学翻译（36），改写理论（33），生态翻译学（27），英译研究（27），《呼兰河传》（25）。这些数据至少反映了以下几个内容：1）葛浩文译本的翻译研究依然是翻译界的探讨焦点；2）涉猎的相关译本围绕在莫言、姜戎和萧红这些影响力较大的作家的作品上；3）研究方式延续了常见的两种模式：借用理论体系结合文本说明，如上面提到的改写理论等。再者，对于文本的专项（文化负载词），或通识评论（英译策略研究和主体性讨论）也长期占据着议

---

[1] John Updike 2005 年 5 月 9 日发表在 The New Yorker 上面的书评 "Bitter Bamboo: Two Novels from China"。

论的主导地位。

另外,通过 CiteSpace 软件进行统计,也能说明对葛浩文的翻译文本研究依旧是没有丝毫降温的显著翻译热议现象:

葛浩文译学分析 CiteSpace 图谱

发表时间(篇数):CNKI 收录中文期刊论文,2005—2020 年,共 473 篇。具体如下:

2020(18)2019(59)2018(59)2017(65)2016(74)2015(70)2014(64)2013(29)

2012(15)2011(7)2010(3)2009(6)2007(2)2005(1)

以"葛浩文"为关键词的知网期刊搜索结果得到 473 篇论文,第一篇论文发表于 2005 年,下表为论文关键词出现频率最高的前 30 个关键词。

排序	频率	关键词
1	334	葛浩文
2	64	莫言
3	50	翻译
4	50	翻译策略
5	36	《红高粱家族》
6	30	《生死疲劳》
7	28	译者主体性
8	24	文学翻译
9	23	英译
10	22	《狼图腾》
11	21	翻译方法
12	18	忠实
13	18	改写
14	17	《古船》
15	17	文化负载词
16	16	《丰乳肥臀》
17	14	《红高粱》
18	12	创造性叛逆
19	12	语言文化负载词
20	10	《青衣》

(待续)

(续表)

排序	频率	关键词
21	10	《蛙》
22	10	意识形态
23	9	莫言小说
24	8	《骆驼祥子》
25	8	《呼兰河传》
26	8	《酒国》
27	8	翻译思想
28	8	《天堂蒜薹之歌》
29	7	语料库
30	7	生态翻译学

CiteSpace 以突显外环的形式来展示节点是否具有"中介中心度"及其强度。有些节点如"翻译策略""莫言"有明显的突显外环，这说明这些节点具有较高的"中介中心度"。通过聚类分析，得到关于葛浩文翻译研究的 12 个聚类关键节点词。

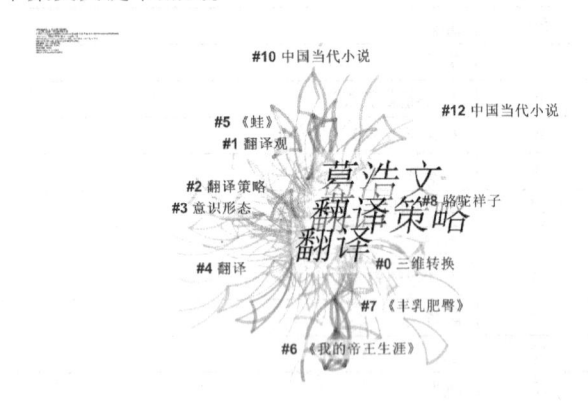

中介中心度也是科学知识图谱中反映关键词重要度的指标，它反映了一个关键词在整个网络中作为"媒介"的能力，即占据其他两个节点之间最短路径的能力。如果没有这个节点，其他两个节点就无法交流。因此，它在整个网络中起着战略性的中介作用，也体现出它对整个网络资源的控制程度。一个关键词的中介中心度越高，意味着它控制的关键词之间的信息流越多。

排序	中心度	关键词
1	0.41	葛浩文
2	0.30	翻译策略
3	0.24	翻译
4	0.19	莫言
5	0.15	《萧红评传》
6	0.14	《生死疲劳》
7	0.11	文学翻译
8	0.11	译者主体性
9	0.11	黄春明
10	0.10	《呼兰河传》
11	0.10	《红高粱家族》
12	0.09	《狼图腾》
13	0.09	英译
14	0.08	中国现代文学
15	0.07	中国当代文学
16	0.06	《丰乳肥臀》
17	0.06	东北作家群
18	0.05	中国现当代文学
19	0.05	改写
20	0.05	文化负载词
21	0.04	创造性叛逆
22	0.04	忠实
23	0.04	意识形态
24	0.04	翻译批评
25	0.03	《天堂蒜薹之歌》
26	0.03	《师傅越来越幽默》
27	0.03	《我的帝王生涯》
28	0.03	《红高粱》
29	0.03	夏志清
30	0.03	翻译方法

上图 CiteSpace 体现的频率最高的 30 个关键词排序与中介中心度的排序基本一致，说明关键词在整个信息网络交流中的枢纽作用。他们构建了主题和信息交流导向。

众所周知，葛浩文翻译中国现当代文学始于萧红研究，如前所述，他开始翻译中国文学与研究文学几乎同时，大约是 20 世纪 70 年代末。本文搜索数据有限，1978——2005 年之前的翻译评论文章未能收集。而实际上，葛浩文将近 50 部的长篇小说，包括中短篇小说的翻译，三分之二都完成于 2005 年之前。在已收集的 473 篇以葛浩文为关键词的论文中，他的中介中心度也高达 0.41。中国知网 2005 年出现的第一篇关于葛浩文的研究论文，此后他的翻译影响力逐年渗透。特别是 2012 年，莫言凭借葛浩文译本获诺贝尔文学奖之后，由 2013 年的 29 篇，上升到 2014 年的 64 篇，往后依次为 2015 年 70 篇，2016 年 74 篇，2017 年 65 篇，2018 年 59 篇和 2019 年 59 篇。

1978 年，葛浩文翻译完成陈若曦的《尹县长》，这也是他翻译的第一部中国当代小说。随后，他又翻译了萧红的两部小说《生死场》和《呼兰河传》，这两部小说的翻译合集于 1979 年出版。三年后，《萧红小说选》的英译本出版。1984 年，葛浩文翻译了杨绛的《干校六记》，该中短篇作品及其英文译本是本书重点分析的语料之一。2005 年，苏童的作品《我的帝王生涯》英译本出版。截止到 2005 年，葛浩文独立完成 32 部小说的翻译，同年，葛浩文还与夫人合作翻译了施叔青的作品《香港三部曲》。(孙会军，2016：179)

特别需要提及的是，莫言的《红高粱家族》译本是在 1993 年完成的。笔者只能遗憾于收集资料的来源有限，大量的葛浩文研究资料一定散落在国内外各个时期的学术期刊上，有待进一步梳理和深刻挖掘。

论及葛浩文译本的研究模式，不仅包括传统的译家、译品及翻译思想、翻译策略的静态剖析，也有大量动态的翻译过程、文本互文性、定量统计研究以及借助语料库的形式进行的研究。

语料库作为经验数据的源点被用于调查许多以语言为中心的研究命题。翻译以篇章形式呈现，可以放在篇章语言学的命题下研究。语料库技术能提供大量反映语言现象的例证，利用词频、主题词、搭配、词丛等语料库提供的文本语境信息，分析译者的话语走势有哪些是符合规律性的语言特点，可以说明译者翻译时的共性意识理念在文本中的体现。同时，语料库也可弥补单凭直觉推断的缺陷，避免过于主观地偏激论证译本的现象。特别是当社会因素渗透到翻译活动时，译者对于文本中句型进行特殊处理或文化词汇的去文化现象，语料库的量化数据佐证，可以给出更合理的理解和阐释。这样就不奇怪，研究者，尤其是与语言相关的研究者视语料库为"默认的资源"（Teubert，2005：1）。"它能强化、反驳或者修正研究人员的直觉"（Partington，2003：12）。

但是，翻译研究自翻译实践诞生之日起就从未间断过。翻译研究涉及面之广，问题之复杂多样，仅凭语料库的统计是无法包容的。这也反映出翻译现象是多元化研究，多学科跨领域研究。我们也不妨将理论研究的成果切入到文本的某一个层面或者领域进行实证说明，从而自下而上地提取语料对于理论的支持作用，或者说理论对于某些普遍翻译现象解释的可能性。就葛浩文翻译研究而言，它反映了跨语种翻译研究目前的进展状况，不论从深度和广度都已达到前所未有的高度。

第三节　葛浩文英译文本语篇的材料组成

本书虽然命题为《葛浩文英译中国当代文学的描述性研究》，但首先需要说明的是，实际上本书所选取的语料无力穷尽，仅仅是选择了作者认为比较有代表性的语篇材料，以当代文学的中短篇小说为主。这样选取的原因是葛浩文的翻译成就集中体现在小说文学作品上，已有研究内容以长篇小说翻译居多。本书试图通过对中短篇翻译文本的关注，描述颇具阐释力的理论如何与这些文本中所出现的翻译现象达到有机结合；不仅如此，还想探寻独到的翻译策略原则在上述的文本语境下是否同样可以实施运作；以及作为翻译大家的葛浩文在面对诸多难以跨越的翻译难题时如何体现个性化的处理能力。

本书的具体材料构成如下：1）杨绛的《干校六记》中的三篇，分别是：《下放记别》《凿井记劳》和《学圃记闲》；2）王朔的《千万别把我当人》；3）毕飞宇的《玉米》。前两部作品的翻译由葛浩文独立完成，后一部是他和夫人林丽君合作完成的。这里需要说明一下，对于他们二人的具体合作方式，没有找到相关的文献支持材料，有待将来进一步补充说明。

选择以上材料的理由如下：

1）这些作品依托的文化背景大致相同。杨绛笔下是对亲历"文革"过程的描写，从《下放记别》开始，到走进农村的劳动建设，展开了一幅幅生活的画卷。作者以第一人称的叙述方式，截取了下乡生活的几个侧面。尽管她以轻松的笔调对一切都轻描淡写，但读者从字里行间还是能品味到丝丝缕缕的哀伤。原本可以为我国的文学发展做出更大贡献的这批文学老艺术家，却在特殊的年代经历了特殊的劫难。但是，他们的描写没有永无休止的抱怨，只是客观陈述历史的经过，可见作者是包容接纳所遭遇的一切，视其为一种人生经历。他们憧憬未来，关注的永远是美好的生活片段，将一切不该承受的苦难在风轻云淡中一笔带过，并无浓墨重彩的强化描述。

笔者个人钟爱杨绛的作品，因为她的文字总让人感到情深意切，带给人无穷的回味。杨绛先生相信这个世界是美好的，人是善良的，她的文字可以洗涤心灵犄角旮旯隐藏的污泥。这样美的享受过程伴随在阅读中，如影随形，丝丝浸透。让读者从文本内的情景幻想勾画出生活的向往实景。作者文字中实与虚的交融，经历与经验的共存，理解与情感上的共鸣都传递给了读者那些看似朴实无华，不加雕琢，没有刻意打磨的文字，就这样无声无息却十分有力地钻进我们的心里。不是一代人喜欢杨绛，我相信过去、现在、将来的读者也会走进她的作品。葛浩文先生能在20世纪90年代就选择她的作品去翻译，介绍给西方读者，一定也是她的推崇者。遗憾的是研究葛浩文英译杨绛的论文不是很多，只见于硕士研究生论文和期刊上，这些文献资料会在《干校六记》的主题讨论中陈述的，这里不加重复。多角度探讨英译杨绛的作品十分有必要，有助于更好地传递该文学作品的精髓，更好地宣传中国文学的独特魅力。

王朔的《千万别把我当人》是描述我国进入改革开放初期的现实写照。20世纪80年代，中国社会生活风云激荡，沧桑巨变。文学书写与社会生活密切相关，与时代情绪遥相呼应。长期处于思想禁锢的人们，突然面对社会局势的大变革，十分茫然，丢失了方向，徘徊在十字路口，不知何去何从。从思想到行为都有一定程度的畸形、极端、甚至变态。王朔的作品反映了社会大动荡时期人们匪夷所思的言行和思想，以讽刺的口吻揭示了社会现实和有待解决的思想统一和思想解放的深层问题。他以文学家的敏锐警醒那个时代中人，呼唤真正拥护改革开放、积极进取的有志之士，希望他们有富国强民、不可动摇的、坚定的民族崛起的信念。至于肆意夸大、歪曲事实、弄虚作假、不从实际出发抓根本民生问题的做法着实不可取。这样的文本是针对宏观社会问题的，是"文革"后百废待兴的写照。

毕飞宇的《玉米》则将画面切入偏僻的苏北农村。相对封闭的乡村生活沿袭着根深蒂固的保守思想。比如，通过王连方的要儿子心切透视出的重男轻女思想。同样是王连方，他利用王家庄党支部书记职位欺凌妇女，有恃无恐，将权力凌驾于法律之上。多少妇女为此敢怒不敢言，三姐妹的遭遇叫人不寒而栗。特别是玉秀，父亲作恶，殃及子女。也从另一个侧面反映了人心中普遍存在的邪恶。典型代表是那位魏老师，他从"文革"的打砸抢中走来，以整人为快乐。其思想深处固守着"文革"的做派，如此灵魂肮脏的人竟然在师范学校充当"灵魂的工程师"，"致力于"培育未来的教师，不是天大的讽刺吗？毕飞宇通过看似远离政治氛围的乡村画卷，告诉读者"文革"的残余思想依旧在蔓延，其危害不亚于有形的、肉眼可见的残害。笔者选择这些作品是源于他们依托共同的文化大背景，只是随着时间的推移，着重点发生变化，与时代气息紧紧相连。

2) 题材不同，相对应的叙述口吻带来明显的文体差异，同一译者如何面对不同文体的文本，采取适合的翻译策略？通过描述性文本研究，直接选取同一译者的不同文体处理方式，通过译文间的文体比较，可见直观差异是否存在。还可以借助原文与译文的比较，考察宏观上，或整体文本特色上，译文是否贴近原文文体。同时检测翻译文本是否依旧具备可读性、表现力及个性文学性的体现。笔者在描述葛浩文的文本处理方面，着重于原文和译文间的比较。因而，对于三个文本分别做了处理：

《干校六记》试图在理论与语篇实践的结合点上做出尝试，所以是以主题为中心导出相关问题，借助理论体系说明翻译现象，旨在检测理论对于现象的支撑力度在多大程度上具有合理的阐释力。这种自下而上的方法意在说明是否所有的理论都凌驾于翻译之上，空洞而不务实？

《千万别把我当人》为凸显其写作意图和目的，使用了大量的修辞手段，句型结构特征显著，跳跃堆积似的长篇累牍现象频繁出现，留下大量想象空白和文本外的关联信息需要读者填补。这种文体及写作手法类似 Doris Lessing 的《金色笔记》，看似杂乱无章，缺乏逻辑，实则不然，读者需要超越阅读单位，不要定格在词单位上，经常有必要上升到句子单位层面，甚至篇章概念上，方可读懂文本内涵。面对这样的隐含性信息要求极高的文本，译者又将如何处理？这种挑战绝非一般难度，它涉及文本的可读性、可否理解等等重要因素。说实话，王朔的作品母语读者忽略掉的文本外信息俯拾皆是，甚至还有很多是自身的文化空白，意识不到该文化信息的存在，何况译文读者呢？我们经常论及互文性太强的作品，尤其是文内和文外互文性关系越密切的文本，翻译障碍越大。葛浩文凭借自己深厚的语言功力，多年的文学研究，还有与作者的密切交流，驾驭这样文本的能力是他人无法能及的。在这里，认真借鉴学习是主要目的。

毕飞宇的《玉米》是葛浩文夫妇合作翻译的作品，由三个中篇小说构成，主人公分别是玉米、玉秀和玉秧。笔者侧重译者面对各种具体问题的翻译策略。相对于前面的作品，三部互为相关的作品，相辅相成，又相对独立，各具特色，带来了丰厚的研究语料，可以多方面、多角度地分析、理解、学习葛浩文的翻译处理技巧。《玉米》是本书摘取语料的重要内容，涉及翻译策略的诸多方面的探讨。需要说明的是，笔者阐释葛浩文的处理原则是建立在个人理解的基础之上，严格讲来，带有一定的主观性。文学作品最大化展示的是作者的思想和审美意识以及价值取向，我们贴近作者就是为了理解个性的作品。译者是在自己认可和理解作者及作品的基础上翻译作品的。翻译尽管也强调改写，但是翻译的改写过程不同于创作。比如，"要写小说，只要一纸一笔在身，随时随地都可以坐下创作。好比春蚕吐丝，一切的感受、情绪，都发自内心，经年累月在思索、在酝酿，一旦灵感来到，自可下笔如清泉，淙淙汩汩，源源不绝。"（金圣华，1997：23）。但是，翻译不同，翻译是转述他人的思想。这个过程中贯穿着译者的思想是竭尽可能地传达作者的意图。一切的改变，甚或叫作翻译上的"重写"，都是以原作的再现为目的。译者的整体翻译过程中心里先装着作者和作品，然后才开始实际操作的。那么，面对双语转换中的各种障碍，葛浩文采取了哪些我们意想不到的策略？

有哪些是我们欣然接受的处理？又有哪些是超越我们理解范畴的策略？通过文本描述分析，也许能有所收获。

第四节 研究译文语篇的意义

王佐良教授曾卓有远见地指出："翻译研究的前途无限。它最为实际，可以直接为物质与精神的建设服务，而且翻译的方面多，实践量大，有无穷无尽的研究材料；它又是最有理论发展前途：它天生是比较的、跨语言、跨学科的，它必须联系文化、社会、历史来进行，背后有历代翻译家的经验组成的深厚传统，前面有一个活跃而多彩、不断变化的现实世界，但不论如何变化都永远需要翻译，需要对翻译提出新的要求，新的课题。"[1] 王佐良先生道出了翻译研究的宏观前景，从理论层面，它会成为跨学科领域一个挖掘不尽的开放性学术研究领地。从实践层面，它涉及所有专业范围的大量实践，会源源不断地提供大量的研究材料。纵观翻译研究的历史，理论建设在社会发展的各个时期，不断在深度和广度上有所突破，它与特定的社会历史文化息息相关，与其他学科的研究成果互相渗透，相互借鉴，共同推动着现实世界和人类文明不断向前。

与此同时，翻译实践的发展和所取得的成绩有目共睹。本书所论是翻译界永恒不变的一个主题，即翻译语篇的描述性研究。其初衷是认真踏实地着眼于实践翻译语篇，由母语译者执笔，即将外语译成本族语，特别是汉语译成英语的语篇。

诚然，任何一个课题的设立及研究都有其自身的目标设定。翻译著书立说和其他学科建设一样，也不是为写作而进行的单纯笔耕。它旨在不断改进、完善现有翻译技巧和策略，促使翻译实践更好地满足社会需求，跟上时代的发展速度，加强和疏通跨文化交流和合作。所以，从这个意义上讲，翻译研究的性质决定了它不是要证明孰是孰非，非此即彼。它的学科发展的多元性意味着它需要随着时代的发展，不断更新翻译理念，吸纳、接受、兼容其他学科成就对翻译的渗透，从而在深度上、广

---

[1] 转自许建平编著，2003，英汉互译实践与技巧 [M]. 北京：清华大学出版社，第二版前言。

度上全方位挖掘翻译自身的潜在问题，更好地建设翻译理论，更有效地指导翻译实践。翻译研究多学派的出现是正常现象，同样也回答了某些理论学派，从某一个层面对于翻译的某些因素都有较强的解释力度，从而产生了理论与实践相结合的可能性。

但是，这并不意味着翻译实践本体研究的过时或落后了，尤其是文学翻译语篇的研究，它可谓译学研究领域永恒的主题，折射出各个领域翻译实践的综合因素。不仅如此，文学作品是人类精神财富的集中体现。善与恶、美与丑的价值评判有人类共性的价值取向，它不分民族和国籍，文学家创作的作品中传递的审美理念会引发读者的共鸣。正确的价值观、伦理观会得到读者一致的接受。文学作品是世界共享的精神给养。通过作品，能够理解作者和他们所代表的世界，欣赏到风格迥异的文体特色。

"丹青难写是精神"，对于译者而言，在译文中想要再现原著的精髓，是翻译的难点所在。以葛浩文为例，本书所选的三位作家，杨绛先生的作品，看似平淡无奇，朴实无华，但丝毫不失知识分子独有的书卷气，以及内敛含蓄的高雅特质。王朔的文字雕琢或刻意把玩十分突出。至于毕飞宇的文体，就其语域范畴变幻多端，语言表现又时隐时现，意蕴深藏在言语之外。对于一人多译的译者，像葛浩文这样的译家，如何处理才不至于产生千篇一律的口吻？这正是研究译文语篇的意义所在。

正如林文月在"一人多译与一书多译"一文中所说："因为同一译者往往要翻译不同作者的作品，而译者本身行文遣词已具备一套惯有的方式，要在翻译时尽量压抑本身的风格，去迁就或适应原著的风格，的确不是一件容易的事。"（金圣华，1997：161）由此看来，译文能基本再现原著已很不容易，更不要说"神形兼备"了。

而且"神似"与"形似"有时也会互相矛盾，难以兼备，所以"神形兼备"只能视为文学翻译追求的最高境界。翻译时一方面想维系原文的"异国情调"，一方面又得确保译文的通顺流畅，顾此失彼，心劳力疲，其艰辛之处，凡是严肃认真的译者，都深有体会。（金圣华，1997：159）那么，葛浩文的译文受到普遍的好评，又是如何做到的呢？译文语篇研究最直观的意义和最明显的效果，就是可以大量地接受真实的翻译语篇，看到译者的匠心独运，从而更深刻地体会跨文化的文本处理原则。

欣赏佳作的同时，借鉴应用规律性的翻译技巧，改进提高自身的翻译实践水平，拓宽翻译教学的视野，特别是吸纳个性化极强的文学作品的成功翻译案例，积累经验，丰富对翻译的认识。

从这个意义上说，就像当代机辅翻译代替不了人工翻译一样，文学翻译文本的研读也将伴随着翻译理论的发展，得到进一步深化。文学语篇的研究未来也必将是开放的，进一步深度挖掘的，也永远不会被替代、消失，更不可能过时。

第二章
《干校六记》译文语篇——主题研究

　　《干校六记》的译文语篇研究是以主题探讨的形式展开的。它涉及三个语篇，又分别从三个不同的主题展开讨论。《下放记别》以衔接与连贯为主题切入文本，通过英语译本与汉语原文本对比，在篇章层面描述逻辑衔接手段的英汉差异，再次验证了 Vinay（维奈）与 Darbelnet（达贝尔内）的显性翻译技巧说是一种普遍的翻译现象。而且，"显化"的语言特征不仅仅指衔接手段和语法形式，还包括语义、连贯意义的显化转换。在某种程度上，Blum—Kulka（布卢姆—库尔卡）的显化假说有一定的理据支撑。翻译显化现象是跨语言、跨文化翻译的不可避免的心理趋势在译本中的反应，不可以简单地规划为翻译腔，作为介于原文和目的语之间的一种翻译语言，它的存在是客观的，不管我们承认与否。

　　《凿井记劳》的译文语篇——以韩礼德的系统功能语言学中的语域理论为基础，从三个维度：语场、语旨和语式层面探讨译本中存在的"偏离现象"。众所周知，语旨、语场和语式之间互相关联，互为条件并互相牵制。语旨反映的基本信息以及主题思想要借用一定的语场才能产生，语场体现着特定场所里人物之间的关系，都要进一步借助恰当文体展现出来，这就是语式，所以它们三者之间互为彼此。所谓"偏离"现象的讨论，在学术界普遍指修辞方面有意违背常见的语言使用规律，创造性地应用语言，从而产生意想不到的修辞效果。

　　但是，本文所指的"偏离"现象，是在和原文对比的基础上，描述译文从句式结构、语义传达以及折射的人际关系都与原文之间出现了

"差异"。这种现象黄忠廉命名为"变译",还有更普遍的名称是"改写"。有必要说明的是,不论哪种称呼或命名,它们的共性特征是译文有别于原文。本文笔者这里使用"偏离"是因为译文有一定程度或局部的处理不同于原文,或者是某一方面的改变引发了后续的一系列改变,个人认为此处所讨论的话题用"偏离"比较妥当。首先,成熟高水准的译文为语料,所涉及的问题不是普通语法意义上的句法的对与错。它是一种翻译处理,包含译者的理解和诠释方法。其次,翻译讨论就是为了各抒己见,对于译者的处理,坦率地提出自己的看法,也许有考虑不周或者不成熟的理解,在评析中不断学习,也是一次提高的机会。第三,"偏离"现象可以分主题进一步说明:负偏离、正偏离,和介于两者之间的偏离现象。定位为"负偏离"现象的只有三例,主要是语旨传达的信息与原文相违背,或者句式改变,导致逻辑关系发生明显"偏离"现象,这样处理是否是翻译的理想结果则有待进一步商榷。至于"正偏离"是指英汉两种语言的固有体系迫使译者必须遵从译入语习惯,"偏离"原文的句式表达,这层意义上的处理,与"变译"和"改写"相同。这类偏离也是翻译界认可的共性处理原则。最后,关于"介于两者之间的偏离现象"是最没有办法明确定位的情况。

译界有句话:"一百个人译汉姆雷特,就有一百个版本的汉姆雷特"。这不是在推卸责任。这是译者切入文本,主观能动性发挥的实证材料。从严格意义上来讲,译者在译文文本中超量或欠额转述原文信息都是偏离现象。这些处理与原文相比,更细化补充其隐含的内容,或简化略过译者认为的非必要信息。还包括译者对于叙述手段的改变,从而带来文体变化偏离。这些现象都带有译者个性化处理的痕迹,不属于跨语转换中的必然因素,也不能简单地用对与错定论,它们实实在在地存在于所有译文文本中,是翻译文本比较研究和翻译描述研究必须正视的问题。本文旨在说明此种翻译现象,不可简单地归类为"译者主观能动性"研究,还存有其他角度探讨的可能性,有待更进一步的阐释。笔者暂且将其归为"介于正负偏离之间的现象"。

《干校六记》译文语篇主题研究的最后一篇是《学圃记闲》。本文从场域理论视角切入文本分析。依据皮埃尔·布迪厄(Piarre Boudieu)的社会心理学理论，他将场域定义为位置间客观关系的一个网络。它可以进一步划分为物理场和心理场。但是，即便是物理场也不要把它看作一定有边界物包围的领地。这与韩礼德的语域理论有一定的共识，也存在差别。它更多强调物理场域进一步推进心理场域的改变，从而改变场域下心理活动的情感过程经历。它与翻译的结合，通过文本《学圃记闲》可以说明物理场域自身不会构成跨语言翻译的障碍。导致翻译的差异，特别是原文与译文在情感度上的表述差异，源自译者与作者在心理场域的程度差异。文中通过"菜园轶事"和"别离菜园"的两个情景，选取语料说明译文在原有情感度上的加强处理，是译者心理场域的外露体现。译文是译者理解和心声的传递。尽管从整体来看是局部处理现象，只限于情感类词汇的选择，但它们是译者阐释的个性标记，是文本差异的具体体现。从社会心理学的场域理论层面，能够给予一定的合理解释。探求致力于翻译研究与跨学科成果相结合的可能性，寻求多元方式解释现实的翻译现象，均在摸索之中。

概括性的理论总结常常起源于很多个案研究点点滴滴的量的积累。笔者个人的研究能力和思维水平在这个收集语料和阐释说明的过程中得到很大的锻炼和提升，也期望能带给读者一定的启发。

第一节 《下放记别》中的衔接与连贯

《下放记别》出现在《干校六记》的第一章里，杨绛坚持她贯穿全书的写作手法，用平铺直叙的语言，真实细腻地描述了"下放"前后的件件琐碎之事。正如葛浩文在《干校六记》英文版前言中所评论的那样，"杨绛既没有夹叙夹议，也没有卖弄哲理以表现离情别绪，她只用动人的笔触，写下夫妻被迫分离而必做的种种琐事。"（葛浩文，2014：82）正是这动人的没有过分渲染和修饰的笔触，读过之后叫人情由心生，忧伤失望，自然也会产生进一步的思索。

就全文结构布局而言，杨绛以干净简洁的口语化语体，采用汉语常规化的语序为主的衔接方式，将事件按照时间顺序有条不紊地连贯起来。读者越是细心研读，越能感受其寓意深刻，含蓄而饱满，克制却富有张

第二章 《干校六记》译文语篇——主题研究

力,也会更深刻地体味到她操控语言的能力。这样就不会奇怪,为什么当今人们提起杨绛先生,最先想到的是她与《干校六记》的紧密联系,其次才是作为剧作家和翻译家的身份。

笔者通过对比分析的方法,将杨绛先生的原文《下放记别》和葛浩文先生的英文译文"Farewell: Departing for 'Downunder'"进行系统全面的衔接及连贯的篇章层面对比研究,旨在说明汉英文本在语篇上表现的明显差异,部分原因是由双语语言系统的常规规范要求所致,这是跨语言翻译的必然现象;另外一些差异归因于译者意在保留原文本的文学特质,在衔接与连贯层面上进行的主观调整。同时,它们也是译者理解阐释的明证标记。本文研究的另一目的还在于揭示借助目的语的语言载体,保留异国文学的文学性存在多大程度的可行性。

我在这里想要探讨的问题包括:杨绛在语篇布局上采用了鲜明且常见的汉语隐性连贯方式搭建的语篇特征,葛浩文将其翻译成英文文本,在结构布局的谋篇上是如何实施了衔接与连贯在目的语中的内在统一?其次,该文尝试探讨促使葛浩文实施特定的衔接与连贯手段的其他原因是什么?通过对以上问题的探讨,想进一步推测出葛浩文翻译策略中的规律性处理原则,以启示或供给特定文本及特定信息内容跨语言文化互译时参考借鉴。

1. 衔接与连贯

衔接是连接词表达式在语篇中与其他词和表达式的表层关系的一个网。连贯是概念关系的网,它隐于表层语篇之下。衔接和连贯都涉及语言片段延伸,彼此相连的方式。就衔接而言,语言片段之间的相连借助的是词汇和语法手段,而连贯凭借的是语言使用者理解的概念或意义。由此可见,衔接是客观的,属于语言系统的结构层面;而连贯是主观的,属于使用者解读的意义层面。

还可以进一步推论出,衔接是连贯关系的表层表达式,即它是将概念关系显性化的手段。但是,仅仅呈现衔接标记,并不能创造出一个连贯的语篇,因为衔接标记只反映有意义的概念关系。真正能够让组织内容形成语言片段的是我们能够认知潜在的语义关系,这些关系确立了意义的连续性。衔接标记的主要价值似乎在于它们让潜在的语义关系的阐释变得更容易了，也可能对语义的解释有一定的操控作用。而语篇的连贯性是语篇中呈现的知识与读者自身对世界的认知和体验的互动结果。

2. 原文与译文的结构特征对比

《下放记别》在杨绛的笔下分为大致 28 个自然段，段落的划分因人而异，不能强求统一，这里基本上按照原文的自然呈现状况划分的。全文主要靠语序和时间顺延的方式组织语言段落及段落间的逻辑衔接。就整体而言，原文显性连接词的使用非常有限，根据笔者的个人统计，仅仅出现了 29 次，因此，原文结构隐性连接特点凸显。

相比之下，葛浩文的英译文本"Farewell: Departing for 'Downunder'"要长一些，大致分为 33 个自然段落。在段落层面上，译者并没有改变原文的基本顺序，只是在某些具体段落上，译者进行了重组，主要是拆分了原文的段落，一分为二，这种拆分发生在段落 8、15、17、21 和 16 中，译者并没有添加或减少原有内容，只是将原有段落按照自己的理解进行了再次划分。从这个角度推测，原文信息量总体上不会出现损耗，换句话讲，假设译文出现语义不连贯的语篇现象，不是译者在整体结构上的重组所致。因为译者在篇章概念上已经尽其可能地保留和重现了原文的面貌。

3. 连贯及显性连接词的使用对比

通过统计对比发现，汉语文本共出现显性连接 29 处，但是英语译文总量却出现了 127 处。英语译文平均段落连接词的使用为 3 个，较密集的段落里，如 12、13、19、30 段落里使用连接词多达 7-8 个；最密集的 14 和 16 段落里高达 10 个左右。而汉语文本的段落里，连接词使用平均为 1 个，最多时为 5 个。由此可以推论为，这种靠句法关系重组的显性衔接手段，组织句与句之间的逻辑关系，在英语译文中成为主要的外在结构形式。相比之下，汉语文本的结构组成以隐性语序为主要形式。

3.1 显性衔接——翻译文本的语篇功能体现方式

显性衔接是文本组织中的显化方式，属于结构表层的范畴。它不仅通过显性连接词的大量使用，而且借助语法手段和词汇应用得以实现。维奈和达贝尔内（Vinay & Darbelnet, 1958）将其作为一种翻译技巧，指在译文中添加或明示原文中隐含语言成分的过程，以便译文更清楚地再现原文中的隐性信息。布卢姆-库尔卡（Blum-Kulka, 1986: 17-35）对此有进一步的发展，提出了显化假说，即翻译过程会使译文相对于原文更加冗长，表现形式为衔接方式的明晰化程度提高。因为译者倾向于在译文中添加一些衔接性的标记和额外信息（包括脚注和尾注解释），以帮助目的语读者理解，这是翻译文本的普遍性策略。

可见，翻译语言文本的显化衔接现象已经达成翻译理论研究和翻译实践佐证的共识，这一语言特征在葛浩文的英文译文"Farewell: Departing for 'Downunder'"中同样得到充分的实证。上文所示葛浩文在英译文本中大量使用衔接词便是证据之一。此外，将原文语法关系隐化表达的显化处理策略在目的语文本中的应用是显化组织的又一佐证。国内学者柯飞（2005: 305）对此也有深刻的论述，他指出："作为一种翻译现象，显化（以及隐化）不应只是狭义地指语言衔接形式上的变化，还应包括意义上的显化转换，即在译文中添加有助于译文读者理解的显化表达，或者说将原文隐含的信息显化于译文中，使意思更明确，逻辑更清楚。"在葛浩文所译文本"Farewell: Departing for 'Downunder'"中，他在语篇层面上明确实施了增词手段和策略，从而成就了翻译文本的三大语篇功能的实现，即：明确了指代指称关系，明示了省略成分以及时态语态的表层结构组织。

3.1.1 指代指称关系的显性语义

汉英两种语言本身的特性，包括结构特性和习惯用法，决定了语言表达中必然存在的本质区别。从各自的语言系统来看，汉语属于语义型语言，而英语则是语法型语言；前者力主考究"字"与语义及其相互关系，而后者则重点研究主谓序列及其相关词类，在此基础搭建起来的高度形式化、进而推进句法结构严谨完备，以成就逻辑关系的严密。例如：

1) <u>全体人员</u>先是"集中"住在办公室里，六、七人至九、十人一间，每天清晨练操，上下午和晚饭后共三个单元分班学习。

1) In a shift toward "centralization" <u>we</u> were initially required to move into <u>our</u> offices, with as few as six or seven and as many as nine or ten people living in one room. <u>We</u> started off bright and early every morning with calisthenics, then sat through three separate study sessions: one in the morning, one in the afternoon, and one after dinner.

译文中 <u>we</u> 以及相应的 <u>our</u> 从头贯穿至尾，替代了汉语的<u>全体人员</u>，达到了指称指代关系的语义显化，也表达出了主谓序列的句法结构严谨，将汉语的"全体人员"概念意义的限定范围准确，明晰化，直接指向接受再教育的中国社会科学院的知识分子范畴，而非其他。这样的处理在译文中俯拾皆是，为一项显著的翻译策略实施。再举一例，仍然在第一段落中：

2) <u>干校的地点</u>在纷纷传说中逐渐明确，下放的日期却只能猜测，只能等待。

2) <u>The location of the cadre school</u> was gradually narrowed down amidst a spate of rumors, but <u>we</u> could do nothing except guess the date of <u>our</u> departure—guess and wait.

很显然，汉语的三个小句之间用逗号衔接，但是逻辑关系上，第一个句子的主语<u>干校的地点</u>并不能覆盖后续的句子，更不可能统领它们，充当主语。不过即便省略了主语或逻辑意义上的主题词，这些也不会影响到汉语为母语的读者对文本的理解，也不会干扰到汉语句法的排列组织。但是，英语语言对于形式化的逻辑关系要求很高，满足形式才是表达清晰意义的前提条件。所以在破折号——后面的"guess and wait"可以省略主语，逻辑上前置的"we"，可以覆盖它们。

葛浩文在《下放记别》中采取的这种通过增加词汇，表明指称指代关系的显化处理，显然在语篇衔接上与源语语篇有别。造成这种差别的主要原因在于两种语言因素不同。换句话讲，就是翻译过程中语码转换系统的规范行为规定了译者的策略实施。但是，它并没有破坏或减损源语与译语之间的语义关系，只是遵循了各自语言的内在组织规律，从而使译文在译入语中得以重生，即使它带有鲜明的翻译特质。依据 Klaudy 的分类，这种翻译行为在语篇衔接处理上应属于强制性的必不可缺的显化过程之一。

3.1.2 隐性省略成分及含糊语义在译文中的显性表述功能

依据克劳迪（Klaudy, 1996）的观点，译者在译作中添加原作中不存在的表述，还应包括明示原文中所暗含的、只有通过预设才能认知的信息，也包括使用强调、凸显和措辞等手段突出原文中的某些内容。下例便可说明这一观点：

3) <u>尽管天天在等待行期</u>，听到这个消息，<u>却好像头顶上着了一个焦雷</u>。再过几天是默存<u>虚岁</u>六十生辰，我们商量好：到那天两人要吃一顿寿面庆祝。再等着过七十岁的生日，<u>只怕轮不到我们了</u>。可是只差几天，等不及这个生日，他就得下干校。

这段汉语文字中浸透着遗憾、无奈，甚至难以压抑却表达有度的伤心、抱怨。读者在细细慢嚼中品味着作者传递的忧伤。英语译文则是借用了更直白的方式，将情感思绪袒露在字里行间。

3) <u>Even though</u> we <u>had been expecting to be told any day</u> when we would depart, <u>the words still hit my ears like a clap of thunder</u>. In a few days Mo-cun would be sixty years old <u>(in Chinese reckoning)</u>, and we were planning to celebrate his birthday with a meal of longevity noodles. We had <u>no illusions</u> that we'd still be around to celebrate the seventieth. <u>Now so</u> few days remained, and before this birthday rolled around he'd be on his way down to the cadre school.

译文中将<u>尽管</u>转换为 <u>even though</u> 而不是"though",语义极具强调性;使用被动语态 <u>to be told</u> 外加 <u>any day</u>,传达出无奈和不由自主地任人摆布的怨伤情感;又将"<u>虚岁</u>"用括号注释的方式"<u>(in Chinese reckoning)</u>"布局在文本中,提醒译文读者生日庆典的日子,中西方计时有别。接着译文文本又通过增加特别含义的词汇"<u>no illusions</u>"和附加补充含义的词汇"<u>Now so</u>"明示了原文中暗含的不敢奢望70岁生辰的相聚之情,因为眼前仅剩几日都等不到的失望心情,通过"now so"的强调手段明白无误地表达在文中。可见,译文与原文在这里的表现手法截然不同,原文含蓄克制,译文却恰恰相反。同时译者还借助了英语语态的表达功能,凸显了原文暗含的被动地位。译者在译作中的种种添加,意在使文本含义更加清晰,情感表露及态度取向显性体现。但是,从另一个角度看,原文本透视出的空间张力,即留给读者想象的空间余地在译文中填满了。这样就形成了源语文本在于读者的"悟",而译语文本则成了译者的理解,译者的表达以及译者替代读者的思考过程,即译文读者的想象空间,特别是在主观解读语篇的连贯性上处于被动接受的地位比较明显。

4)<u>沉重的</u>铁书架、<u>沉重的</u>大书橱、<u>沉重的</u>卡片柜——卡片屉内满满都是卡片,全都由年轻人<u>狠命</u>用肩膀扛,贴身的衣衫磨破,露出肉来。这又使我惊叹,<u>最经磨的还是人的血肉之躯</u>!

很明显,汉语借助三重排比结构,讽刺劳民伤财的无益劳作,表达了对这种做法的批评态度。

4) The weather had just then turned hot, and <u>all of those heavy metal</u> bookshelves, <u>huge</u> bookcases, and <u>bulky</u> cabinets whose drawers were <u>literally crammed full of</u> index cards had to be carried out <u>laboriously on the shoulders of young men</u>. The <u>heavily weighted</u> carrying poles <u>tore mercilessly into</u> their clothing and exposed their skin. I marveled at this sight—flesh and blood are still more likely <u>to</u>

withstand abuse than anything else.

译文中同样采用了排比结构以渲染沉重的劳作艰辛，但译者对于语义疏密关系的分布做了进一步的调整。原文在此所选之前有一句句号结尾的句子，"我记得那时候天气已经由寒转暖而转热。"葛浩文直接将其译为，"The weather had just then turned hot, and..."，而且标点符号也进行了改变，使用逗号外加追加连接词"and"，让语义与后续内容关系更加紧密相连，又补充添加了词汇"all of those"，使劳动的艰辛，非人性化和不合理的元素在文本中凸显，紧接着在译文中额外地大量增加副词"literally，laboriously，heavily weighted，以及 mercilessly"同样起到了加强谴责的作用，最后借用强调句型"to withstand abuse than anything else"极大地讽刺了残酷的劳作对人的摧残，语义内涵通过"abuse"的概念意义尽显。由此可见，葛浩文继续沿用了借用译语尽情表达意义的做法。

为了进一步说明译者增词趋势凸显，但感情表达外露并不能完全体现情感至深的特点，这里再举一例：

5）可是我看着她踽踽独归的背影，心上凄楚，忙闭上眼睛，闭上了眼睛，越发能看到她在我们那破残凌乱的家里，独自收拾整理，忙又睁开眼。车窗外已不见了她的背影。我又合上眼，让眼泪流进鼻子，流入肚里。

这里描述的母女别离，读后使人心痛不已。心上凄楚无比，悲到无语无泪。勾画出的画面凄凉到不忍目睹。

5) but the sight of her walking off alone pained me deeply, and I quickly closed my eyes. All that accomplished was to produce a scene in my mind's eye of her all alone trying to straighten up our run-down, messy house. I hurriedly opened my eyes and looked out the window, but she was gone, so I closed my eyes again, this time to keep the tears from running down my cheeks.

这段文字葛浩文在处理上使用了增词与省略策略并用的原则。首先，他将"踽踽独归"的汉语四字结构用 alone 单独词来传达。

另外，原文中"让眼泪流进鼻子，流入肚里"这样细腻的表达过程，译者重新改写，简化为 this time to keep the tears from running down my cheeks。再有，译者还应用了增词手段，All that accomplished 以及 trying to 两项，它们的句法作用主要是起话语之间的衔接顺畅。这段文字的整体感觉是表现力弱于原文，没有引起读原文时那种与作者同感的凄凉不忍之情。

3.2 原文与译文的语篇连贯性对比

以上英汉文本的结构对比可以看出，汉语文本主要是借助语序和隐性衔接手段搭建组织语篇的表层网络结构；而译文则不同，显性衔接的各种策略使用十分明显。汉语文本作为母语为汉语的读者而言，依托中国文化大背景，能够感悟或理解原文所反映的对特殊历史时期的描述。即便时间相隔很远，个别信息陌生，比如，文中提到的"再教育""连锅端""五一六分子"等等，对于较为年轻的读者理解起来有一定的困难，但是对于从那个时代走过来的人们而言，或者受他们父辈的影响，亲眼经历了父辈的遭遇的那一代人而言，附加给文本的预设认知是非常深刻的。同时，文本外的相同题材的各种作品、资料信息来源也多，互文作用足以弥补理解上的不足。因而，汉语语篇与其读者的主观理解构成认知上的连贯性是不言而喻的。

译文则不同，尽管译者在谋篇策略上采取了显性衔接的手段，使结构构成更显性地组织话语。并且，译者努力维护了原文的整体篇章概念，基本没有做任何调整，忠实地应用口语化的语体，简单明了地再次叙述了文本。特别是为了促使读者更好地理解译本，他适当地进行了注释补充，着重针对"文革"的特别含义的词汇，在书写方式上还采用了加引号的做法，以唤起读者的注意，同时强调这些词汇的特别内涵。但是连贯与否与主观认知密切相关，笔者个人认为由于目的语读者缺乏必要的外在文化信息，文中出现的那些概念意义，如上文中所举的那些，"再教育""连锅端"以及"五一六分子"等等，在译文读者的心理很难产生联想意义，这样，即便葛浩文的译文翻译的整体概念上是连贯的,但是不能替代译文读者的主观理解获得的信息是真正含义上的连贯性。一个简单的做法可以尝试,即先读译文后读原文,比较一下自身阅读后的两种感觉,大家即可自己回答这个问题。或退一步讲,译文读者获得的文本连贯性认知也会与原文读者不同。因此,从衔接与连贯的语篇研究认识到,让译文读者获得和原文读者同样的信息只能是理想。

王佐良、丁往道(1987:437)说过:"口语化不仅是英语散文,也是我国散文的发展趋势"。由此可进一步推论为"传记和散文"的英汉文体趋同。所以,葛浩文在处理杨绛的《干校六记》的文体上也是采取了英汉趋同的原则。再者,翻译过程是译者使用目的语解释或转述源语文本意义的过程,这一过程中自然有译者对于源语文本的推理和见解,也包括他选择解释的方式,这些便形成翻译语言文本的显著特征,它已被视为一种客观存在的语言变体。它具有既不同于源语又别于目的语的独特风格,这是翻译行为作为两种语言的中介过程带来的必然结果。正如 Baker(1996)所说,"发现翻译文本具有原创文本所没有的典型语言特征,并且这些特征不是特定语言系统干扰的结果,这一特性即翻译共性。"葛浩文的"Farewell: Departing for 'Downunder'"译本,通过与原文本在衔接与连贯语篇层面上的对比,证实了原文与译文在这两方面存在的鲜明差异,同时也佐证了翻译共性的表现。

第二节 《凿井记劳》译文中的"偏离"现象分析

系统功能语言学的语域理论与翻译研究的结合已经取得相当辉煌的成绩。从中国知网及相关学术期刊提供的研究结果可以获知,它已经涉及各个专业类型的翻译文本研究,这是由语场、语旨、语式三个变量之间的相互作用决定的。语场的改变意味着主题的改变,相应的语旨体现的人际关系及其由它附带的关系,都会发生变化,二者又会对语式有相对应的要求。由此引发诸多方面的翻译问题得到学界人士的普遍关注就十分正常了。仅以语域与文学翻译相结合进行翻译探讨的角度就已经覆盖到诗歌,例如《〈楚辞〉英译中之概念功能分析》,《〈江雪〉语篇元功能分析》；戏剧类文本有，《语域偏离视角下的〈茶馆〉中的黑色幽默》等等。不过，事实表明，最大量的研究还是集中在长篇小说上，有以局部语料为研究对象的，例如，《从语域分析的角度探讨小说对话的翻译——以简·奥斯汀的〈傲慢与偏见〉为例》，以及《英语短语动词的概念功能探析——以〈老人与海〉为例》；童话译本也有业内人士涉猎，《〈爱丽丝漫游奇境记〉译文的语域偏离现象探析》就是一例。大量的可借鉴成果有助于深化或拓宽这一研究课题的范围。同时，研究文献也表明，中短篇的散文或纪实性作品涉猎这一研究范畴的学术论文较少，然而，体现现当代中国文学外译的代表人物之一——葛浩文的《凿井记劳》英译本中的确存在大量偏离现象。为了丰富、充实语域与文学翻译研究的多角度、多文本取证说明，在此尝试探析、解释造成葛译偏离的主客观因素，期盼给出合乎逻辑的解释。

通常提到"偏离"都是强调它的修辞作用，是为了达到某种修辞效果故意而为之的"偏离"手段。这里所说的"偏离"是读者能够看到的与原文之间的明显区别，也是译者有意而为之的翻译处理。但是它起到的作用不一定是修辞效果，可能造成了偏离原文的"语域、语旨、语式"。诚然，大家和名家的翻译不是论及对与错的问题。况且凭借笔者的实力不可能施加妄语，随意评论的。笔者只是客观地描述这样的偏离带来了怎样的与源语的不同，表达个人浅显的观点而已。

1. 概念功能与语域理论的关系

韩礼德在系统功能语言学中（1970, 1973, 1985, 1994, 2004）把语言的纯理功能（也有翻译为元功能〈metafunction〉）分为三种：概念元功能（ideational function）、人际元功能（interpersonal function）和语篇元功能（textual function）。概念功能包括经验功能（experimental function）和逻辑功能（logical function）。其中，经验功能指用语言对人们在现实世界（包括内心世界）中的各种经历进行描述和表达。换言之，语言所陈述的内容就是客观世界所发生的事，由此所牵涉到的人和物，以及与之相关联的时间、地点等环境或实际情景因素。经验功能主要是通过"及物性"和"语态"得以体现的。"及物性"是一个语义系统，其作用是人们在现实世界中的所见所闻、所作所为被分成若干"过程"(process)，即将经验通过语法进行范畴化，并同时指出与各种过程有关的"参与者"(participant) 和"环境成分"(circumstantial element)。韩礼德把人类的经验进一步分成六种过程：物质过程（material process）、心里过程（mental process）、关系过程（relational process）、行为过程（behavioral process）、言语过程（verbal process）和存在过程（existential process）。经验功能所伴随的环境因素必然具有特定的环境意义，它明确指示了经验过程的时间、空间、方式、程度、比较、伴随、因果、身份等等必要的因素。概念功能的另一方面指它的逻辑功能，表达的是语言对两个或两个以上的意义单位之间的内在逻辑联系。不具备逻辑关系的句与句组织搭建不起来语篇形式，概念功能也就无从谈起。译文语篇分析借助概念功能的两项内容是必不可少的。

另外，由于概念功能的实施途径与环境因素密不可分，这便引来了系统功能语言学的另一个重要理论——语域。

语域意在集中挖掘和描写由于社会情景和说话人情况的不同而产生的各种语言变体以及这些变体和社会功能之间的关系。韩礼德对语域这一概念做了如下定义："语域（register）是由与各种情景特征——特别是指语场、语旨和语式的意义——相联系的语言特征构成的"。简而言之，语场，也称为话语范围（field of discourse），指谈话的场景，具体表现在时间、地点以及整个语言事件的背景因素，也包括主题、内容、目的等。以《凿井记劳》为例，"记劳"发生在干校的日常生活中，也是下放知识分子的主要话题，其范围或场景地点在农村，涉及的是各种各样的劳动，那样的环境情景深深地印刻在人们的记忆力，难怪反映他们生活的舞台剧也只有一个主题了——"劳动"。译者翻译时对语场的迁移，转入目的语社会语境是否有所偏离，就是研究对象之一。语旨，即话语基调（tenor of discourse）指的是交际者之间的各种社会角色，即个人基调（personal tenor），因为这种基调会影响和制约语言使用的正式程度。《凿井记劳》中，作者以个人角度审视特定情景下形形色色的人，读者领略到"我们"和"他们"的区别，"我们"又是"贫下中农"眼中的"他们"所产生的距离感。基调的转述和尺度把握也是检测译文是否偏离的研究对象之二。语式,即话语方式,指的则是语言活动中所采用的媒介(medium)或渠道(channel),它可能是口头的(spoken),如当面交谈和电话采访;可能是书面的(written),如书信、小说和诗歌。《凿井记劳》是作者精心提炼的以现代汉语口语体为基础的文学作品,供广大读者群阅读。那么译者所选的语式是否同样服务于大众读者群便是研究对象之三。

此外,语域不是简单的情景成分,正如韩礼德所言,"语言随其功能而变,因其场合而异"。选择与情景类型相适应的语言类型就是语域。换言之,语域与语言的语义想表达的三大功能成分是有规律的相关关系。语域之三变量中的语场决定着语篇的概念功能或意义,语旨关系人际功能的语篇表达,而语式决定了语篇功能的呈现方式。这三种功能和意义又分别制约着词汇语法层及物性、语气系统和主位结构的选择。当语域三变量发生相应的改变时,随之而来的语言变体是避免不了的,而且,翻译过程中的偏离在译文文本中是客观存在的,亦是翻译研究不可或缺的研究范畴之一。

下面以韩礼德的系统功能语言学中的语域理论为基础,从语场、语旨和语式三个维度对《凿井记劳》的原文和译文进行对比分析,尽可能全面、彻底地找出译文中的翻译偏离现象;继而进行梳理、归类、分析、描述、解释它们如何改变了原文的概念、人际功能及语篇功能;尝试阐释造成改变的主观和客观因素;借此重新审视这些偏离现象所涉及的相关翻译问题,用个案实证的语料证明,将系统功能语言学的语域理论引入翻译研究范围。

本文借此理论还想说明原文的社会情景和原作的表述语言,在译者的译文中出现多处偏离原文的现象,分析这些偏离是否与译者想要表达的社会功能之间存在合理的逻辑联系,或者另由其他原因所致,都有待语料事实收集给予佐证。

2.《凿井记劳》原文的语场

《凿井记劳》的场景反映出特殊年代知识分子的命运。作者以个性化的审视角度,从凝重阴暗的生活底色上呈现出淳朴、动人的光彩。"大家都脱了鞋袜。阿香干活儿很欢,也光着两只脚在井边递泥桶。我提不动一桶泥,可是凑热闹也脱了鞋袜,把四处乱淌的泥浆铲归一处。"作者还写到"平时总觉得污泥很脏,痰涕屎尿什么都有;可是把脚踩进污泥,和它亲近了,也就只觉得滑腻而不嫌其脏。好比亲人得了传染病,就连传染病也不复嫌恶,一并可亲。我暗暗取笑自己:这可算是改变了立场或立足点了吧!"(p14)这里我们看不到对苦累的抱怨,却是对泥土、对劳动的亲近。干校生活的磨砺,在作者的思想里不复是不公平的劫难,而是一种新生活的体验,有苦有乐,在苦中探寻生活的乐趣,在乐中享受生活的欢悦。

不仅如此,《凿井记劳》的场景同样显示了真正审美意义上的智慧与宽厚的境界。那样的年代,个人的意识和思想都被消弭在大背景下,体力劳动便成为本文的主题。作者选取单凭人力凿井为主体叙述内容,体现劳作之艰辛,继而升华出集体情感、革命友谊,使"我们"具有了心理认知层面上的凝聚力。"在干校长年累月,眼前又看不到别的出路,'我们感'就逐渐增强。"(p17)。

另外,劳动也显示了作者宽容、善良的心灵。作者所言的"我们",不同于他们,而这个"我们"在贫下中农眼里又是另一层"他们"。细腻的心理情感描写流淌在作者的字里行间。作者写到当地人把下放的知识分子看作是"穿得破、吃得好,一人一块大手表"的"他们"时(p18),并没有进行过多的辛辣批判,而是表现了对当地穷苦人民的同情、理解和宽容。包括对于"我们"的解释,也体现了极大的包容性,指"包括各连干活儿的人,有不同的派别,也有'牛棚'里出来的人,并不清一色"。甚至对于"他们"也有分别对待,只将"摆足了首长架子,训话'嗯'一声、'啊'一声的领导,就是'他们'的典型"。她还直截了当地指出,"其他如'不要脸的马屁精'"、"他妈的也算国宝"之流,这些才是典型的"他们"。可见其境界和理智。

3.《凿井记劳》原文的文体特色及语式

《凿井记劳》从整体的美学效果上呈现出一种恬淡、平和、睿智的风格。在艺术上,语言特点为:简洁、凝练、幽默,结构安排比较机智,开合自如，技巧运用娴熟，不着痕迹，处处"随心所欲"，又处处颇具匠心地洒脱与严谨，总是在冷静的叙述中留给读者以思考的余地。

4. 译者特定功能语旨的选择应用

功能语旨是一个对语言系统性和功能性的选择应用，其目的是让语言的发出者和接受者之间的社团关系概念化。功能语旨本身是一个无层次的技巧集合。它试图将读者的注意力转向作者所预期的行为、结果、关系、态度、种类和特定范围的共有认知。译者在这一过程中扮演了双重角色，作为言语的参加者做了一系列协商。言语的发出者（无论是原作者或译者）都试图将接受者（源语读者和目的语读者）的注意力，拉近或转向他们（作者和译者）特定的语场，将他们认定的意识形态观念传达给接受者。由此推论，假设译者的意识形态观念与原作者相左，自然译文"偏离"现象就会凸显。

《凿井记劳》的译者葛浩文先生的译文偏离现象呈多元形式，这方面有待在语料呈现部分具体说明。但是造成偏离现象的原因，经过对比分析，认真取证表明主要在语场和语式的差异上，语旨差异不明显。本文进一步思考的问题是，a)偏离现象是什么原因所致？b)具体表现方式又是如何？c)他们对于翻译探讨有何启示？

5.《凿井记劳》译文中的偏离现象分析

译文语篇有不同程度偏离原文是客观存在的，通常分为正偏离和负偏离两种。但是，在实践语篇分析的过程中，一定会碰到不能截然断然归类的现象，介于正负偏离因素之间；还有综合交错运用的例子。本文为了说明方便，将分界线界定含糊的偏离现象归类到负偏离部分。另外，实证部分设定的从语场、语旨和语式三个维度阐释偏离现象，实际上主要是涉及语场和语式的问题。以个人经历为主的叙述方式，将语旨所示的人际关系交代得十分清楚，译者顺其语旨便可达到理想化的转译。

5.1 负偏离的现象及原因分析

翻译语料分析关于负偏离的现象不是我们常见的对与错的评判价值观，而是彰显译者主观或个性处理文本的特征。处理方法不是唯一的，是可商量或再次斟酌的地方。通过语料收集和解释，希望引起业内同行关注，寻求更能使人信服或恰当的译法。它应该属于对翻译过程的反思。

1) 劳动到午时休息；

1) They knocked off at noon to rest <u>while the sun was at its peak.</u>

这里是译者填充的解释，带来的偏离在于这样的表述使原文的语义过于窄了，换言之，不符合原文的语场范围。因为太阳正当午的时候不能出工干活很有道理，但是凌晨三点出工，无论哪种天气，中午都该休息了。所以，直接使用 They knocked off at noon to rest，笔者认为语义更具有延伸性。

2) 借住老乡家。借住不能久占，得赶紧自己造屋。

2) The people were temporarily housed with local villagers, <u>but the first order of business</u> was to start work on their own living quarters.

此句译文咋看似乎漏译了"借住不能久占"，但是译者在上一句中使用了"temporarily"，将其语义涵盖，语言简洁，所以并无损失。然而"<u>but the first order of business</u>"作为增添的逻辑主语，引出了后续的部分与原文的偏离十分明显。原文"得赶紧自己造屋"的逻辑主语是"人"，指各个刚到的连队人员，所以会出现隐性的省主语现象，因为他们共同使用一个逻辑主语，语篇连接功能显著。而译文更换为"<u>but the first order of business</u>"为主语时，从逻辑上讲，它是不能承担"their own living quarter"的逻辑呼应，"their"的前指应该是"the people"，在"to start work"前加一个介词短语"for them to start work"与后续部分逻辑内在衔接就顺畅了。由此，这种偏离带来了逻辑不严谨，造成语篇连贯性欠缺。

3) 我们喝生水就在吊桶里掺一小瓶痧药水，聊当消毒，水味很怪。十米深的井，水又甜又凉，大太阳下干活儿渴了<u>舀一碗喝</u>，真是<u>如饮甘露</u>。

3) Boiling the water before we drank it was out of the question, so we added a small vial of patent medicine to each bucketful, <u>which we hoped would make it potable</u>. This gave our water a funny taste, while the water from the ten-meter well was so cool and sweet that <u>drinking a cupful</u> under the glaring sun was like being blessed with <u>manna from Heaven</u>.

通过比较案例3的中英语言表达，不难发现，假如借用回译作为检测手段，英译文的句子语义显然会偏离源语较远，这主要是译者选择的词汇语义的概念差异带来的。汉语用简洁的主谓宾结构说明"<u>我们喝生水</u>"，不知为何英译时费力用这样的句子——"<u>Boiling the water before we drank it was out of the question</u>,"进行阐释，短短一句话内涵动名词结构，时间状语从句结构，又外加介词短语，不仅在语式表达上偏离了原文，语义还得进一步推敲才能获得基本含义，实属没必要这样大费周折。同样的问题反映在"……聊当消毒"的处理上，为何要译为"<u>which we hoped would make it potable</u>"？只是希望这水更健康，少一些细菌，而"potable"是认可的基本前提。意义偏离更为明显的是"<u>drinking a cupful</u>"这个量词的应用，原文是"<u>舀一碗喝</u>"，单位都用错了，交际功能及意义就无从谈起。这段文字中还有一项偏离是文化替代的翻译策略带来的。原文比喻深井水好喝——"<u>如饮甘露</u>"，而译者直接使用了"<u>manna from Heaven</u>"。根据《英汉双解大词典》（DK. 牛津），吗哪出自《圣经·出埃及记》16章中所说的当古以色列人经过荒野时所得的天赐食粮。它含有浓厚的西方宗教色彩，可能容易为译文读者接受，并唤起他们的想象力或附加的幻想美感。但是原文本的语场下，就是将可饮用的水做了夸张的比喻，没有其他任何文化色彩。不得不说，译者的主观选择词义带来的不符合语场的表达有待进一步斟酌。

5.2 偏离现象导致信息量的扩大

4) 我们的壮劳力轮流使鹤嘴镘凿松了硬地，旁人配合着使劲挖。

4) By spreading the work around, the hard crust of the earth finally gave in to the relentless assaults by the shovels and started to crumble, at which time the rest of us began to dig into the soil。

很明显，汉语句子和英语句子的陈述对象发生了巨大变化，汉语的陈述主语是人，描写人的行为举止所涉及的对象硬土地随之发生的改变，它们与前面的句子在逻辑上衔接紧凑，构成一个段落的连续体。而英语陈述主语转变为'大地'，这就造成了译文逻辑与原文逻辑之间的偏离。从另一个层面来看，译文即便另起段落，但实际上，段落之间的衔接也有些松散，不及原文紧凑。

还有一层偏离体现在阐释方式上，译文将"硬土地"被征服的过程进行了细化描写，而原文更注重结果。所以译文先用"By spreading the work around"做铺设，继而增设了"gave in"拟人手法，加上"the relentless assaults"的强化，才走向"started to crumble"破碎过程。可见，细节描写远远超越原文，语义添加，阐释扩充造成文本加长，偏离显著。

5) 干土挖来虽然吃力，烂泥的分量却更沉重。

5) Difficult though it had been to dig in the hardbaked soil, working in the mud at the lower depths was, if anything, even more trying.

译文的偏离明显在于语式的选择使原有语境的语义和语气格外加重。"干土"进一步表达为"hardbaked"语义程度显然比原文更具描写色彩，同样的处理在于"烂泥的分量"详细地解释为"at the lower depths"有益于增进理解，另外，译者通过增加修饰词，"if anything"和强调表达"even"修饰more，让烂泥的沉重感格外加重，这样从整体气氛和情感输入上，程度都大大超越了原文。这种处理，不能称之为"负偏离"现象，它是译者主观理解表达在"语式"应用上的体现。就是我们经常所讲的译文大于原文的张力或表达力度。

6) 平时总觉得污泥很脏，痰涕屎尿什么都有，可是把脚踩进污泥，和它亲近了，也就只觉得<u>滑腻</u>而不嫌其脏。

6) I had always felt that mud was a terribly dirty substance, full of spit, snot, feces, and urine. But <u>the effect of having it ooze up</u> through my toes was a feeling of intimacy with the soil; I saw it as something slippery—<u>almost creamy</u>—rather than something dirty <u>from which I wanted to shy away</u>.

这句的处理与上句例 3 有类似的策略，"<u>the effect of having it ooze up</u>"的增添有句法上的衔接作用，有助于后续阐释的安排；而"<u>almost creamy</u>"将"滑腻"之意比作如想象中的奶油般细腻，夸张程度远远超越原文，同样的功效表现在"不嫌其脏"用定从的解释说明上，"<u>from which I wanted to shy away</u>."这种加大解释力度带来的偏离同例 3 相似，就不再赘笔多述了。只是需要再次说明，他们不是"负偏离"现象。

7) 末后几天，<u>水越多</u>，挖来越加困难，只好借求外力，请来两个大高个儿的年轻人。

7) but during the last few days, <u>as the amount of water standing in what was going to be our well increased, we found</u> the going harder and harder. Finally <u>we were forced</u> to seek outside help <u>in the form of</u> two strapping young men.

此处译文的处理在语式上增添了大量的逻辑主语结构，将原文省略但是逻辑关系清晰的口语句式，转变为规范的书面语句式，像"<u>we found</u>"和"<u>we were forced</u>"以及"<u>in the form of</u>"的应用就是证明。在陈述情节或叙事的发展过程中，英语不容许出现连续的主语省略语式，

第二章 《干校六记》译文语篇——主题研究

这种处理可谓语言体系的差异导致的偏离。但同时，附加解释的增添造成文本加长，是译者的惯用策略，比如，用"as the amount of water standing in what was going to be our well increased,"表达汉语的"水越多"。阐释力度及方式带来的语义偏离是译者使然，这点在求证中的量化积累越来越多。同样，严格意义上，也不要归类在"负偏离"的现象范围。

8) 一路上只怕去迟了那里的合作社已关门，恨不得把神行太保拴在脚上的<u>甲马</u>借来一用。我没有买酒的证明，凭那个酒瓶，<u>略费唇舌</u>，买得一斤烧酒。

8) I couldn't shake the fear that by the time I got to the co-op it would be closed; what I wouldn't have given to have had the use of <u>the Magic Messenger's leggings</u> then! Since I had no liquor ration card I had to show them the bottle and <u>talk a blue streak</u> before I was allowed to buy <u>a catty</u> of liquor.

译者在以上画线部分的处理上尽管有明显的语义偏离现象，但是创译痕迹同样显而易见。首先表现在"脚上的<u>甲马</u>"译为"<u>the Magic Messenger's leggings</u>"，提醒译文读者这是有出处的典故。为了不影响破坏译文的篇幅，用大写标注文化专有项词汇，文外再给予脚注说明解释。而且，"<u>leggings</u>"一词的选择抓住了基本语义概念，在汉英语义无法对应的前提下，舍去"<u>甲马</u>"的比喻含义，笔者能做出的理解是译者考虑语境，希望作者的双腿如"Dai Zong"那般神速。再者，汉语的"<u>略费唇舌</u>,"并非四字结构，但是作者应用了"<u>talk a blue streak</u>"的习语表达。大量借用习语也是该文本的一大特色，这种语式和原文的口语体也有偏差，译者是否也有特殊语意？笔者对此不好做主观定论。最后，文内不一致的地方在量词单位的使用上，本句就将汉语的"斤"译为"<u>a catty</u>"（含义特指中国和亚洲一带应用的斤计量单位），译者用英式概念又替换了汉语表达，比如，"bucketful"和"cupful"，这些偏差本可以避免的。

9) 大家兴冲冲用喝水的大杯小杯斟酒喝。

9) ...rested as we excitedly filled water glasses of every size and description with the liquor I had brought.

译文的画线部分对于杯子的描述，从概念意义上判断，宽泛于大杯和小杯，又增加了"description"样式和种类的含义，因此这属于译者的发挥性解释，使所选的语义范畴远远超越原文，造成这样的偏差是译者可能认为"every size and description"一并使用比较自然，这种偏差无可非议。语义上也能推测出潜在含义的存在。

10) 挖井劳累如何，我无由得知。我只知道同屋的女伴干完一天活儿，睡梦里翻身常"哎呀""喔唷"地哼哼。我睡不熟，听了私下惭愧，料想她们准累得浑身酸痛呢。我也听得小伙子们感叹说："我们也老了"；嫌自己不复如二十岁时筋力强健。想来他们也觉得力不从心。

10) There was no way I could tell just how taxing all that work had been, but the moans and groans from my roommates as they tossed and turned in their sleep after a hard day's work was a pretty good indication, and the personal shame I experienced made for many sleepless nights. I imagined that these women must have ached all over. I even heard some of the young men complain that they were "feeling very, very old" and were troubled by the fact that they had lost the vigor and stamina they had had in their twenties. They must have come to the painful realization that their will to work now exceeded their own abilities.

本段落译文的语式告诉我们，译者大量使用了连接词使句子加长，以体现书面化表达方式强化了；同位语从句的应用，如"the fact that"和"come to the painful realization that"发挥着同样的作用，都体现了语言表达的正式程度。对比原文，明显有过之而无不及。这种语式上的鲜明改变主要形成译文与原文在文体上的差异显著，并无概念意义的多大差别。

第二章 《干校六记》译文语篇——主题研究 43

11) 井面宽广，所以井台更宽广。机器装在水中央，井面宽，我们得安一根很长的横杠。这也有好处：推着横杠屏水，转的圈儿大，<u>不像转小圈儿容易头晕</u>。小伙子们练本领，<u>推着横杠一个劲儿连着转几十圈</u>，甚至一百圈。

11) <u>Given</u> the broad mouth of the well, the circumference of the platform around it was so great that we had to outfit it with a long horizontal bar <u>in order to lower the machinery into the water. It turned out to be a blessing in disguise, for the wide sweeps we had to make as we walked round the well turning the machinery lessened the possibility of our getting dizzy. The younger ones in our group put their strength and stamina to the test by seeing how many revolutions they could make without taking a break or being spelled by someone else.</u> Some of them managed as many as a hundred.

很显然，这段译文在译者的笔下进行了重构。起始通过"Given"将逻辑关系显性化处理。其次，原文由井面宽广，推及井台"更"宽广，在译文中语义发生改变，使用"so great that"结构，使原文逻辑递进概念发生了转变。紧接着，译者进行大量语境信息的补充，造成文本的扩充阐释，如"in order to lower the machinery into the water"。以及"It turned out to be a blessing in disguise"的应用；再往后汉语的"推着横杠屏水，转的圈儿大，不像转小圈儿容易头晕"在译文里进行了阐释性说明，省略了"不像转小圈儿"的文字表达，字里行间仅留有其义，"释译"策略处理明显。同样的省略处理体现在"推着横杠一个劲儿连着转几十圈"。所以本段落在语场、语式上偏离原文最明显，可以清楚地看到重构的痕迹。特别是将汉语显性语言表达的内容作了隐性或潜在语义处理。

12) ……还<u>骂</u>"你们吃商品粮的！"

12) <u>They even justified their actions with comments</u> like: "You can buy all the grain you need from the stores!"

这句译文的处理使用了增添解释的策略,以便句式衔接顺畅。措辞却带来原文与译文之间的很大语义差异。原文用"骂",译文选择"justified"以及"comments"使双方的关系不像原文那样冲突,缓和了许多。而且语言表述也理智了很多。实质上,这样处理却导致了语义偏离,语场或语境都随之有所改变。由此而改变了这种语场下的人际关系。因为在当地村民眼里,"他们"和村民是有区别的。

5.3 正偏离的现象及原因分析

正偏离的译文现象同样表现为与源语言有明显差异,但是,它属于跨语翻译的客观存在,是不可能避免的现实。所以,为达到目的语的语篇功能导致的正偏离现象在译文中比较普遍,是可以接受或包容的文本形式。

13) 大伙儿转呀、转呀,转个没停——钻井机不能停顿,得日以继夜,一口气钻到底。

13) Meanwhile, they negotiated one revolution after another with never so much as a pause. This was their way of showing that once the digging began, there was no stopping until the well came in.

这句译文属于正偏离现象,这种偏离是两种语言的表达习惯差异使然。汉语通过词汇、句法的重复,"转呀、转呀,转个没停",将枯燥、乏味、艰辛的劳动情景跃然纸上。而英语很少使用直接的同一词汇或句型的重复形式来表达这样的语义功能,译者又找不到完全对应的句式兼语义对等的表达式,所以选择了语场更宽泛的"negotiated one revolution after another"来表达主题概念,这就造成了语义场的上下级衔接关系。为了弥补偏离带来的损失,译者附加了"with never so much as a pause"状语修饰短语,将"转个不停"的含义传达出来,也是一种很好的翻译补偿。至于"This was their way of showing that once",很显然,添加句型带来的偏离是语篇句子间衔接的必要,自然也属于可接受的正偏离现象。

14) 那低沉的音调始终不变,使人记起曾流行一时的电影歌曲《伏尔加船夫曲》;同时仿佛能看到拉纤的船夫踏在河岸上的一只只脚，带着全身负荷的重量，疲劳地一步步挣扎着向前迈进。

14) The deep, heavy sound never varied, calling to mind the movie *Song of the Volga Boatmen*, which had once enjoyed some popularity. I could almost picture a gang of boatpullers as they inched forward, step by step, on the banks of a river, straining against the almost inhuman forces their exhausted bodies were being subjected to.

这个长句在句法上带来的偏离现象集中表现在补充说明部分，从汉语句法看，画线的部分都是"拉纤的船夫"的补语，在排序上动词加地点状语的短语——"踏在河岸上"居于首位，描述性附带说明的补语其次——"带着全身负荷的重量"，表示方式和程度的位于最后——"疲劳地一步步挣扎着向前迈进"。而英语的译文在语篇重构的处理上将其全部归入状语部分，这是偏离的第一明显标志，"as"为状语的引导词。再者，as 从句中的状语也出现了语序大调整，"疲劳地、挣扎地前行"并入动词"inched"语义之中，赋予表现力和生动性；接着方式状语——"step by step"随其后给予修饰；地点状语和描述性说明依次后推，这样就形成了"on the banks of a river,"和"straining against the almost inhuman forces their exhausted bodies were being subjected to"的收尾布局形式。句法结构大调整符合英语语言的规范表述，在目的语中显得更为自然得当，尽管偏离差异很大，从通篇的语篇功能考虑，依旧属于常态的翻译中跨语言系统带来的正偏离处理范畴。

15) 我费尽吃奶气力，一锹下去，只筑出一道白痕，引得小伙子们大笑。

15) I worked with every ounce of energy I could muster, gouging at the earth with a spade, but the only result was a solitary scratch on the surface. The youngsters around me had quite a laugh over that.

这个例子可以体现译者有意为之而形成的与原文的偏离，他采用目的语的计量单位，将汉语形象的比喻"吃奶气力"替换下来，这一替换策略在全文中贯穿始终。除了后面出现的"斤"概念以外，但是拼写方式还是英语的母语形式，"catty"而不是"jin"，这点说明译者是有意向目的语靠拢，从翻译选择和语式译者控制的角度来看，这也属于正偏离现象。

本文从系统功能语法的"语域"理论出发，对《凿井记劳》的翻译文本进行偏离现象的全方位语料收集，力图做到了系统全面的量化统计，在三个维度，即：语场、语旨和语式的基础上对语料进行偏离分析。结果表明，该文本在很大程度上存在着偏离现象。主要集中在语场和语式的改变方面，从而造成语义部分的偏离，但是主要偏离现象还是体现在语式部分，语式的改变带来语体的随之改变，不论是哪种偏离现象，其结果都是如此。

以上的15个例子足以使该主题所要论及的问题明了。偏离的部分原因是双语语言体系的客观差异，在转换中的必然所致，上述表明占3处。所占比例与负偏离的现象相当，即：3:3。另一结果表明，介于负偏离和正偏离之间的阐释扩充现象是主要的翻译策略，几乎涉及所有案例；相对而言，削减省略策略使用较少。但是无论是增或减，它们都从不同侧面反映了译者介入文本的事实。在传统译论中，我们将这种现象笼统地划为"译者的主观能动性"体现。在本文中将其限定在偏离范畴，有它特别的意义体现。它可以告诉大家适当地增加信息是可取的，或许有助于理解，或许利于文本语篇的衔接，逻辑性更加紧凑。甚至还有可能将潜在的、隐晦的以及含糊的信息明晰化体现出来。但是，不能回避的现象便是每一个译者的个性化理解以及处理在译文中都会留有痕迹。由此可以推论，译者的主观处理差异是造成翻译文本偏离原文本的主要原因。

译文与原文置于同一平台进行比较，原文的语旨是译者维护的基础部分，但是翻译过程中各种干扰因素的出现，在解决问题的时候，语场，特别是语式发生变化的可能性最大，从而导致了文体的变化，一定程度上又改变了语场，人际关系等等都会发生连锁反应。本文统计的介于负偏离和正偏离之间的部分所占比例超过两者之和——9:3+3. 这样已经清楚地告诉大家：译文不可能等于原文，文学文本的译文是译者创造的带有一定程度的自身特色的文本，不论我们用"阐释、意译、编译、变译，或偏离"去定义或描述它，文学翻译文本的特性就是千人译"哈姆雷特"会出现"一千个哈姆雷特文本"。在共性原则的基础上，成功的译者个性特点都十分显著。

第三节 场域理论视角下《学圃记闲》的译文解析

场域理论是社会心理学的主要理论之一，是关于人类行为的一种概念模式。皮埃尔·布迪厄（Pierre Boudieu）认为，场域是由社会成员按照特定的逻辑要求共同建设的，是社会个体参与社会活动的主要场所，是集中的符号竞争和个人策略的场所。不过，皮埃尔·布迪厄将场域定义为位置间客观关系的一个网络，或一个形构，这些位置是经过客观限定的，他强调指出场域概念，不能理解为被一定边界物包围的领地，也不等同于一般的领域，而是在其中有内含力量的、有生气的、有潜力的存在。

《学圃记闲》似乎突出一个"闲"字，我们分享了杨绛先生和钱锺书先生这对老夫妻宝贵的交流时刻，自然也读到了下放在这里的知识分子不得已将自己宝贵的时光浪费在大块的土坷垃上却收获甚微。但是随着文本的进展，建造厕所的大篇幅描写，菜地收获普遍被偷的现象，不能不引起思考，尤其是最后一切辛勤劳作推为平地，这个"闲"又是意味着什么含义？

开放的文本给了我们多元阐释的机会，杨绛所代表的政治场域是在干校中接受劳动再教育的群体，当地群众作为社会活动的参与者是以异质性的身份参加的，这种异质主要表现为他们拥有不同质或量的资本，而不是指政治场域异质。即便是实施填井或夷平菜地的工作人员，也不是杨绛所代表的群体的政治场域异质。那些发号施令，发威显尽做派的人才是异质群体。这样纷繁复杂的多层性，杨绛在看似平铺直叙的真实性描述中，反映了这个特定时期的微缩社会中个体成员间的面对面的关系，也就是我们所说的互动的直接性。

本文从社会心理学切入，以场域为分析、处理问题的单位，旨在说明纪实文学的写作与作者经历的社会客观场域息息相关，客观的物理场与心理场相辅相成、互为动力，驱使着作者在语篇上表达自己的心路历程。而译者在脱离了这样的环境下，文本语义选择总难免有些偏离。那么在目标语文本中，译者在语篇层面是否同样成就了场域形成的客观网络关系就是有待检测的指标之一。为此，本文有针对性地选取两项内容：一是与当地群众面对面的关系处理，其中包括建造厕所和收获蔬菜；二是菜地夷为平地的心理反思，即心理场（psychological field），这里指杨绛作为观察者知觉现实的观念看法。意在通过对比说明心理场域的差异在一定程度上造成的原文和译文的情感语义度的差异。这一研究方法应属于采集数量之上的描述性研究，不会以点滴片面定性。探寻这样的主题，其目的是尝试着拓宽翻译研究与跨学科的有机结合，寻求多元方式解释翻译现象。

1. 物理场传译中双语文本的地理环境近似度较高

环境分为地理环境和行为环境（geographical and behavioral environments）两个方面。地理环境就是现实的环境，而行为环境在受地理环境调节的同时，以自我为核心的心理场也在运作着，它表明有机体的心理活动是一个由自我—行为环境—地理环境等进行动力交互作用的场。地理环境是导致行为环境产生的客观前提，译文读者能否感知文本的地域概念，译文呈现出的地理环境因素是否贴近原文的表现很重要。选取建造厕所一事为例，对照葛浩文的译文处理，以证实场域概念相似时是否就能确保原文与译文在语篇各个层面上近似度匹配也会很高。

  1）新辟一个菜园有许多工程。第一项是建造厕所。我们指望招徕过客为我们积肥，所以地点选在沿北面大道的边上。

这是三言五语的铺设交代，两个简单句，外加一个因果条件句。

  1) There is a great deal of work involved in starting a new

vegetable plot. First on the list of things to do is building a toilet. Since we were counting on gathering a good part of our fertilizer supply from passersby, we chose a site just off the roadway on the northern edge of the farm.

经过比较，不难看出译文是依照原文的自然句重构的，最大程度地接近了原文的语篇构成，而且除了在 First (on the list of things) to do 部分做了一点语义衔接的增补之外，几乎达到了"词"单位的对等传译。

  2) 五根木棍——四角各竖一根，有一边加竖一棍开个门，编上秫秸的墙，就围成了一个厕所。
  2) We erected five wooden posts — one for each corner and an additional one on the side where the door would go——then made walls out of woven sorghum stalks, and that took care of the enclosure.

这个英译句子清楚地表明了它尽可能地重构原汉语句子的结构，甚至连标点符号都设法保存。汉语句子使用破折号、分号、逗号，在最后使用句号。这便于句中的层次含义、解释说明性以及小句间的关系紧凑布局，合理组织。译文在处理上仅仅是增加了一个逻辑主语'We'以引导全句逻辑的组织整合，保留了分号，起到了补充说明作用；同样，引用定语从句完成的也是解释说明，使整体结构在语篇上最大程度地接近原文。

以此类推，笔者认真检测了整个段落的翻译，确定译者是以句为单位进行篇章处理的。译文文本在环境地理的构架层面与原文文本有很大的近似度。

2. 心理场域差异带来的文本趋异

  心理场域是基于物理场域之上的人的反应，折射在人的言行上，体现出他们对自己生活的客观环境的一种认识，一种态度。下面通过两个侧面说明，心理场域差异在作者和译者之间不是一成不变的。例3至例7表示，双方心理场域差异很大，译文与原文在情感语义的处理上距离较远。而例8和例9双方心理场域比较贴近，译文自然在情感语义的选词上也与原文近似度较高。

　　3) 谁料到第二天清早跑到菜地一看，门帘不知去向，积的粪肥也给过路人<u>打扫一空</u>。从此，我和阿香只好互充门帘。

　　3) <u>We were shocked, to say the least,</u> when we came out early the next morning and discovered that <u>not only had our door curtain disappeared, but</u> that even the accumulated compost <u>had been stolen</u>. From that day onward, A-xiang and I had to serve as one another's "door curtain" whenever we used the toilet.

　　通过对比，我们发现原文是表达了"吃惊"的含义，但是译文使用了 <u>we were shocked,</u> 这个词在英语中本身表达的程度就很重，又附加了 <u>to say the least,</u> 可见译者的心理场的情感表达比原文作者更为强烈。能够证明这一点的还有——not only…but also 的倒装使用也起到了加强作用。再者，原文仅用了"<u>打扫一空</u>"，用幽默又无奈的手法看待此事，而译文直接使用了定性明确的词汇"<u>had been stolen</u>"。由此可见，在地理环境构架基本相似的双语语篇层面，由于作者和译者在心理场域及政治场域的差异，对于参与这个社会环境下的行为环境有不同的观点，自然会进行有差异的描写，通过词汇选择上的差异在语篇层面上呈现出来。

　　原文作者亲身经历了这个客观环境，依据场域理论，构成生活空间的要素是人和环境，而这个环境只有在与人的心理目标相结合时，才起环境作用，即生活空间才成立；生活空间具有动力的作用，表现为吸引力和排斥力，这种动力作用驱使一个人克服排斥力，沿着吸引力方向，朝着心理目标前进；生活空间的动力作用是逐级展开的，行为者越过一个个带壁的领域，最后实现目标。杨绛所属的社科院学部干校，经济资源十分匮乏，当地群众视他们整体为外人，为了生活，不断拿取他们的物品，在杨绛这里都可以理解。因为被偷的不只是他们的积肥，正如她写道，"……有一个菜园的厕所最讲究，粪便流入厕所以外的池子里去，厕内的坑都用砖砌成。可是他们积的肥<u>大量被偷，据说干校的粪，肥效特高</u>。"甚至连他们割的草，沤在挖的大浅坑准备沤绿肥，"可是不过一顿饭的功夫，沤的青草都不翼而飞，……"没有办法，"在当地，草也是稀罕物品，干草都连根铲下充燃料"。可见群众的行为举动在杨绛这里是可以理解的，为了生存不得已而为之。所以，她的描写语气是包容，即便是偷积肥这件事在逐级展开，不放过一切，连草也拿走，她也没有用排斥或敌意的心态描述他们的行为。这是物理场作用下的心理场趋势而导致的行为写照，逻辑上是讲得通的。

下面请看译文在这逐步升级的"偷积肥"方面是如何进行语义选择的。

4）可是他们积的肥<u>大量被偷，据说干校的粪，肥效特高</u>。

4) But <u>most of the compost</u> in that toilet was <u>similarly pilfered</u>, for local wisdom had it that the waste produced in the cadre school was the best around.

原文使用"大量"，而译文上升为 <u>most of</u>；另外使用副词 <u>similarly</u> 强调了和前面的积肥同命运，并且借用了在常用语中很少使用上的源自古代法语的词汇 <u>pilfered</u>，意指小偷小摸，以表达讽刺？这里笔者拿不准用意，不能妄加评论。

5）我们挖了一个长方形的大浅坑沤绿肥。大家分头割了许多草，沤在坑里，可是不过一顿饭的功夫，沤的青草都不翼而飞，大概是给拿去喂牛了。在当地，草也是稀罕物品，干草都连根铲下充燃料。

5) We dug a shallow rectangular pit to produce green manure. Then we all went out and cut down <u>large quantities of</u> grass, which we laid in the pit; but in about as much time as it takes to eat a meal, the grass <u>that was steeping in the pit</u> disappeared as if on wings—

it was probably put to use as feed for oxen. Grass was in such short supply there that dry grass—roots and all—was used in place of firewood.

译者葛浩文在心理场域上与原作者有显著差别，在重构了客观场域近似的前提下，个人情感的强化表现比较明显。这可以通过文本转换的程度来证明，原文仅是"割了许多草"，而译文却使用了 large quantities of 双重量化，提高了原文的程度；再有原文道，"沤在坑里"，译文却用 the grass that was steeping in the pit，使用过去进行时是在传达"明明刚刚还在"，转眼即逝的瞬间含义。同样道理，probably 比原文的"大概"可能性要高出很多。最后的结尾句，葛浩文先采用了一种强调结构 such...that，继而又在句法上特意使用了两次破折号将 roots and all 再次给予凸显，造成了原文与译文之间在语义层面上的微妙差异，是译者心理场域在语言上的反应。文本内的语言形式体现了驾驭或操控它的译者，对参与社会活动的个体解读存在着多样性。

6) 胡萝卜地在东边远处，泥硬土瘠，出产很不如人意。可是稍大的常给人拔去，拔得匆忙，往往留下一截尾巴，我挖出来厝些井水洗净，留以解渴。

6) Our carrot patch was at the eastern extremity, where the soil was so hard and barren that the harvests never came up to our expectations. The few carrots that did reach a respectable size were, as often as not, picked on the sly, and so hastily that the thieves snapped them off, leaving only stumps behind. I'd dig out the stumps, wash them off with well water, and save them to help quench my thirst later on.

通过画线标注的用词，译者对于参与到这个客观场域的群众的心里定位和原作者有明显差异，将不满或抱怨的情感表露无疑。"few"语义的否定含义又附加了"did reach"这样的强调结构，"respectable"置于 size 之前，和后面的副词短语"as often as not"以及介词短语"on the sly"前后呼应，将生长于贫瘠土地、产量不高的胡萝卜还要被偷，实在是过分的潜台词传递给读者。而对照汉语的表达，杨绛只是客观陈述了事实，产量不好，可还是老被人拔去，剩余的部分，她也就收留了。仅此而已，没有附加更多的个人情感在里面。

  7）一次我刚绕到窝棚后面，发现三个女人正在拔我们的青菜，她们站起身就跑，……其实，追只是我的职责；我倒但愿她们把青菜带回家去吃一顿；我拾了什么用也没有。

  7) On one occasion I walked around to the rear of the shed, where I <u>caught</u> three women in the act of <u>stealing</u> some of our greens right out of the ground. They got to their feet and ran off,…. Actually, I was chasing them only because I was expected to; I would have preferred to let them take the greens home and eat them, for my retrieving them served absolutely no purpose.

  显然，这次菜园轶事的描述，译文整体上非常贴近原文，除了使用"<u>caught</u>""逮"这样的含义，体现了彼此微妙的关系，另外"<u>stealing</u>"的应用，将彼此关系挑明，占有资源的对抗性心理依旧在译文中表现出来。然而接下来的阐释表明，杨绛有其自己的责任和位置，同时对于当地的群众富有同情心表露无疑，所以她有意避开使用'偷'这样刺眼的字眼。文本的发展也预示着特定的地理环境赋予人们特定的行为举止，随着这个关系网络里的人们互相增进了解，他们在坚守本职的基本前提下，会做出相应改变的言行。这是符合文内文本发展规律的，即物理场和心理场交错交融，对于人物内心会自然发生变化，人际关系也在发生着微妙的改变，也构成了文本推进的痕迹。

3. 心理场域贴近——情感语义的选词与原文趋同

  就翻译而言，心理场域贴近指的是译者尽可能地贴近原文作者的心理场域，换句话说，感同身受能产生认知和情感上的共鸣，表现在文本上便是选择的词汇,就语义涵盖的范围而言,具体说来在语旨、语式及语域方面作者和译者都是趋同方式,共情的表达式占据主导地位。

8)她们不过是<u>偶然路过</u>。一般出来拣野菜、拾柴草……

8) Those particular women had just been <u>passing by</u>. Normally, the villagers came out in groups of ten or so to pick kindling and various grasses.

9)我就问,那些干老的菜帮子捡来怎么吃。

小姑娘说:"先煮一锅水,揉碎了菜叶撒下,把面糊倒下去,一搅,<u>可好吃哩</u>!"

我见过她们的"馍"是红棕色的,面糊也是红棕色,不知"<u>可好吃哩</u>"的面糊是何滋味。我们日常吃的老白菜和苦萝卜虽然没什么好滋味,"可好吃哩"的滋味却是我们应该体验而没有体验到的。

9) I asked them how they could eat the old outer leaves of the cabbages. The girl answered by saying that they first boiled some water, into which they dumped the shredded leaves, then added flour paste and stirred it all together. "<u>It really tastes good!</u>" I'd seen their steamed buns, which were reddish-brown in color, as was the flour paste they used. I wondered about the flavor of this flour paste that "really tastes good." The tough cabbage and bitter turnips that comprised our daily fare wasn't very tasty, but we never tried that stuff of theirs that "really tastes good" even though we should have.

从以上例8和例9中可以清楚地读出作者的情感变化,她越发体恤当地群众的生活之苦。作者在菜园轶事纪实描写上选择以空间为轴线,将事件用"一次"的描述形式,一件件叙述出来,这样的安排便于把事件一个个串起来,却不显得单调乏味。事件发生在与当地群众的面对面过程中,有行为说明,有语言交流,体现作者的理智和职责分寸的把握,接近群众去了解他们的风俗习惯，体谅他们生活的艰辛，观察他们的言行举止，并恰当地给出自己的看法。

面对这样的描述过程，译文在行文推进的处理上也发生了改变，由选词的冲突性，过于理性表达，逐渐地随着物理场与心理场的交融，译者情感越发贴近作者。感同身受，遵循文本自身的发展轨迹，贴近作者的态度，从而导致了文本情感表现差异缩小。换言之，译者在传译中也同样捕捉到文本的情感变化，原文和译文在这些方面的客观场域及心理场域是拉近了距离，近似度很高。

4. 心理场域近似度高——平行结构的谋篇形式趋同

当译者的心理场域近似作者时，只要目的语语言体系允许，语言结构能够表达相同含义，译者通常会选取功能相同的结构传译原文语义，并尽可能保留原文形式的特定功能，让文本形式同时具备语义延伸作用。

杨绛经历的干校生活的所见所闻是留在记忆中不可抹灭的精神财富，闲情也罢，浪费时光也罢，怎可能是眼前拖拉机铲平的"一片白地"？她不会忘记那满地比脑袋还大、比骨头还硬的土坷垃；她也无法忘记大暑天，她的同伴浸在井底阴冷水中的情景。如今，一切都"没了"。这种情感的复杂内涵是人类的共识，借助平行结构附加重复动词"没了"，很好地表达了五味杂念，远远超出了文本语言的承载。因而，英汉语篇在这个层面上的沟通容易产生共鸣，趋同处理是再正常不过了。

10) 过了年，清明那天，学部的干校迁往明港。动身前，我们菜园班全伙回到旧菜园来，拆除所有的建筑。可拔的拔了，可拆的拆了。拖拉机又来耕地一遍。临走我和默存偷空同往菜园看了一眼，聊当告别。只见窝棚<u>没了</u>，井台<u>没了</u>，灌水渠<u>没了</u>，菜畦<u>没了</u>，连那个扁扁的土馒头也不知去向，只剩下<u>满布坷垃的一片白地</u>。

10) After New Year's, on Tomb-Sweeping day (lunar April 5th) to be exact, the Study Division cadre school was moved to a place called Minggang. Before we made the move, our entire unit went to

the original vegetable plot, where we dismantled all the structures we had put up. Everything that could be moved or taken apart was. Then the tractors came and levelled the ground. On the eve of our departure, Mo-cun and I slipped over to the plot to take one last look around. The shed <u>was gone</u>, the well platform <u>was gone</u>, the irrigation ditches <u>were gone</u>, the vegetable beds <u>were gone</u>, and even the small mound of earth <u>had disappeared</u> from sight; all that was left was <u>a piece of empty land strewn with clods</u>.

上文的汉英文本对比，算得上一般翻译准则欲求的功能、形式及内含都接近对等了。

通过阐释社会心理学的物理场域和心理场域的相互作用关系，切入《学圃记闲》的翻译文本层面，先从物理场域和心理场域两方面分别选择语料，从而证实了物理场域的传译相对容易取得文本的近似度。作者和译者在心理场域方面的差异是导致原文与译文在局部情感语义度上存在差异的主要原因，如文中所列例子 3-7。同时也得承认，译者对于原作的情感度表达是有变化的，如例 8 和例 9 所示，译者是贴近作者的。特别是对于一般性的感情共识，心里反应容易产生共鸣，其结果就是译文与原文在表达层面求同存异，甚至是尽可能地在形式结构层面给予完整保留，例 10 就证明了这一点，是翻译追求的绝对等值标准。

至于译者的个性情感词汇的选择处理，客观地讲，与原文有些出入，可能有以下几个原因。首先是译者的理解决定其阐释。其次，也不否认译者的用词习惯。或许，文本内的层次变化是译者推进文本内逻辑推演，语义推进，甚至前后对比度凸显的方式？有着谋篇全文，局部把控的作用？局部的调整从通篇文本的处理上没有形成过极的障碍，依旧保留了全文整体的文体、基调和语义的传达。一种翻译现象会引起我们的比较兴趣，也会引发我们的进一步思考，何乐而不为？

第三章
《千万别把我当人》语言特色的英译描写研究

作家王朔，可谓20世纪70年代末至21世纪最初十年中国文坛上影响力最大，同时也是最具争议的作家之一。王朔的影响力源自他作品产量颇丰。统计显示，自1978年开始写作以来，他创作短篇小说6部，长篇小说7部，中篇小说居多，大约20部，其他还有影视作品和文集，共约200余万字的丰厚成果。不可否认，王朔在中国当代文学上引来了激烈的争论，褒贬各持己见，有人给他冠以"痞子英雄"，或推崇"个人主义"，还有强调其创作带有"非主流人物形象"塑造等等。可以达成共识的一点是，王朔的叙述语言是带着鲜明个人标签的。读者只要通过语言，就可以轻易辨识出王朔的作品。

有位评论者这样写道，"如果想用最简洁的文字来道出王朔小说语言的特点，那么不妨一言以蔽之：'玩文字'。何谓'玩文字'？就是一种在自由王国境界随心所欲地使用、调动、安置、组合、杜撰语言文字的兴趣和冲动，一种驾驭文字的能力以及表现这种能力的强烈愿望。"[1] 不过，王朔绝对不是在随意地玩文字游戏。毕竟，在国家处于全面转型时期，在当时民族自尊心高度敏感和民族自豪感高度膨胀的文化环境下，不是每个文人都敢于站出来，直视并正面揭露和批评不健康的社会文化，这不仅需要勇气，更需要技巧。

本文以葛浩文英译《千万别把我当人》为研究对象，着重考察和描述王朔语言特色的英译客观状况。学界普遍认为这部作品是王朔特别动

---

[1] 叶穗，1997. "玩"的就是文学[J]. 上海大学学报，(4).

感情的一部力作。当时的作者还处于年轻气盛之时，锋芒毕露、敢想敢写，大胆向社会怪象操刀。小说中塑造的主人公唐元豹的遭遇，一定程度上反映了王朔那个时期作品的遭遇。但是，他们选择的处理方式不同。作家在斗争过程中并没有丧失自我和善恶观，不会选择与丑恶及不堪现象进行妥协；而唐元豹面对不公正的怀疑和攻击，迷失了自我，任人羞辱，只是被动接受，最终沦落为可悲的笑柄。所有这一切，在作品发展的叙事中都可以找到语言见证。问题的关键是：中国当代读者对于小说中所反映的历史事件及相关的社会背景都相当熟知，感同身受。对于小说的文字描述及塑造的唐元豹这种社会边缘人物很容易产生共鸣。在中国，读者的反应往往直接决定了作家的影响力和作品的意义，王朔独具特色的语言应用反而更能符合大众胃口地展示时代的真实面貌。

当代译界普遍认为葛浩文可谓译介中国文学理想的无二人选。他不仅是兼顾源语和目的语的双语型称职读者，还是能发现原文中隐藏联系的敏感读者，同时也是在源语文化和目的语文化上有着良好素养的学者。而且他一向坚持"为读者翻译"，强调翻译目的是为了接受，为了更多不通汉语的英语读者能接受并喜爱中国文学作品。取证葛浩文先生的英译语料并客观地进行描述，有益于积累个性语言特色的英译处理素材，为上升到规律性的概述打基础。另一方面，探知面对王朔的文字那样具有强烈的镜头感，场景切换如此频繁，穿插着复杂多面的文化环境下，译者的语言转换又会是怎样一种结果？译作是否也能够多侧面的交错呈现？

关于这一点，葛浩文在其译作的译者序中给读者也有文字说明：Other references in the novel, familiar to most Chinese readers, come from historical sources, from novels, new and old, from TV advertising, the theater, headline stories, official editorials, and from a wide range of documents. Except in cases where an absence of familiarity would seriously impact the reading, I have chosen not to clutter the text with explanatory notes or other devices that would ultimately contribute little to an appreciation of the novel. Somewhat greater attention has been paid to Wang's use of language—from gutter slang to officialese (note the parodies of encomia in the final chapters)

第三章 《千万别把我当人》语言特色的英译描写研究

and beyond—in order to convey a sense of why so many Chinese readers find Wang outrageously funny and why official circles do not.（vii）这段文字的汉语大意是：小说中的其他文献，对于大多数中国读者而言十分熟悉，它们选自历史事件、其他小说（包括古典的和现代的），也有选自电视广告、剧作、当下瞩目的叙事、正式出版的期刊，诸如此类的文献来源，范围很广。不过，除非遇到不熟悉的信息真的严重地影响了阅读之外，我决定不做大量的解释注释，或其他弥补措施，因为这些最终还是无济于小说的欣赏。不管怎样，大家要特别关注王朔的语言应用——无论是下层人们使用的俚语，还是公文体语言（留意最后几个章节特别搞笑的赞美词）以及其他——无不在传递这样一层含义——为什么那么多中国读者认为王朔的语言出奇地搞笑滑稽，而官方却不这样看。这些写在序言部分的说明表明了译者对即将处理的原文的翻译策略的思考。

　　阅读全文后，不难发现这一事实：译文通篇没有脚注、尾注及相关背景知识的补充。这一定论是根据2000年由纽约的Hyperion East出版的版本为支撑的。书中译者自身提供的背景材料都体现在"译者序言"中。他主要提示了"面子"对于中国人意味着什么，还简略地说明《千万别把我当人》的创作背景，以及一个重大的历史事件"义和团运动"以及与此相连的一些历史事件。那么，文本重构译者真正完成了什么？他特别强调的王朔语言特质，是否真正做到了正确传达原文的幽默、反讽、反语及夸张的语言风格？译者是否向读者准确提供了原作品所处的时代及原文语境？凭借语言特色的传译是否更好地表达了作品旨在传递的语言功能、社会功能及文学功能？

　　本文以原著中王朔的语言特点为切入点，集中阐释：公文体语言、铺陈式语言及区域特定范畴应用的各类调侃语言，在源语语篇层面成就的文学功能、社会功能和语言功能，以及他们三者之间的有机结合是如何呈现在葛浩文的英译本现象上的。文章旨在客观描述葛浩文在目的语情境下完成王朔作品的转换所采取的翻译策略，并检测说明译本与原文本在语言特色上的相互关系，即Gideon Toury所说的"interdependency

(相互依赖性)"[1]是现实存在的。但是，译者实现其译作所想表达的三大功能，在方法上有其独到和截然不同的特征。从而说明，源自另一文化语言构成的文本在跨文化翻译后，形成了为目标语所接受的次文化或其自身文化分支的一个部分，以其特定的文本形式标志着自己的存在和身份。换言之，它既不同于原文本，意味着它不是原文本的照搬或复制；也有别于目的语盛行的常见规范文本。

第一节　讽刺官僚主义的语言描述及英译

1.1 公文体语言特征概述

公文体语言可以概括为四个主要特点：用语准确、表述平实、文字简约、风格庄重。(1) 用语准确指公文必须力求是最恰当、最精确的词语，准确地传达党和国家的方针、政策，如实地反映事物的情况、变化，确切地表达领导的意图、要求。(2) 表述平实指公文用语提倡质朴无华、开门见山、平易自然、通俗易懂。这种语言特点是由公文的实用目的所决定的。它不同于文学作品，后者一般着重文采，强调点在于以"情"感人；而公文的主要作用在于说"理"，凸显以"理"服人。因而，公文的遣词造句不需要刻意追求辞藻，也无需玩弄文字技巧。在表达上要求直陈其事，意在言内。一般使用限制性的定语和状语较多，使用修辞性的定语和状语较少。公文的主要表述方式是叙述、说明，加上少量的议论，一般不用描写、抒情、比喻以及象征等修辞手法。(3) 文字简约旨在强调公文用语要力求简洁明快、精炼不繁，尽量以较少的文字表达较为丰富的内容，做到以少胜多、以简代繁，言简而意赅。(4) 风格庄重指的是公文用语要庄重得体，必须使用规范的现代汉语书面语言，也可使用为读者所理解的典雅文言词语；一般不宜使用方言、口语，更不可以使用戏谑、诙谐、幽默的词语。

---

[1] Gideon Toury. 2001. Descriptive Translation Studies and Beyond [M]. Shanghai: Shanghai Foreign Language Education Press, (p24).

1.2 公文体语言特征的英译重构

王朔的小说作品常被评论者描述为"具有游戏特征",无论是在语言形式上的玩味,还是在小说情节上的构建,均可见证此种技法。《千万别把我当人》中的情节构建,从一开始作者便有意将会议设置在舞台上,读者沿着这个线索便能领会到,空旷的大舞台上,摆放着一张桌子,一小撮人围绕着桌子主导了一幕有目的的"剧",这便是他们编排的一场"游戏"。序幕由此拉开,会议组成员以及会议议事章程引发下的文本推进展开,点名了事件的起因。同时,作者采用常规式的平铺直叙手法,以空间为转换点,以事件为焦点,不断推动情节发展,以展现人物思想性格,反映人物心理。在这个过程中还大量借用了插叙和补叙的叙述手法,使内容更加丰富,情节合理,主题也得以深化。

在语言形式上,小说一开始作者便有意使用了公文体的叙述方式,营造了一个看似一本正经、严谨、规范的组织在开会的情景。实则是一个虚晃吹嘘、假大空,而且惯于效仿官僚程序化模式的民间组织在计划着一场不可告人的欺骗性行为的预演排练。这样的处理奠定了小说基调的讥讽特征,所述内容也表明了外在严谨的形式,实则意在言外,处处充满了荒唐。

下面摘取公文体的原文及其相对应的译文,描述葛浩文的反讽艺术处理及相应的策略实施,旨在检测葛译的语言表达是否在目的语中同样具有艺术的表现力,能够唤起读者的共鸣,以便发挥文本的社会功能作用。

1) 今天的会议有四个议程。第一由<u>中赛委秘书处秘书长赵航宇同志向各位股东汇报前一阶段中赛委秘书处的工作情况</u>;第二鉴于股东中流传着一些对秘书处几个牵头人不信任的议论,为了打消股东们的顾虑,证明此次大赛确有其事确有必要,我们特意搞到了一盘札幌大赛的录像带,会议休息期间将为各位股东播放;第三个议程是关于<u>中外自由搏击擂台赛组织委员会及其常设机构秘书处易名一事</u>;第四个议程是为使大赛各项工作顺利进行,第三次筹款认捐活动—请各位股东不要提前退席。

1) "There are four items on today's agenda. First, the Secretary — General of the Chinese Competition Committee, Comrade Zhao Hangyu, will report to the stockholders on the progress of our work to date. <u>The second item deals with</u> stockholders' expressions of no confidence in certain members of the Secretariat. To ease stockholders concerns and prove the existence and necessity of these crucial games, we have obtained a videotape of the Sapporo Games, which we'll play for you during the break. <u>The third item concerns</u> name changes for the Chinese and Foreign Free-Style Elimination Wrestling Competition Organizing Committee and for the Secretariat. <u>The fourth and final item is intended to facilitate the implementation of work associated with the games.</u> I'm talking about a third round of fund-raising and pledges, so please, don't anyone leave early.

显而易见，依据上文（1.1）所阐释的公文体特征，小说开端以开门见山、平易自然、通俗易懂的规范现代汉语书面语形式作为语体，用严谨、正式、朴实无华的词语和语调将会议的议程一一给予叙述和说明。特别是其组织机构完善且庞大似乎给人以规范感。首先其名称为<u>"中赛委"</u>，含义指向全国性的机构，可见其机构庞大，权利范畴覆盖面广，下设有<u>"秘书处秘书长"</u>，意味着组织机构完整，犹如国家正式部门机构体制一般。还有值得注意的是，语言表达中整个段落在陈述议程时都采用了平铺直叙的陈述句结构，几乎没有使用任何形容词或副词以加强或渲染，处处传递着"客观真实的信息"表达概念。

但是，这样的铺设开场白随着第二段落的会场介绍让读者一下就领悟到巨大的反差情节："这是个可容纳上千人的剧场，剧场座位上空空荡荡。舞台摆着一张大圆桌，与会者紧紧挨着坐成一圈，……"（p001）将会议地点设置在这种空荡荡的情景，聚焦在灯光下的圆桌及围绕在桌旁的与会者，使上段文字的郑重其事都突然间变得冠冕堂皇，典型的官僚形式主义做派，语境设置意味着舞台上的这帮人即将上演一幕"自导自演的闹剧。再细想它的招牌——"中赛委"即全称为"中外自由搏击擂台赛组织委员会及其常设机构秘书处"是何等的荒唐、空洞。读到此时，读者便会领会作者的小说开端采用公文体的特别用意。作者始终没有将自己的评论性语言插入其间，也没有直白地抨击这种文化乱象（什么札幌大赛，而且还冠以中外如此庞大的名称）。他凭借段落之间的逻辑衔接和文字间透漏的语义反差留给读者独自思考的空间。小说处理的艺术表现力在于引起了读者的兴趣和好奇心，愿意追寻情节的发展，了解究竟发生了什么事件。作者以看似平淡无奇的手法达到了欲想传达的目的。简言之，公文性文体的应用收到了预料的文本表达效果。

　　译文中可以清晰地看到葛浩文依旧采取了公文式的文体风格，首先从句型的选择上可以佐证。英语使用"There be"句型时，其句法功能传递的信息含义便是客观描述，或事实性、或真理性、或普遍性、或程序化、或规约性。再者，非人称词汇承担主语的安排句子，也是同样的语言功能传递，如文中所用："The second item deals with"，"The third item concerns"以及"The fourth and final item is intended to"。同时，使用一般现在时态组建句子，在形式上对目的语读者也是客观性表达的语言功能表现，读者可以根据自身习得认知的语言知识，了解译者使用句型和时态的用意。不可轻易忽视的是译者的用词选择。公文式文本不仅要求句式严谨规范，相伴随的词汇要求尽量使用书面语，二者之间是相辅相成，互为前提的表现形式，葛浩文在这段文字中大量采用了书面语的表达词汇，如："expressions of no confidence, the existence and necessity, obtained,"以及"to facilitate the implementation of"等等。

　　公文式文体的叙述以平铺直叙为凸显特点和要求，旨在真实地的陈述，文体风格在英汉两种语言中有基本相似的语言形式和表达手段。译文进行转换时，用恰当的目的语公文表现形式，很好地传达了原文本的写作意图和精心设置。另外，原作者的开篇使用公文体和接下来的语篇内在衔接的方式有其特别用意，译文也给出了同等语用功能的回应。即便个别部分，译者在组织语句时在词汇层面有所删减，但从整段语篇的处理上来分析，译者带给目的语读者的译文语篇无论是语言形式、语言功能以及由此引起的社会功能，在文本层面的篇章概念上都成功地表现出来了。

为了进一步证实译者处理这种文体是否采取始终如一的连贯处理策略，本文再次摘取一个段落部分，以作充分附加解释说明。

2）"关于中赛委秘书处的工作我讲四点。……首先我要说秘书处的班子是好的，工作是有成绩的。第二我要说秘书处的工作是很辛苦的。在这里我有几个数字要讲给大家听，从秘书处工作开始以来我们上上下下所有工作人员没吃过一顿安生饭没睡过一个安生觉。累计跑过的路相当于从北京横跨太平洋跑到圣弗朗西斯科。共计吃掉了七千多袋方便面，抽了一万四千多支烟，喝掉了一百多公斤茶叶。账目是清楚的一笔笔都有交代，没有一分现金是塞到自己腰包里的。第三可能有个别同志煮方便面时卧了几个荷包蛋，熬夜时除了喝茶还喝了些蜂王精，对这种超标准花钱现象我们应揭发。……"

2) "Regarding the work of the Secretariat, there are four points I wish to make. … First, I wish to report that a good group is in place in the Secretariat, and that our work has proceeded nicely. Second, I want everyone to know that this is demanding work. Let me read you some figures. Since the first day of the Secretariat's existence, not one of us has enjoyed a single peaceful meal or a decent night's sleep. If you added up the miles we've traveled, the line would stretch from Beijing, across the Pacific, all the way to San Francisco. Altogether we have consumed more than seven thousand packages of instant noodles, smoked over fourteen thousand cigarettes, and gong through more than a hundred kilos of tea. We've kept a meticulous account of all our expenses, and not a penny of public money has found its way into our pockets. Third, while it's possible that one or more of the comrades might have dumped a fried egg or two into his instant noodles, or taken a few sips of Royal Jelly tonic along with his tea during an all-night work session. We have dealt harshly with every case of unwarranted expenditure, and welcome information

第三章 《千万别把我当人》语言特色的英译描写研究

provided by whistle-blowers, that is, any of you here ."

　　这段文字是赵航宇四个会议议程的部分内容。在两个大段落的直接引语中间，作者提供了一些背景知识说明。比如："追光移动，打在坐在主持人身边的一个头发蓬乱脸色苍白戴着眼镜的男人脸上，他的眼镜反着光使人几乎看不到他的眼睛。从他吐字飞快近乎剧烈咀嚼的嘴部动作看他是个容易激动的人。他就是中赛委秘书长赵航宇。"短短数语聚集在赵航宇脸部和头发的描写，已经呈现了作者的态度和倾向性。随着文本的推进，议程汇报的内容更加清晰地反映了"中赛委"的运行实质。上文节选部分一方面是赵航宇对自己秘书处工作的极力肯定，另一方面是他提供的数据明白无误地说明他们吃喝成风的腐败现实。看似平铺直叙，依旧能传递给读者强有力的对他的观点的认同感。面对这样相同的文体特征，译者本着同样的目的：尽量让译文读者感受到，并且努力理解原作者的文体选择的文学表现力，预测译者应该会采取和例1相同的处理原则或策略。

　　从以上英译文本处理不难看出译者在此应用了例1英译的相同策略，再次佐证了公文体文本汉译英转换时只要恰当应用目的语的特定句型和词汇搭配得当，就能重构出原文的整体语篇文体形式，成就语言功能对等，同时有效地传递给读者作品想要表达的文学文本功能。这种语言功能所及的文学功能，就翻译而言，在文本形式层面上凸现；而它所蕴含的社会功能是隐含的，文本上留有空白，给读者留下了思考的空间。读者借助上下文的逻辑连贯语义能够做出正确推断的文本语义，增加了读者主动深入文本，理解和阐释文本内涵的机会，不至于被动直白地被告知一切。但是，译文本身就是依据个体读者差异而定，所起到的社会功能无法估计。原文读者依托在母语文化背景下的阅读附加给文本的联想意义没有办法量化，不过整体文化大趋势差异不会很大。译本则不同，陌生的文化历史背景知识不是译文读者一时半会儿可以把握的。从这个角度审视译作，社会功能在很大程度上的丢失是不可避免的。

　　另外，就翻译实践本体，只是稍微需要指出的是汉语的重复使用"<u>安生</u>"一词，译者依据英语自身的搭配习惯给予处理，显然是译入语主导文化及语言的接受性决定了词汇的选择，所以分别由 "peaceful" 和 "decent" 替代。至于文中的书面词汇俯拾皆是，例如 "proceeded, meticulous, 以及 unwarranted expenditure" 等等。英译文中还有特别值得关注的是 "现在完成时态" 的恰当应用，如 "We've kept a meticulous account of, not a penny of public money has found its way into our pockets 以及 We have dealt harshly with every case of unwarranted expenditure, and welcome information provided by whistle-blowers, that is, any of you here ." 这种完成时态构建的语言功能将赵航宇急切的表功心态和主观性自我肯定的语义传达得非常到位。不过只有一事与译文处理理解有别，尽管不是该课题的讨论主题内容范围，但是顺便一提很有必要。"a fried egg"，对应的汉语应该是指用油煎的鸡蛋，不一定是 "荷包蛋"，而且，汉语中提到 "荷包蛋" 是指用水煮的，蛋清裹住蛋黄的形状。这里不知何故，译者要如此处理这一饮食词汇。

第二节　铺陈式赞誉词的英译分析

铺陈式赞誉在王朔的文体风格上十分明显，用意或者说表现意图具有很强烈的针对性，其写作目的就是借助看似荒诞滑稽、匪夷所思的表述，用浮夸的语言体现话不由衷的目的。关于铺陈式修辞手法的应用对于大多数人来讲难以驾驭，容易流于空洞、乏味的表述，引起人们阅读的兴趣减弱；主旨是批判讽刺，读来比较辛苦，甚至导致阅读的审美疲劳。王朔非同一般的 "玩" 文字水平，文风别具一格，让我们另有一番对铺陈式修辞应用的认识。

2.1 铺陈式修辞语言的概念及渊源

铺陈式语言，就其字面含义，铺：铺张、展示；陈：陈列、摆开。这种写作手法指：不用抽象理性的逻辑说明，也不用对比设喻的精心雕琢的修辞手法，即所谓的直陈其事，想哪说哪，与诗经 "赋、比、兴" 中的 "赋" 类似。众所周知，经典的 "赋" 在中国文学史上有汉赋，还有古乐府里的叙事诗。

铺陈式修饰语的表达方法具有互文性特质，即一个核心含义，通过使用语义范畴相近，或相邻，在结构上相同的词或句子在内容上相互渗透，交错互补，以便达到幽默、夸张、讽刺的详尽表达效果。同时，读来有特别的音韵传递作用，若是句式整齐，音调和谐，必然朗朗上口，能给人以美的艺术享受；若是堆积叠加便会带来滑稽可笑的言外讥讽、鞭笞之意，旨在渲染强调，给人留下深刻印象。

互文性铺陈式语言结构艺术在我国应用已久，自古有之。如"东市买骏马，西市买鞍鞯，南市买辔头，北市买长鞭"（《木兰诗》），句中的方位名词"东、西、南、北"以及物质名词和动物名称"骏马、鞍鞯、辔头、长鞭"都可以互换，表述意在体现木兰在市场上四处置办战具，渲染出征临行之前的紧张气氛。再如，"十三能织素，十四学裁衣，十五弹箜篌，十六诵诗书。"（《孔雀东南飞》）表达了刘兰芝的天资聪颖，多才多艺。句子结构排列绝非像履历表般严格按照时间顺序陈述事实的，而是铺陈了她从小勤奋好学，综合技能交错并行地渐渐掌握。

2.2 铺陈式修辞的英语传译分析

王朔为了表达对"全总"的辛辣讽刺和抨击，采用了堆积叠加式的铺陈式表现手法：使用相同结构的短语为描述性修饰定语，短语之间甚至没有语义的必然联系，更谈不上逻辑的严谨或合理性的推演。他非常艺术化地将杂乱无章的语言拼凑在一起，呈现出一种言不由衷、滑稽可笑的效果。小说中铺陈式修辞应用集中体现在第24章中，元豹妈率领的坛子胡同老百姓对大胖子的赞誉之辞。文本如下：

坛子胡同口，元豹妈领着全体百姓跪迎在尘埃里。大胖子骑着马笑眯眯地走进胡同，翻身下马，搀起老太太招呼大家："……"（p209）。（描述将画面切换到影视作品中经常刻画的青天大老爷为民除害的情景，结合前文中的描写，他们的所作所为让人不齿，讽刺意味便极为深刻）。在语言结构上采用铺陈式表达方式，分别让元豹妈、李大妈、元凤及黑子连气都不用换的方式，长篇累牍地大肆褒奖赞誉黑胖子这位所谓的"青天大老爷"，直到他们个个累到喘不上气为止，从而将讽刺、挖苦、鞭打之剧烈程度推至巅峰，让读者读罢由笑而泪，由泪而愤，由愤而思。由此，借用巧妙的语言功能传递出了情感功能及引发读者思考的社会功能。下面通过平行文本对比，解析葛浩文在译本实施过程中采取的相关翻译策略，探究其是否再现了铺陈式语言的修辞效果。

关于译文静态检测以折射其动态翻译行为的全过程不是意味着强调原文中心论，或者说译文是附属品；而是正视译文出处有源，它毕竟来自原文又不同于原文而独立存在于目的语大家庭里。正如吉迪恩·图里（Gideon Toury）论及的那样："...that the mainspring of the present endeavor was the conviction that the position and function of translations (as entities) and of translating (as a kind of activity) in a prospective target culture, the form a translation would have (and hence the relationships which would tie it to its original) and the strategies resorted to during its generation do not constitute a series of unconnected facts."（p24）。他旨在强调当今翻译研究的主要动机在于：落实译文作为独立存在体以及翻译行为作为一种活动，在未来的目标语文化中的位置和作用；因而，译文的形式及其与原文的关系要检测，包括译文产出过程中实施的翻译策略也要说明，从而证实文本构成不是一系列毫不相连的事实组合。这意味着译者的语言结构选择有特定的语言功能、文学功能以及社会功能要传达。

1）元豹妈念念有词地又哭又唱着，向大胖子致词，"敬爱的英明的亲爱的先驱者开拓者设计师明灯火炬照妖镜打狗棍爹妈爷爷奶奶老祖宗老猿猴老太上老君玉皇大帝观音菩萨总司令，您日理万机千辛万苦积重难返积劳成疾积习成癖肩挑重担腾云驾雾天马行空扶危济贫匡扶正义去恶除邪祛风湿祛虚寒壮阳补肾补脑补肝调胃解痛镇咳止喘通大便，百忙中却还亲身亲自亲临莅临降临光临视察观察纠察检查巡查探查侦查查访访问询问慰问我们胡同，这是对我们胡同的巨大关怀巨大鼓舞巨大鞭策巨大安慰巨大信任巨大体贴巨大荣光巨大抬举。我们这些小民昌民黎民贱民儿子孙子小草小狗小猫群氓愚众大众百姓感到十分幸福十分激动十分不安十分惭愧十分快活十分雀跃十分受宠若惊十分感恩不尽十分热泪盈眶十分心潮澎湃十分不知道说什么好，千言万语千歌万曲千山万海千呻万吟千嘟万哝千词万字都汇成一句响彻云霄声嘶力竭声震寰宇绕梁三日振聋发聩惊天

第三章 《千万别把我当人》语言特色的英译描写研究 69

动地悦耳动听美妙无比令人心醉令人陶醉令人沉醉令人三日不知肉味儿的时代最强音：万岁万岁万万岁万岁万岁万万岁！"

1) Yuanbao's mother read a proclamation, a tearful incantation: "Revered and wise and beloved pioneer vanguard architect beacon torch demon-revealing mirror dog-beating club father mother grandfather grandmother ancestor primal ape imperial father ancient sage Jade Emperor Guanyin Bodhisattva commander-in-chief, you have been busy with a myriad of daily matters suffering untold hardships old habits die hard over-worked to the point of illness addicted to labor shouldering crushing burdens mounting the clouds and riding the mist soaring across the sky helping those in danger and relieving those in distress restoring justice banishing evil and expelling heresies curing rheumatism and cold sweats invigorating the yang nourishing the kidneys and the brain building up the liver harmonizing the stomach easing pain suppressing coughs and relieving constipation, and you personally privately precedingly arrived appeared appeased our anxieties to inspect inquire interrogate make an investigation make the rounds make a case make known make inquires ask about find out about solicit about our lane, which shows tremendous concern tremendous encouragement tremendous motivation tremendous consolation tremendous trust tremendous consideration tremendous glory tremendous favor. We little people decent people common people lowly people sons and grandsons and grass seed and canine whelps and callow felines herd animals ignorant citizens broad masses hundred names are incredibly blessed incredibly excited incredibly restless incredibly remorseful incredibly happy incredibly ecstatic incredibly flattered incredibly thankful incredibly tearful incredibly emotional incredibly at a loss for words, a thousand statements and ten thousand comments a thousand songs and ten thousand tunes a thousand mountains and

ten thousand oceans a thousand moans and ten thousand groans a thousand mumbles and ten thousand murmurs a thousand terms and ten thousand words form a single utterance that resounds through the skies hoarse and exhausted a sound to rock the world lingering long in the air shattering the eardrums shaking heaven and earth music to the ears incomparably beautiful enchanting intoxicating inebriating making people forget the taste of meat for three days for it is the song of the ages: <u>long life long life long long life long life long life long long life!</u>"

这段长达408个汉字的恭维话，从外在结构分析，仅用了除引号之外的7个标点符号，其中逗号占据4个，传递着话语的持续性；只有一个句号标志。从内容及表达的语义分析，整个段落充满了叠加的语言形式，无外乎是些口不择言的任意拼加，无法用正常规范的逻辑合理性进行解释说明。可见作者是有意借助副语言现象及明知毫不相关的词汇堆积，表达着特殊的语言形式成就的语用目的，刻意地去捕捉读者的注意力，以便完成设计好的信息功能和文学功能的有效传递。

这段英译文最大限度地再现了原文的文体特色。从外在结构安排上，译者如同原文一样，采用了极少的标点符号，而且行文中仅使用了逗号4个，没有句号，其他和原文应用保持一致。可见译者是有意创造不断句，甚至不换气的表述方式，以重现原文堆积重叠，不假思索地连珠炮似的句法结构，让译文读者同样感受这种句式的特定句法作用的表达意图。

在选词语义表达上，同样是贴近原文的忠实处理策略。整个段落，除了在"<u>亲临莅临降临光临</u>"和"<u>视察观察纠察检查巡查探查侦查</u>"有所省略外，其余部分都是采取以词组为翻译单位的直译原则进行处理的。特别是译者高超的语言驾驭能力，使他十分娴熟地借助目的语表达优势，使原文的排比韵律节奏在译文中得以充分再现。正如上文英译中画线所示的内容。以"<u>personally privately precedingly</u>"和"<u>appeared appeased</u>"为例，译者很好地利用了英语押头韵的表达优势，让扬抑和抑扬的节奏感十分和谐地体现在文本中。异曲同工的翻译效果还表现在"<u>make an</u>

investigation make the rounds make a case make known make inquires"组成的系列短语词组上,以及"<u>tremendous</u>",和"<u>incredibly</u>"这两个汉语都表示"<u>十分</u>"的程度修饰概念上。在译文中,译者巧妙地转变了后置被限定词的词性,创造性地产生既不单调,又不失语义和节奏的文学效果,还有"<u>a thousand ... ten thousand</u>"和"<u>long life long long life</u>"同样展示了译者竭尽可能地转述传达原作语言特色的意图。译者十分尊重原作的语言特色,用忠实直译的翻译策略尽量保持与原作在语言形式及语义内涵上的一致性,借助语言形式凸显铺陈式堆积的文学功能。

为了进一步证实译者在处理这种修辞手段上是否一致,将继元豹妈之后的李大妈、元凤和黑子的赞美词一并拿来进行描述,以资佐证。从理论上讲,话语用以相同目的,发生在相同语境下,讲话者的文化层次接近,原文采用的语言方式相同,译者顺意采取直译便可。请看译文实例。

2)李大妈站出来接着打机枪似地说:"没有您我们至今还在黑暗中昏暗中灰暗中灰尘中灰堆中灰烬中土堆中土炕中土洞中山洞中山涧中山沟中深渊中汤锅中火炕中油锅中苦水中扑腾折腾翻腾倒腾踢腾……"

2) So Mrs. Li rose to pick up where she had left off:

"Without you we'd still be in the dark in the dimness in the dusk in the dust in the ashes in the cinders in the dirt in the pits in the muck in the caves in the abyss in the soup in the <u>barbecue</u> pit boiling in oil drowning in <u>brackish water</u> splashing twisting tumbling plummeting stumbling..."

3)元凤又站出来接着说:"您是光明希望未来理想旗帜号角战鼓胜利成功骄傲自豪凯旋天堂佛国智者巫师天才魔术师保护神救世主太阳月亮星辰光芒光辉光线光束光华……"

3) So Yuan-feng rose to pick up where she had left off:

"You are the light the hope the future the ideal the banner the bugle the drum victory success pride self-esteem triumphant return Heaven Buddha's realm the wise sorcerer genius magician guardian angel Redeemer the sun the moon the stars radiance brilliance luster brightness splender..."

4）黑子又接过元凤的话头说下去："大力神鹰隼狮虎铜头金脸钢腿铁腕霹雳拳头大炮导弹柱石墓石长城关隘。没有您我们得冻死饿死打死骂死吵死闹死烧死淹死吊死摔死让人欺负死……"

4) So Blackie picked up where she'd left off:

"Powerful deity hawk falcon lions tigers brass head gold face steel legs iron wrists thunderbolt fist cannon missile pillar tombstone Great Wall mountain pass. Without you we would have frozen to death starved to death been beaten to death cursed to death bickered to death hounded to death burned to death drowned hung flung to our death bullied to death..."

在以上原文和译文中，叠加式的修辞表现手法所反映的浮夸讽刺的社会含义显而易见。语言技巧的设计目的很明确，一目了然，能够唤起读者的共鸣。认知带有普遍性，通过直接传译的策略进行翻译可以取得不出所料的效果。简而言之，双语在语言功能、文学功能以及可以预测的社会功能层面都达到了理想的对等期待值。

第三节 区域特色的调侃语言的英译描述

论及调侃语言，顾名思义，指的是用诙谐幽默的语言达到搞笑欢快的作用，或者借助人们共知的渊源以及由此改编的表达，在特定的语境下起到讽刺、挖苦、自嘲和避免尴尬的叙述方式。这里特别强调"区域特色"旨在指明部分调侃语言的使用有一定的历时性和共时性的标记，以及两者交错只限定在一定的地理区域范围里应用，不具备普遍性的意义。

第三章 《千万别把我当人》语言特色的英译描写研究

在王朔的《千万别把我当人》中，调侃用语俯拾皆是，构成方式多样化，其主要目的用于讽刺挖苦的修辞性表达。为了方便阐释，这类语言的英译处理，笔者不准备进行全文的量化统计以致工作量过于庞大，同时，很多调侃语言现象不能截然断然地分类，即不可以明确地界定属于 A 类或绝对区别于 B 类，重叠相加或共性特点的存在是避免不了的，但这又是论及王朔作品的语言特点时不可回避的一个显著语言特色。笔者采取截取章节为单位，搜取所选章节中的调侃语言的英译处理，描述葛浩文的翻译策略应用状况，并从中感悟翻译的失与得。

以下所选语料是按照在章节中出现的先后顺序排列的，它们分别来自第 7、8、11、12、13、14 以及 20 章。语言的写作目的相同，竭尽幽默讽刺之功能。语言组织，作者转换切入范围极其宽泛，多数情况下是多种语言表述的混合搭配形式。笔者无力做出严谨的类型划分，只能顺着文本发展抽取典型性案例加以分析说明。

1) "三哥让我带个话，说三嫂从乡下来了。"
"三哥身体好吗？"
"好，就是脸上长了点桃花癣。"
"进来吧。"

1) "Third Brother sent me with a message that Third Sister-in-law has returned from the countryside."
"How is Third Brother?"
"He's fine, except for a ring-worm on his face."
"Come on in."

这番对话，中国的读者自然联想到地下工作者或特工人员，以及社会上的黑势力见面时常用的接头用语，是电影中常见的情景。白度找来了主角唐元豹和"全总"委员刘顺明见面的情景引来叫人发笑，有种神秘感，或许有着不可告人的目的。画面外的联想效果是否在译文读者那里同样能够感受到尚且存疑。译者在此完成了语言转换和表层信息的传达，以确保语篇的完整性。至于文学功能在没有注释的前提下能否如愿？诚实地讲，笔者主观推断认为流失的可能性很大。那么，语篇意图联系的社会功能作用丢失也是不可避免的。

2) "我也早想来见您，我心里这盏灯啊，就差有人来给点了。"

2) "I've been looking forward to meeting you, too. What this lantern in my heart has been needing is someone to light it."

唐元豹的表达似乎是终于找到了组织的感觉，兴奋不已，他的话让我们联想到了《红灯记》里的那盏红灯。王朔很自如地将读者耳熟能详的剧本台词切换嵌入文本中，文学的讽刺性效果是结合文本外的信息输入得以领悟和体会的。至于译文的处理和上例一样，在此不再赘述，往下所举案例多数都是同样情况，我们将其原文附加信息给予说明，在必要的时候，做原文和译文的比较。雷同时只是提供大量的翻译语料，以佐证译者翻译策略始终贯穿的一致性。

3) "你来于尘土也将归于尘土，你的肉体必将经历苦难而你的灵魂未必得救。把你的牛羊舍我。我必使你快乐。不要说谎不要扒女澡堂，当你接受不义之财时你也就领到地狱的出入证。当你把最后一口窝头给了比你还饿的人你也就在天堂的银行存进了一笔美元。爱你的仇人当他打你的左屁股时把你的右屁股也给他。讲文明讲礼貌守纪律，上车让座过马路走人行道红灯停绿灯行公买公卖不拿群众一针一线一切缴获要归公敢于同坏人坏事作斗争……"

3) "Ashes to ashes and dust to dust. Your physical body must undergo pain a suffering, yet your soul may not be saved. Give unto me your lambs and your calves. I will show you the way to happiness. Refrain from lying and peeping into women's baths. Any time you receive ill-gotten gains, you will have accepted a gate pass to hell. Anytime you give your last cornmeal cake to someone

hungrier than you, you will have deposited a tidy sum of U.S. dollars in Heavens bank. Love your enemy, and when he slaps the left cheek of your bottom, offer up the right. Keep a civil tongue, be courteous and self-disciplined. Give up your seat on a bus cross streets only in the cross walk stop at a red light go on on the green buy and sell at fair prices do not take a needle or thread from the masses turn in everything captured be prepared to struggle against evil people and evil deeds..."

就汉语文字仔细阅读而言，不难发现里面的内容经不起推敲，篡改《圣经》文本的内容，又扯到公共道德，还揉进去"三大纪律，八项注意"的歌词，揉和搅合拼杂起到了看似严肃的调侃目的，写作方式算得上一种大胆尝试。通篇都大量使用了讥讽的口吻，讽刺批判的意味十分严重，不仅创新了文学写作风格，引发的社会反响同样十分震撼。译文处理依旧采取直译策略确保文本信息的完整性。但文本内的信息跳跃性十分明显，特别是起初的宗教含义，转瞬间就跳到了公共道德行为，后面又涉及交通提醒等等，加之语言句子之间没有标点符号断句，都在表明它不同于常见的规范句法组织形式，相信这些提示一定会引起译文读者的阅读敏感。至于揉进去的"三大纪律，八项注意"的歌词所涵盖的特定历史意义和社会意义的丢失，存在被译文读者忽略的可能性。相比前两例，例3更具备普遍性，捕获语言功能和文学功能并存的几率略为容易。

　　4）"千里刀光影仇恨满九城也许你的眼睛再不会睁开男子汉大丈夫应该当兵风雨中战斗了多少年……"
　　4) "Swords glint for a thousand li vengeful eyes fill nine cities maybe you cannot open your eyes anyman of true mettle should battle for years amid the storms of war..."

原文将"重整河山待后生"的唱词和《四世同堂》的内容揉合在一

起，带给读者的阅读困难很大。充其量将其看作一种夸张的修辞手法，动员他们为自尊而战，至于渊源出处的联想意义附加很难同步实现。

5)"张老三，我问你，你的家乡在哪里，为何要离别你的故乡离开你心爱的姑娘……我和你无仇又无怨偏让我无颜偷生在人间……"

5) "Zhang Three, tell me, where is your home? ...Why have you left your home and your beloved wife? ...There's no enmity between us, so why did you make me lose face and live a life of shame?"

原文将《河边对口曲》《红河谷》以及《白毛女》三首歌曲的选段改编重组。作者显然旨在鞭打可怜的虚荣的民族自尊心的扭曲体现。对译文的翻译策略处理及评述同上。

6) 赵航宇笑着对元豹说，"岳大帅附到你身上也是有道理的，绝不是像那个老妖婆胡扯的什么跟满族有仇，而是因为在'精忠报国'这点上你们很相像，这是你的光荣。你要学习岳元帅，对同志春天般的温暖，对敌人严冬一样残酷无情。"

6) "Say there, Yuanbao," Zhao said, "it makes sense that Generalissimo Yue possessed your body, and not because of that tale of rubbish the old witch spun about a feud with the Manchus. He had the words 'Loyalty to the Nation' tattooed on his back, and that's where the two of you are alike. You share in his glory. You must learn from Generalissimo Yue. Treat your comrades with the warmth of spring, and your enemies with the harshness of winter, cruel and relentless."

可笑的事由及牵强的联系，难怪《雷锋日记》中的话语也能切入进来。终归一个概念迷茫的时代，无法刷出存在感，再勉强也要拼合。由点滴延伸到无限扩大。

第三章 《千万别把我当人》语言特色的英译描写研究

7)"我的用心当然一直明白着,杀洋人!杀得过要杀,<u>杀不过也要杀</u>!癞蛤蟆跳脚背上——咬不咬吓一跳。傻小子睡凉炕——全凭火力旺。拿着纱窗擦屁股给帝国主义露一手。"

7) "Of course my intentions were clear—to kill the foreigners! <u>And that includes those we could kill and those we couldn't.</u> If a toad hops onto your foot, it scares you whether it bites you or not. You have to be an idiot to sleep on a cold brick bed, since it's built to have a fire underneath. If we'd wiped our asses with a window screen, the imperialists would have seen right through us."

歇后语的堆积现象目的明确,拿莽撞充当英勇行为的匹夫之勇,可笑又可悲,自身却不以为然。例7中的英译处理需要特别解释一下。总体上讲,译者主要还是采取了直译的方式。上面的画线部分显示译文语义多多少少与汉语有出入。首先,汉语的"杀得过要杀,<u>杀不过也要杀</u>!"来势汹汹,但是译文解释为"<u>And that includes those we could kill and those we couldn't.</u>"语气明显减弱了许多。至于"傻小子睡凉炕——全凭火力旺。"这句歇后语的英文解释,英语的解释令人费解,更无从谈起歇后语的效果了。最后一句英译也是如此。可见,妙趣横生的歇后语在特殊语境下跨文化翻译,仅在语言层面都很难实现功能对等。

8)"三颗药喂你妈吃。不行不行,我的英语也欠流利,总是不由自主地带出法国口音。"

8) "'Sanking you belly mooch.' That'll never do. My English isn't very good either. I can't seem to lose my French accent."

毋庸多说,外来的都是好的,全盘西化的理念曾一度占领大众的思想领地,否定本民族的千年文化,甚至连能讲几句外语都变成了时尚和出人头地的标记。这里可见译者的用心良苦,他将汉语的"三颗药喂你妈吃"的音译传译成英语的"Sanking you belly mooch",既有一定的音译保留,还努力体现了不伦不类不知所云的语义。

9)"这是我的最新作品,"刘顺明拍着元豹对男孩们说,"提提意见,哪儿咸了哪儿淡了?"

"脸有点愤怒青年。"

"不对,倒不如说是垮掉的一代。"

"腿长得有点结构现实主义。"

"衣裳穿得挺后现代的。"

男孩们莫衷一是,各执一词。

9) "This is my latest work," Liu Shunming said to the boys as he patted Yuanbao on the back. "What do you think? Spicy or bland?"

"Looks like an angry young man to me."

"I don't think so. More like a member of the lost generation."

"His legs are sort of like structural realism."

"But he's dressed like a postmodernist."

The boys, unable to agree on anything, volunteered their various opinions.

堂堂大活人犹如一盘菜,哪里还有人的尊严?七嘴八舌的发言是人们在 80 年代初的思想迷茫、价值观取向不明的鲜活体现。那时强调完全西化的人,如小说中的代表 the little gentleman,不是说美国的月亮比中国的圆吗?大变革时代的转折时期人们何去何从确实存在选择困难,各执一词是个体思想倾向的差异化表露。葛浩文在这里译文的处理很到位,采用 "Spicy or bland?" 对应 "哪儿咸了哪儿淡了?",读者结合上下文就很容易捕捉到调侃戏谑之意。随后的信息量尽管大,均与西方文化或美国文化相关,读者应该不存在阅读障碍。此例算是少见的语言功能、文学功能以及社会功能融为一体的案例,并在跨文化的翻译中得以实现。

10) 巨大的书库,一望无尽,重重叠叠充斥着空间每个角落的书。

刘顺明手牵着元豹像导盲犬领着它的主人蹑手蹑脚地走进来,在书架间穿行着,仰起脸转着圈儿地望着四周顶天立地的书。

10) ...Liu Shunming led Yuanhao inside, carefully negotiating every step like a Seeing Eye dog. They threaded their way among the stacks, gazing up at books piled to the ceiling.

作者的比喻十分恰当，但此类比喻加上人物的动作所引发的阅读体验，每个人由于自己的前经验的差异，附加含义定会不同。译文同样取得了三者合一的效果表达。普遍性越高的信息，文本实现对等的机会越大。

11)"<u>喧死</u>，你应该激动得不能自持，同时应该升华。想想吧，你是和谁在一起。"

"<u>升华的感觉是不是和头晕的感觉差不多</u>？"

"<u>差不多，姊妹花</u>。"

"那我升华了。"

"在这儿你可以成为你希望的人。书可以给你一切，书中自有黄金屋，书中自有颜如玉。"

"这么管用？"

"<u>管用</u>，你以为那些<u>牛逼蛋侃的主儿</u>是他们自个儿的本事吗？……。"

11) "So excited you nearly <u>choke to death</u>! You should be so excited you can hardly contain yourself. And you should feel sublime. Just think who you're with."

"<u>Are sublime feelings the same as feeling dizzy</u>?"

"<u>Pretty much. They're like sisters.</u>"

"Then that's what I feel."

"In this place you can become the person you want to be. Anything can be gotten from books. In books there are rooms of gold, in books there is jadelike beauty."

"Are they really that good?"

"<u>You bet.</u>You don't think all those bullshitters were born that way, do you? ..."

靠夸大言辞装饰自己的冒充行为比比皆是，作者以戏谑讽刺的方式抨击社会现象、击中时弊。书不再是获取知识的阶梯，而是获取钱财、提高社会地位的途径。英译在直译的基础上个别部分略作阐释，比如，"<u>差不多</u>"译为"Pretty much."；"管用"为"You bet"，基于语境调整的高明之举。原文"噎死"是对上文的回答，相当于音译"<u>yes</u>"。作者使用了"噎死"，言外之意便丰富了。译者发挥成"<u>So excited you nearly choke to death！</u>"语义没错，和后续的"You should be so excited you can hardly contain yourself. And you should feel sublime. 有了更好的上下文呼应作用，略显阐释过度。

12)"都甭废话！"刘顺明挥手制止住一片乱吵吵，"一个广告十万，有钱拿来，<u>没钱玩勺子去</u>。"

12) "Don't waste your breath!" Liu cut them off with a wave of his hand. "He gets a hundred thousand per ad. If you've got the money, let's see it. <u>If not, go jerk off.</u>"

商业化的文化唯利是图，金钱至上凌驾于文化之上，是多么可怕的事情。由此笔者联想到《外国文学》创刊 40 年纪念时，担任了 20 年《外国文学》主编的胡文仲回顾办刊的历程，他坚持"即便一贫如洗，也决不改初衷"。编辑部的老师们不以牺牲质量来换取收益，以推动学术研究为己任。我们国家太需要这种纯粹的学术精神。所以，我们要向这样的严谨学者致敬！这个案例中，译者采取了替换原则，恐怕"<u>没钱玩勺子去</u>"表达在目的语中没有对应的表达。

13)"你真是机灵鬼儿。"女导演夸奖道，"对，你怀里抱的是炸药包，你要用它去炸毁愚昧的<u>碉堡</u>，为同志们的胜利扫清道路。现在可以说词了。你跟着我说，没书我不能活！"

"双手捧书脸贴上——<u>母亲只生了我的身，书的光辉照</u>

我心。"

13) "You're quite the clever little devil," the director said approvingly. "You're right on the money; that's a satchel of dynamite under your arm, and you're going to blow up the pillbox of the benighted and clear a path to victory for your comrades. Now let's hear you say this: 'I can't live without books.' "

"Press the book up against your face with both hands—— my mother gave me birth, but books have brought light to my heart."

恶搞是商业广告中司空见惯的事情。"炸毁愚昧的碉堡"是借用战斗英雄董存瑞,改编成"愚昧的碉堡",另一句"母亲只生了我的身,书的光辉照我心"源自"唱支山歌给党听:母亲只生了我的身,党的光辉照我心"。被篡改搬上小品的舞台,夸张地呈现荒诞的社会现实。翻译文本在此采用直译,文外信息未加特别处理,符合译者的一贯处理原则。

14) "对,老太太一辈子都是处女——抗日到底。"
14) "You're right. If an old lady stays a virgin, no alien invader has ever broached her fortification."

15) "没有什么可顾忌的嘛。乌龟吃老虎,成了,开天辟地头一遭,不成,王八脖子一缩,照旧当我的龟孙。"
15) "That way there's no need for concern. A turtle tries to make a meal out of a tiger. If it's successful, it's an historic event. If not, it draws its head into its shell and remains turtle spawn."

16) "我决定了,把大梦拳和芭蕾舞嫁接,学就学最先进的。好吃不如饺子,好玩不如雀子,咱们全都是第一流的。"
16) "I've made up my mind. We'll blend Big Dream Boxing and ballet. You might as well learn something new. There's no better food than stuffed dumplings, and no better game than mahjong. You

and me, we're top of the line."

17)"对,烟暖房屁暖床,改就比不改强。"

17) "That's right. A chimney warms the room, your hindquarters warm the bed. Change is better than no change any day."

原文嫁接了俗语、歇后语、甚至不登大雅之堂的亚文化语言,意在说明外来的就一定是好的。文化市场如此混乱,没有标准可依,不分青红皂白,照搬照用。翻译策略同上,不再赘笔。

18)"老先生,一会儿请您把门看好,不要让闲人进来围观,影响艺术家工作的气氛。"

"放心,倒贴钱也没人敢进这儿。馆里组织力量到街上兜捕三回了,专拣那现代派抓,用铁链子锁上门关着他们看,最后还是都翻窗户跑了。这是全北京最僻静的地方,坏人作案都不上这儿来。"

18) "In a few minutes, old friend, we'd like you to stand at the door and keep the riffraff out. We don't want anyone to disturb our artists while they're working."

"Don't worry, no one would come in here if you paid them. We went out on the street three separate times to rope in a bunch of modernists, then chained the door behind them so they couldn't get away, they climbed out through the window. You won't find a quieter, more secluded place anywhere in Beijing. Not even the criminal element shows up here."

反讽的言语让人意识到真正的艺术被乌七八糟的人们搞得面目全非,艺术含义荡然无存。

19)"不晓得。墙倒众人推,天塌高个顶,趁火打劫,鸡

第三章 《千万别把我当人》语言特色的英译描写研究

蛋不能往石头上碰，我一点没违反战略——头里那几仗我们都是这么打赢的。"

19) "I know nothing of the sort. <u>To knock a wall down, everybody has to push</u>. When the sky falls, it's held up by the tallest heads. Burning houses are the best to loot. You can't break a rock by throwing an egg at it. I did nothing in violation of military strategy. In fact, that's exactly how we won our early victories."

20) "见着怂人压不住火，见着能人直不起腿——这么形容你一点没错吧？"

20) "When you meet a weakling, your anger can't be contained; when you meet a worthy man, you can't make your legs run fast enough. Is that a fair description of you?"

以上例子讽刺了人性中欺弱惧强的劣根性。从翻译层面看，译者对极具讽刺的话语仍采取了直译策略加以处理，自始至终没有做过多的信息补充，需要借助整个文本的语境来理解语言所真正想传达的语义。例18自以为是的"艺术家们"，其创作付钱都无人围观，被捆绑来的"现代派"跳窗都要离开，甚至连"坏人"都唯恐躲之不及。叙述者的身份是一个看门老者，意在烘托讥讽的含义。上述理解要依据全文的基调和上下文的文本语境。至于例19中的"墙倒众人推"译成"To knock a wall down, everybody has to push"，译文最大限度地保留了原文的语言形式功能，但阐释只是原文概念之一。汉语里"墙倒众人推"往往与"落井下石"联系在一起，意在说明某人失势或倒台时，势利小人的趁机打击。而"To knock a wall down, everybody has to push"传达的倾向是正面积极的意思，意味着大家齐心协力就能把墙推倒，与它相匹配的联想意义是"众人拾柴火焰高"。翻译有时的不得已也体现在语言形式带来的语义不一定符合语境，或产生多个歧义解释的可能性。

21) "振作点，元豹。"白度摇着萎靡不振的元豹，"你可不能趴下。你才饿了三天,长城压根儿就没吃过一口,照样屹立了几千年。"

21) "Pull yourself together, Yuanbao," Bai Du demanded as she tried to shake him out of his lethargy. "Don't fall apart on us now. It's only been three days since you ate. The Great Wall hasn't eaten a bite for thousands of years, and it's standing as tall as ever."

22) "咱们中国能让人从月球上看见的就你们俩了。"孙国仁也声泪俱下。

22) "The only things in China visible from the moon are you and the Great Wall," Sun said tearfully.

23) "给你,都给你,还想吃什么?只要国内出产,全国人民不吃,虎口夺食也要给你弄来。"
……"砸锅卖铁,也得让元豹吃顿饱饭。"

23) "Okay, that's what you'll get. Anything else? As long as it's produced in China, we'll take it out of the tiger's mouth if we have to, and give it to you. To hell with the rest of the Chinese People."... "Yuanbao's getting a decent meal, even if we have to sell pots and pans for scrap meal to pay for it."

扭曲的指导思想导致扭曲的行为,虚荣心膨胀、作怪才会产生浮夸行为。集全国人民的集体财力物力去做一件不切实、毫无用处的荒唐事,可见当时的浮夸风有多么严重。

24) "……在'全总'成立的日日夜夜里,您废寝忘食,日理万机,戎马倥偬,马不停蹄,使尽了力,操碎了心,为中国人民的解放事业贡献了毕生的精力。收拾金瓯一片,分田分地真忙;生的伟大,死的光荣;碧血已结胜利花,怒向刀丛觅小诗。关山度若飞,举杯邀明月;梦里乾坤大,醒来日月长;

第三章 《千万别把我当人》语言特色的英译描写研究

千里搭长棚，终须与君别；好花不常开，好景不常在；得撒手处且撒手，得饶人处且饶人，世上事终未了不了了之，落花流水春去也——换了人间。小舟从此去，江海寄余生；待到山花烂漫时，你在丛中笑……"

24) "...You have been diligent and untiring in the daily workings of MobCom, occupied with a myriad of state affairs, leading a hectic, militaristic life, remaining in the saddle under the most adverse conditions, sapping your energy, worrying yourself to distraction, and devoting every ounce of energy to the liberation of the Chinese people; you have retrieved the golden goblet of national integrity, and have busied yourself with the important work of land redistribution; you have lived gloriously and will die with honor; blood shed in this just cause has produced the flower of victory; in facing down the enemy's swords, you have sought out poetry. Flying across the mountain pass, you raise your glass to toast the bright moon; in dreams the universe is vast, awake one's life is long; after a thousand li we raise a tent; at last I must bid you adieu; fine flowers do not often bloom, good times do not last forever; when the time comes to part, then part we must. When it's time to forgive, then forgive one must; when affairs of the world do not reach closure, they must be put aside; flowers wither, water flows, and springtime ends—the world changes. The little boat leaves from here, the rest of one's life is claimed by rivers and oceans. When bright mountain flowers are in full bloom, your laughter will emerge from the thicket..."

莎士比亚曾经说过：地狱里哪有鬼，鬼都在人间。为了自身利益他们合谋赶走赵航宇，却上演了这段无比煽情的歌功颂德。可笑又辛辣的讽刺是淋漓尽致的现实写照。文字中的混合错搭切换频繁。既有仿戏剧唱词，也有大量的四字成语，还不乏诗歌、俗语片语以及戏谑地使用原本赞颂英雄人物的话语。同时，还有作者一贯采取的改编形式，如"待到山花烂漫时，你（原本是她）在丛中笑"。这种语言技巧在相声、小品等艺术形式中应用广泛，以大篇幅的书面形式展现。王朔的写作手法与英国十八世纪的作家斯威夫特的"一个小小的建议"有诸多相似之处。不过王朔的文本阅读和理解要借助于大量的相关文外信息，才可以取得必要的文内文外联系，更深刻地将其融入特定的社会历史大背景下，文本的延伸社会意义方可获得。

译文读者对于中国文化储备有限的前提下，阅读译文的信息补充量也会受到局限，因而文本原有的超越文字本身的隐含意义的丢失是不可避免的。而且王朔信手拈来、随意自如切换的语言风格，文外注释和文内补充是无法有效完成的，只会加重文本的负担，使其变得冗长拖沓，更加削弱了文本阅读的吸引力。从这个层面看，译者不做过多注释可以理解，文本的社会功能丢失无法避免。葛浩文先生的语言功力使译文语言功能和文学功能匹配相得益彰，从中仍可感受到语言的表现力和张力。

如上所述，本章从《千万别把我当人》语言特色的三个层面探讨了对应的英译处理。即：公文体语言、铺陈式语言和区域特色的调侃语言。上述语言特色在原文中能够充分发挥其语言功能、文学功能和社会功能，源于王朔通篇交替灵活运用各种语体，娴熟自如地完成了全文构成，揭示了鲜明的主题——"千万别把我当人"。纵观作品全文，王朔没有一次直接使用"辛辣的讽刺""无情地抨击现实"此类词汇，却有能力淋漓尽致地揭开、撕掉所谓的"面子"和"尊严"。

对照葛浩文的译文语篇，通篇以直译策略为主，直译所占比例相当高，在文学翻译中也较为少见。正如他在译文序言中所说（前面有引文），对于王朔的这部作品做过多地额外解释也无益。他只强调一点，中国人好面子，把面子看得很重，为此不惜付出一切代价。这点也正是王朔创作意图的重点。

葛浩文的直译策略在所选取的三个语言特点方面是否达成了一样的功能？以上语料分析说明：公文体语言在译文中的应用与原文的比较，在语言形式以及由此产生的语言、文学及社会功能方面近似完全等值。究其原因是因为公文体语言的语体本质是规范的书面说明文，以陈述句表述为主，各种语言通用，直接转换为另一种语言形式即可。公文体语言被借用到文学作品中就具备了特殊的含义和表达力度。换言之，它等于在暗示读者作品中的人物属于一本正经地胡说八道。例如，全总委员会的成员在开会，作者设置了特定的舞台场景，空荡荡的观众席，这一切都有助于渲染主题意义。在这样的语境下，译文读者能够体会"公文体语言"应用的目的，它所起到的讽刺性修辞效果以及折射出的社会作用，人类的共识体验和认知是可以完成的。

再论第二个语言层面铺陈式修饰语的大量使用，译者依旧采取直接直译转码，未做任何其他处理。原文中铺陈式表达借助堆积重叠相加完成的，旨在说明浮夸、渲染、不切实际的拍马屁风气盛行，长篇累牍地应用是作者王朔独到的语言特色。译者将其直译为目的语的语码，最大限度地表达了个性作者的个性语言特色，同时也将文学功能传递出去，让译文读者面对无限度夸张的语言时大为吃惊、大开眼界。但相对而言，铺陈式语言风格潜在想传达的社会功能存在一定程度的损耗，译文丢失的比例远远大于原文。作品反映的是经历了十年"文革"后的中国社会现状，在面临大转变到来的时期，人们感到的迷茫。信息丢失引发的原因在于王朔的这部作品与特定时期的中国历史文化紧紧相关，译文无法复制。最后，关于区域调侃语言的英译处理摘取的语料最多。绝大多数情况下，译者仍然采取直译策略，只有少数略加阐释或使用目的语原有表述替换。这一部分译者最大程度地完成了语言形式的保留和文字表层信息的完整。至于所表现的文学和社会功能有多大的认可度，很难估计。因为原文作者熟练自如的瞬间切换新的信息来源，过于广泛又过于频繁，需要读者大量的文外信息量和文内信息呼应。这种情况下阅读通透难以实现。即便是原文读者也有丢掉或忽略信息来源的可能，译文读者的阅读理解在很大程度上离不开他们自身储备的中国文化多维度的资源，其困难程度可想而知。由此类推，在文学技巧表现上的认知不足，社会功能的共识恐怕只能抽象地归划为调侃、戏谑、讽刺的总结性意义了。

不难看出，这样的译本对于原文本的极大依赖性是存在的。译作是原作的再现，强调两者之间的关联。译作既不同于原作也区别于目的语写作的文本,它带着翻译的痕迹,有可能成为目的语系统下大家庭的一个分支成员。

　　此外,本章仅就语言特点及其翻译处理折射的文本语篇特点进行探讨,窥见其译文文本特色,衡量检测三大功能的得与失。在研究的过程中发现,译文文本从读者反映论去研究,实证调查条件允许的话,仅就社会功能一项展开不同层次读者群的调查,研究结果或许会成绩甚佳。

第四章
《玉米》译文语篇面面观

　　《玉米》《玉秀》《玉秧》三部曲讲述的是三个鲜活的普通女人。有评论家这样写道，"她们就生活在我们的记忆中，就生活在我们的身边。"正如她们的名字一样，太普通，太常见。她们尽管生长于田野，却都心记着远方的梦想。虽然通向远方的路崎岖、艰险，她们为此流过泪、流过血，遍体伤痕累累，然而最终也跨越不了生存的极限，远方的梦破碎于干旱坚硬的贫瘠之地。有人说作家毕飞宇真够狠的，将三个女人的命运定位在决绝之处。作家似乎在感情投入上更爱玉米，在强调她漂亮聪慧的前提下，刻画她人精般的言行着笔较多，一个沉着、冷静、工于心计、有担当、顾大局的形象跃然纸上，难怪人们将她比作大观园的王熙凤。

　　对于玉秀和玉秧，作者的刻画过于理性，他给如花似玉、心比天高，不甘屈服于命运摆布的玉秀安排了令人大跌眼镜的遭遇，让被轮奸和乱伦同时发生在她身上，这真如有人评论的那样，"这个女人岂不是比《雷雨》还'雷雨'"吗？难道毕飞宇作家是想告诉读者"万艳同悲"吗？玉秀的折腾和不甘心又能怎样？细细想来真让人不寒而栗。

　　可怜的玉秧终于靠着自己的努力，离开乡村，来到了城市的校园，给自己赢得了一次改变命运和拥抱梦想的机会。然而，她在校园里又遇到了怎样的"园丁"呢？她这朵稚嫩的小花面对阴险凶恶的钱主任、鳄鱼般的黄主任，还有那个变态的魏老师，天真、老实、木讷的玉秧如何应对？人性的丑态集中体现在这些所谓的为人师表的"园丁"身上，我们似乎读懂了作者更为高远、更为本质化的形而上情怀，即对人性的终极关注。力求超越生活表象，做一个真正的、纯粹的、有人性的人。

《玉米》《玉秀》《玉秧》三部曲叙事的切入点是民间，立足于大地，充满美丽的忧伤，发生在散发着泥土气息的70年代的苏北大地上。但是，仔细品味三部曲，就会体味到其包含文学多元素的客观存在。有人这样评论道，"……应该说，毕飞宇笔下的王家庄，与莫言的高密东北乡，苏童的枫杨树乡，庶几可同怀视之。而与红高粱、米一样，'玉米'，这一普通庄稼作物的名字，也因此获得了超乎本体的意义的延伸。"的确，从作品中，我们读到了毕飞宇对人性和历史的审视，对于时代和政治的拷问，它还涉及权力、伦理、性别与性、城镇与乡村等诸多主题的思考。相信不同的读者会对这样的作品有着自己侧重的关注。

葛浩文先生首先作为读者，同时也是译者，他是基于对作品的喜爱将其翻译成英文。在《葛浩文随笔》中，季进问道："翻译确实很困难。毕飞宇的作品你翻译过《青衣》？你好像很喜欢毕飞宇？既喜欢他的作品，也喜欢这个家伙。"葛浩文回应道："对对，我特别喜欢。我和我太太翻了《青衣》，已经出版了。《玉米》也已经翻好，刚看完校样。《推拿》刚看完，也很好，我很愿意翻，他也愿意我翻。不过，一旦版权卖给出版社，出版社就要选择译者，未必会找我，找我的话，我当然很愿意。毕飞宇很能写，是很独特的一个人，你看他跟京戏没有接触，可是能写出《青衣》；《玉米》写了三个小镇里的姐妹，他能写得入木三分；《推拿》也是，所写的经验，跟他几十年在世界上的生活毫无关系。特别是那个《玉米》，他怎么能那么了解女人呢？我问过他，怎么能写出这些完全不同的作品，他说，我只要抓住人的内心，人的思想，人的感觉，那么再找个故事套在上面就可以了。"（葛，p224）。这样的作品阅读，不论是母语读者还是二语读者，都有赖于和作者所描写的特定时代产生一定的视域融合，才能体验那最令人伤痛、最具宿命意味的深处，继而进一步思考个人与时代、个人与政治、个人与伦理等等一系列本质的问题，在层层重压下，人该有的自由、道德、尊严又是什么？面对悲惨遭遇、羞辱又该怎样？这样的作品外译输出，有着积极的文化意义，它带有普遍性的思考问题：人性的本质。

论及翻译，它译者将其理解的内容用目的语阐释出来。依据当代美国阐释学理论家赫施（E.D.Hirsch）的观点，唯一能决定文本含义的只有创造该文本的作者。他说:"一件本文只能复现某个陈述者或者作者的言语,或者换句话说,没有任何一个含义能离开它的创造者而存在。"他更直截了当地指出,"本文含义就是作者意指含义。"(转引谢,p54)本章节的意图,正是在此理论的基础上,如标题所示,旨在对于葛浩文英译《玉米》文本进行全方位分析。在十个标题下,试图描述译者贴近原文作者及作品的客观事实,具体体现在:尽量采取直译策略保留了原文的文化特质;适当应用补偿手段拉近原文和译文的距离;以忠实包容的态度实施着译者的使命。同时,研究结果也再一次证实了"普通语言"和"核心概念"是翻译活动不可动摇的基础;评论性言语、粗俗类或诅咒类语言具有普遍的共识性概念,成就了等值翻译实现的最大可行性;乡土文化(包括成语、谚语、俗语、俚语)和汉语特色的词汇及句法(省略主语句、把字结构、重叠词)是造成跨语转换的一贯障碍;改写和必要的英译转换处理是不可避免的翻译方法。最后,译文留白,即不可解释性信息事实性地存在,是翻译阐释的尴尬。

第一节 从语义角度看译文中描述"施桂芳"时的动词选择

《玉米》小说中的施桂芳是村党支部书记王连方的妻子,玉米的母亲。正如小说解释的那样,二十年前从施家桥嫁到王家庄,一共为王连方生了七个丫头。她在家中并没有地位,丈夫只当她是传宗接代的工具,她自己也是希望早日产子,落得一劳永逸。可以想象生出八子这个男婴后,她如释重负,松散慵懒的心态。毕飞宇在此着笔不多,但是用极为精炼又有力的动词,勾勒出这个角色的惟妙惟肖的心理,让人物形象及心理跃然纸上,刻在读者的阅读想象中。

原文这样写道,"出了月子施桂芳把小八子<u>丢</u>给了大女儿玉米,除了喂奶,施桂芳<u>不带孩子</u>。按理说施桂芳应该把小八子<u>衔</u>在嘴里,整天<u>肉干心胆</u>的才是。施桂芳没有。做完了月子施桂芳胖了,人也懒了,看上去松松垮垮的。这种松松垮垮里头有一股子自足,但更多的还是大功告成之后的懈怠。施桂芳喜欢站在家门口,<u>倚住</u>门框,十分安心地嗑着葵花子。施桂芳一只手托着瓜子,一只手<u>挑挑拣拣</u>的,然后<u>捏住</u>,三个指头肉乎乎地翘那儿，慢慢等候在下巴底下，样子出奇地懒了。"很显然，施桂芳是出于义务生儿子的，不是出于爱。上文所引中的动词，刚出月子，就把儿子"丢"给了玉米，跟甩包袱一样，充满了嫌弃。不得已的喂奶之外，无心顾及褓褓中的婴儿，把大把的时间消耗在嗑瓜子上，而且是站立在门口，靠着门框，松懒形象再无以复加了。作为一个母亲，她竟然"十分安心地嗑""托着瓜子，挑挑拣拣""慢慢等候"，与身为人母的身份极不匹配。读者在作者的刻画下清晰地读懂了施桂芳的自足和由内及外的慵懒，以及完成任务后的释然。一系列动词具有极强的画面感和表现力，言语之外的语言延伸性很强。相对照的英语在处理刻画"施桂芳"的形象时又采取了哪些动词应用手段？以下是葛浩文的译文处理：

Little Eight was barely a month old when Shi Guifang handed him over to her eldest daughter, Yumi. Outside of taking him to her breast several times a day, she showed no interest in her baby. In the normal course of events, a mother would treat her newborn son like a living treasure, cuddling him all day long. But not Shi Guifang. The effects of a monthlong lying-in had been the addition of some excess flab and a spirit of indolence. She seemed to sag, albeit contentedly; but mostly she displayed the sort of relaxed languor that comes with the successful completion of something important.

Shi Guifang savored the guiltless pleasure of leaning lazily against her door frame and nibbling on sunflower seeds. She'd pick a seed out of the palm of one hand, hold it between her thumb and index finger, and slowly bring it up to her mouth, her three remaining fleshy fingers curling under her chin. She demonstrated remarkable sloth, mainly in the way she stood, with one foot on the floor, the other resting on the doorsill. From time to time she switched feet.

从译文中不难看出译者在人物刻画方面动词词汇的选择与原文出入

很大，特别是修饰性词语的增添显而易见且十分普遍。译文一开始首先就做了语句调整，增加了主语，"Little Eight"，和副词"barely"引出了句子，婴儿只有一个月，和后续内容形成鲜明对照，让人觉得母亲这样的行为匪夷所思。译文丢掉了直接表述的原文词汇"丢"和"不带"，采用"barely"实施强调功能与"handed him over"呼应，在上下文互相照应的文本语境下，将除了喂奶，全然不顾的母亲行为，用"show no interest"来定义，把原文中的"不带"意义暗含其中。从词汇表意的语言功能上分析，原作中的表意方式是词到意就到，动词词汇的具体动作和画面感一目了然。而英语动词词汇语义的选择本身没有主观倾向性表示，表述意图和态度是凭借文本语境和补充副词来完成的。从语言词汇应用的角度，有两种解释：一是译者无力找到对应的词汇表达完成双语间的转换；二是译者认为英语中包含"扔"和"不带"的动词的具体含义都不具备汉语的言外引申意义，从而导致译文读者基于自身文化背景的歧义理解。

笔者愿意接受第二种因素导致的动词概念化处理和附加副词的补充语义的策略实施。以"扔"为基本语义的英语词汇有："throw、cast、toss、fling，"等等，带有明显的具体动作和方位目标，语义不符合这里的内涵，再严重一些的"扔"就额外加上了"弃"的含义，如"abandon、discard、give up、cast aside"等，也不能用来描述施桂芳的具体动作，她还没有到那种地步。下文对于她怪异的行为给出了解释，原由归结于对丈夫王连方的失望。同样的态度和阐释应用在"衔"在嘴里和"肉干心胆"的英译文表述出现的替换策略上，译者省去了具体动作的动词"衔在嘴里"，采用了概念化含义的表述"treat... a living treasure"，换掉了"肉干心胆"的比喻说法，用"cudding"这个动词的 ing 形式，很好地诠释了对待宝贝应该有的态度和做法。译者的描述手法至少是贴近原作语义而且是很好理解的一种表现形式。

特别需要指出的是译者匠心独运的功能词应用，如："displayed、the sort of、something important"。像"displayed"等词的附加，很好地将施桂芳显摆示威的心理活动突显出来，外加"the sort of"的引导与"something important"的呼应，若隐若现的表述，使语义趋向更为明显化和凝聚表现力，能够说明一个母语译者对本国语言的内化能力。接下来对于施桂芳出奇地懒的举例说明英译处理，更能见到译者的高明之处。译者将原文的"十分安然地"这一表述提到最前面，起到概括作用，通过动词"savored"将其语义包含在内，再根据隐性语义的显性处理的增词策略，增加了"the guiltless pleasure"，继而使用英语语言多用名词，少用动词的特点，将施桂芳倚在门框，伴随着嗑瓜子的具体情境借用"of...结构"——带出，进行了细腻的描写。比如，"leaning"后面增加了"lazily"，吃瓜子的方式选择了"nibbling"，接着由"pick"到"hold it between her thumb and index finger"，再慢慢地送到唇边，"slowly bring it up to her mouth"，译者恰当地把这一个接一个慢条斯理的动作概括为"remarkable sloth"，真不为过。动词处理的多样化表现，以及文本句子之间的微调比原文更胜一筹。

第二节 文化差异下的原文比喻性语言及度量单位的英译

《玉米》中语言表述丰富多样，特别是依据人物身份、场景量身定制语言特点，翻译时译者不可能忽略这些特征。另外度量衡单位中西有别，译者的处理值得关注和分析。

　　1）二婶远远地打量着施桂芳，动不动就是一阵冷笑，心里说，大腿叉了八回才叉出个儿子，还有脸面做出女支书的模样来呢。

　　1) She (Second Aunt) sized up Shi Guifang with a sneer: *She had to open her legs eight times before a son popped out, Second Aunt said to herself, and now she has the check to act like she's Party Secretary.*

　　原文中的二婶是一个农村妇女，自然语言粗俗，译者在处理时省掉了原文的"远远地，动不动"的字面表达，通过动词"size up"的语义延伸涵盖了盯住她不放，距离上又在巷子的那一端，十分合情合理。"动不动"的语义隐含在介词短语"with a sneer"之中。译文还特意借来了英语的形态特征，通过斜体小写的书写方式，用异化的策略直接保留了源语特色，包括故意使用"like she's"的错误语法形式表述，很好地还原了人物的文化程度决定的语言特色。不过，"大腿叉了八回才叉出个儿子，还有脸面做出女支书的模样来呢"这样非常口语化，不规范的区域特色表达话语，用直译处理能否让译文读者感到说话人是在讥讽或骂人？还有为什么要扮演女支书的模样？狐假虎威吗？因为无法控制范围，目前无法就上述问题检测读者群的反映。从目前关于葛浩文的译文研究资料上也未见到具体涉及这方面的文献。译者处理贴近了原文，把读者向原著拉近，在葛浩文的翻译中不属于常见策略，他更倾向于译文尽可能地贴近译文读者，为他们服务。

2) 老天终于在一九七一年开眼了。
2) Finally, in 1971, the heavens smiled on them.

此类表述是人们常用的口头禅，灾难降临时面向苍天哭诉，"老天爷啊，为什么如此残酷？"幸福来敲门时，同样离不开和老天分享，认为是天降祥云、赐福人类。个人历经艰辛后，有所收获，同样会感恩上天，不由自主地喃喃自语，"谢天谢地"。不过中国人心目中的天不同于西方人心目中的上帝，他们可以是玉皇大帝、王母娘娘、观音菩萨、如来佛祖等等，富含着民族化的文化诠释和心理期待。译文在处理上采取了一贯的异化原则，贴近原著，让译文读者的陌生感和距离感略为增多。

3) 阴历年刚过，施桂芳生下了小八子。
3) Shortly after the Lunar NewYear, Little Eight was born.

译者依旧采取了直译的策略，将"阴历年"这个文化词汇译为"the Lunar NewYear"。不容置疑的是，老百姓口中的过年是农历，特别是农民更加注重阴历，公历新年在中国缺乏跨年的气氛。尤其在农村，只有过了春节，才算过完了一年。笔者认为，从文化词汇处理统一性的角度，译者坚守了自己的翻译原则，但是考虑到具体情况的语义选择，可能 Chinese Spring Festival 作为替换或括号内补充，也不失为一种处理。毕竟年历计算和特别节日附加的文化内涵中西不同。在本篇小说中，原作者对这个"阴历年"还有进一步的信息说明。它的交代清晰就显得十分必要。

4) 开关小小的，像个又硬又亮的感叹号。
4) Neatly lined up in a row, the little switches were hard, shiny exclamation marks.

这句译文采用异曲同工的处理方式用暗喻表达意指了原文的明喻方式。

5) 王连方对着麦克风厉声说："我们的春节要过得团结、紧张、严肃、活泼。"说完这句话王连方就把亮铮铮的感叹号揿了下去。王连方自己都听出来了，他的话如同感叹号一般，紧张了，严肃了，冬天的野风平添了一般浩荡之气，严厉之气。

5) "This is to be a Spring Festival that stands for solidarity, vigilance, solemnity, and vivacity," Wang barked into the microphone, his words like the gleaming exclamation-mark switches he pressed while he spoke: vigilant and solemn, adding a harsh and mighty aura to the cold winds of winter.

显然，这段文字对于母语为中文的读者更易理解，参考前文 1971 年时间提示，自然可以联想到这个春节在"文革"时期，"文革"的特殊的政治气氛即便是面对中国的传统节日——春节也不放过渲染政治氛围。原本是举家团聚、其乐融融的和谐节日的喜庆气氛，却要特别强调"团结、紧张、严肃、活泼"让身为党支部书记的王连方也给不出准确的理解，只能借助歇斯底里地吼，来表达他的立场和对此不怀疑的坚定态度。团结、紧张，实则强调的是紧张；同理，严肃、活泼，重点在于严肃。让冬日北风呼叫的野风更加凛冽刺骨，哪有年味的感觉？连起码的象征春节的鞭炮都不让放了，小小的消磨时间的游戏打扑克也禁止了。联想到那个特殊的年代，历史文化背景知识的前见性辅助，读者很容易和作者及译者产生共鸣。

然而，译者的直译处理，就其翻译原则而言，坚持了他一贯对待本文文化用语的态度，最大限度地保留了原文的特色。译者采用"solidarity, vigilance, solemnity, and vivacity"抽象名词结构使这些词的语义很难解释的隐喻内涵得以传递。众所周知，英语词尾以 -ty 或 -ance 结尾时，是内在结构通过构词形式满足的词性要求，他们用在过春节的主题意旨，就显得不可思议，也难以把握适度。再者，描述王连方通知大家时使用了动词——"barked into"，该词的寓意内涵，英语读者熟知常规情况下指动物的叫喊，如"鸡鸣犬吠，一犬吠形，百犬吠声"等。这里笔者认为译者恰到好处地把王连方通过声音震慑村民的语义传达出来了。

这段译文值得学习的地方还在于"vigilant and solemn"形容词词组的并列应用。原文讲他（王连方）的话语硬邦邦的，如同感叹号，其结果是"紧张了，严肃了"。通过两个"了"加以说明。译者高明之处的翻译正是通过形容词表状态，将汉语的助词形态嵌入英语的形容词寓意之中。最后，通过增加功能词"adding"引出了"harsh and mighty"，给这个寒冷的冬天春节增加了寒意。笔者个人认为这不失为一种好的处理方法，值得借鉴和学习。同时，担心依旧存在，没有任何附加补充和说明的这样的译文，母语为英语的读者是怎样将文内信息与特定历史文化相联系，又是如何借助联想意义体会这言外之意的？毕竟经历了不同的社会历史的演绎过程。这里的疑问是，为什么葛浩文的英译本注释（脚注和尾注）以及文内说明内容很少？他心目中的读者群是谁？这个特点，我们在前面章节中，比如第三章王朔的翻译作品中也有同样的觉察。根据葛浩文的解释，则认为过多解释也无益于文本的理解。

6) 后来唱机上放了一张唱片，满村子都响起了《大海航行靠舵手》，村里的空气雄赳赳的，昂扬着，还一挺一挺的。

6) Someone put on a record, which filled the village with the valiant, sonorous, and rhythmic strains of "The Helmsman Guides

the Ocean Journey"。

相较原文，英译文做了较多调整。首先，出于英语句法的要求，加"someone"功能词补充主语同时表示不确定的语义。其次，"《大海航行靠舵手》"这首在当时政治意义颇深的汉语歌曲，借用比喻的形式强调了领导和群众的关系，着重点在句尾，而英语翻译将其译为陈述句，"'The Helmsman Guides the Ocean Journey'"，将歌曲的渲染含义转移到前置形容词的修饰作用上，接连使用了"valiant, sonorous, and rhythmic"加以浓墨重彩。遗憾的是，这样的处理让紧随其后的拟人比喻，"<u>村里的空气雄赳赳的，昂扬着，还一挺一挺的</u>"，消失殆尽。笔者认为，或许译者有其别样思考，或许这样的处理更严谨或表述清晰使然。没有严格的准确定义该怎样翻译，只有一般性的指导原则与个人的理解和措辞组句相结合。在不违背基本语义的前提下，文学作品个性化的表现手法，经由个性化的译者，出现表现差异是正常现象。赏析译作之人和译者处理语言点意见相左亦属正常。笔者认为英译文不似汉语那样内在衔接紧凑，而且也缺乏汉语语义的递进性延伸，……满村子响起，继而弥漫到空气里，连空气都雄赳赳的。这样的语言很有感染力，画面感极强。

7) 真是<u>黄泉路</u>上不等人。

7) They say, "The road down to Yellow Springs waits for no one."

"黄泉路"在中国文化中一目了然，不必做任何过多解释，但是在西方文化中估计没有这样的表达式，译者在此直接翻译为"The road down to Yellow Springs"只能是借用语境让读者自己体会，另外一点是凭借大写形式提醒读者这里是特别的文化词汇，也许有一定的解释作用。

8) 爷爷入了殓，又过了四天，烧好<u>头七</u>，彭国梁<u>摘了孝</u>，传过话来，他要来相亲。

8) Then, four days after the body had been placed in the

coffin and the first seven-day rites were completed, Peng Guoliang removed his mourning garments and sent word that he was coming to meet Yumi.

此处如例 8 一样，涉及与中国丧葬习俗有关的文化现象。祭奠死者要过"头七、二七和三七"。丧葬仪式的具体内容，在中国各地因风俗不同而表现各异。还有"戴孝"指的是亲人为纪念死者在胳膊上戴的黑袖章或孝子徽章，简称戴孝。以上两处译者缺少必要的补充和解释。

9) 汉奸的孙子倒是同意了，送来了一斤红糖，一斤白糖，二斤粮票，六尺布证，二斤五花肉。

9) The boy agreed and sent over a jin of brown sugar, another of white sugar, coupons for two jin of grain, a coupon for six chi of fabric, and two and a half jin of streaky pork.

这段文字中涉及众多度量单位，从译文看，译者采取了汉语音译表达和转换为英语单位的双重策略。音译策略就汉语音译而言，不允许在量词后面使用复数，译者先用"a jin of"，接着使用代词"another"，既避免重复又符合英语习惯。但英语的"coupon"所指含义过于宽泛，而汉语的"粮票、布证及肉票"都是专指的票类，这里体现了汉语与英语在"票"的词汇上没有对应表达式，汉语通过偏正结构的名词性形式完成的概念，英译时要通过补充说明来解释。至于"二斤五花肉"译为"two and a half jin of streaky pork"的确是表达上的错误。译者理解为"二斤五两的花肉"。有趣的是，此类讹误恰好反映了文化概念差异。猪肉红白交错搭配，其含义就是"花肉"，查阅汉语相关"五花肉"名称的来历有明确的说明，只是在日常生活中，已经被人们约定俗成地认可了，由此导致的双语翻译错误，恐怕译者自己是意识不到的。

第三节　粗话的英译

粗话就其字面含义而言，指的是语言粗俗、诅咒谩骂他人的肮脏言语，属于亚文化的用词范畴。常见的语境是愤怒、嫉妒、或心怀恶意歹心的状况下，口不择言。也有另一种情况指的是特别亲密的人际交往中，彼此之间无所顾忌地使用脏字。还有一种情况出自说话者自嘲、自贬的应用。英汉在粗话的共性上表现为所用语言都与两性有关，与身体部位有关，所以这方面的翻译策略，大趋势会采用贬义词直接表达语义；或者略加语境提示，再进行直译。在葛浩文的译文文本中也是同样的这两类处理原则，具体见下面的译文例子。

1）王连方用肩头簸了簸身上的军大衣，兀自笑起来，心里说："妈个巴子的。"

1) Shrugging the old overcoat up over his shoulders, Wang laughed and muttered to himself, "Well, I'll be damned."

上文指出王连方的母亲在扩音器里喊他回家，因为施桂芳终于生出了男孩。所以"兀自"笑出来是种发自内心的释放，继而喃喃自语道出的那句粗话实则是复杂的心理写照。所以，英译为"Well, I'll be damned."无法真正体现在这种语境下王连方的心情，这里的含义相当于"卧槽"。改译为"Well, damned well."如何？

2）王连方说："她知道个屁，才多大。"
2) "She doesn't know shit," Wang replied. "She's just a kid."

原文的粗话用肯定表达，在译文中用否定转换，异曲同工，功能对等。

3）王连方在回家的路上打过腹稿，随即说："是我们家的小八子，就叫王八路吧。"
老爹说："八路可以，王八不行。"

3) Having thought about this on the way home, Wang was prepared. "He's the eighth child, so we'll call him Wang Balu."

"Balu, as in 'Eighth Route Army'? Sounds fine," the old man said.

"But 'Wang' and 'ba' together mean cuckold."

王八在中文中的联想意义都是贬义，如"王八蛋""王八羔子"以及妻子有外遇给丈夫戴了绿帽子，丈夫就变成了"绿王八"，这里译者通过音译策略保留了谐音产生的音外歧义效果，再加上补充释译"cuckold"，有助于译文读者的理解。

4）光喊不干，扯他娘的淡。

4) But she couldn't, so what the hell was she dry heaving for?

显然，英语是在诅咒谩骂的前提下又附加了语境下的语义说明。

5）三姑奶奶说："高老师怎么教这个东西，忙了半天，屁都没有。"

5) "Why teach something like that?" Third Aunt commented. "After all that trouble, you're left with nothing, not even a fart."

6）不打自招的下三滥！再客气你还是一个骚货加贱货。

6) You shameless shit. All those nice manners do not alter the fact that you're a trollop, cheap goods.

7）个臭婊子。

7) You stinking whore.

8）李明庄的人们有个总结，叫做听起来浪，看上去骚，天生就是一个下作的坏子。

8) Li Ming villagers summed up her laughter by calling it "a wanton sound and a coquettish look, typical of a low-class woman."

概括起来说，例5至例8基本上都采用了自身词汇意义的贬义解释，偶尔有略加的释译说明，如例5，"you're left with nothing"的前置说明，再出现"not even a fart"这样传达出三姑奶奶不是骂人的意思，只是口头禅，讲粗话成习惯了。不像例6、7和8所示，明显在贬低骂人了。

9) 她在有庆的面前嘟囔说："我算是看出来了，这丫头当着不当着的，是个外勤内懒的货。"

9) Youqing's mother grumbled in front of her son: "Now I see. This girl does what she shouldn't do and does not do what she should do. Productive outside, lazy at home."

有庆母亲的话真格在骂人，译者在"当着不当着的，"的前置解释下，对"外勤内懒的货"进行了直译，采取了粗话处理的一般性原则，语义十分清楚，骂人不吐脏字的暗喻表示都很到位。

10) ……"你呕屎！"
10) "Stop mouthing shit," he shouted.

这个诅咒语近似汉语，类似少喷粪了。

11) 姓张的的确没一个好货。
11) The Zhangs were shoddy goods.

看来诅咒骂人的粗话英汉之间基本都是靠词汇本身的贬义语义实现的，多数都是在词层面完成的转换，句法层面很少。目前收集的葛浩文的翻译实例也反映了相同的处理原则。

第四章 《玉米》译文语篇面面观　103

12) ……她玉米也长不出玉穗那样的<u>贱骨头</u>。被人瞧不起都是自找的。

12) She (Yumi) would not <u>stoop to</u> Yusui's level of <u>contempt</u>. If people look down on you, it's probably your fault.

汉语的"贱骨头"也许在英语中没有对应的具体词汇表示，本身汉语也是偏正结构的词组聚合形成的语义，英译时也是在句子前提下，"<u>stoop to</u>"和"<u>contempt</u>"的互相辅助将语义明确化。可能释译也是出于不得已的策略。

13) 最让玉米瞧不起的还是那几个臭婆娘……
13) Yumi found all those <u>foul females</u> beneath contempt.

贬义词"<u>foul</u>"和"<u>females</u>"组合在一起，蔑视的语义很强烈，因为"<u>females</u>"还可以用来表示动物的雌性。

14) <u>秦红霞</u>回来了，<u>小骚货</u>出事之后带着孩子回娘家去了。

14) <u>The rotten piece of goods Qin Hongxia</u> returned to the village with her child after spending two weeks at her parents' home.

英译采用同位语处理，提取为主语，英语的语句更好组织了。

15) 有庆家的颤抖了，她低下头，看着自己的肚子，对自己的肚子说："狗杂种，狗杂种，狗杂种，个狗杂种啊！"

15) She shivered and looked down at her belly. "<u>You bastard</u>," she said, "<u>you mangy bastard, mangy bastard, lousy mangy bastard!</u>"

有趣的是译者这里反复将粗话如同原文频率一样重复，体现了讲话者泄愤的心情。看来是否需要重复不是一成不变的因素，取决于表达语境和情感的需求。

16）玉米说："跟我走。谁敢嚼蛆，我铰烂他的舌头！"
16) "Come with me," she said. "I'll cut the tongue of anyone who says a word."

对比英汉话语的狠劲，我们都能体会到英语基本语义都在，但是汉语撂狠话的含义更重些。因为"嚼蛆"字面意义就完全是贬义传达，"铰烂"可想而知那个恨，拧绕卷的动作都在其中；而"cut"过于简单快捷，太轻了。这里的诅咒是阐释性处理，部分程度上丢失了原文想传达的压在玉米心头的那种恨。

17）显然是脸上没有挂得住。祁老师转身就走，临走之前还丢下了一句话："别不要脸了！你是什么东西？"
17) Unable to bear the loss of face, she turned and walked off after tossing a comment at Wei. "Who do you think you are, you shameless ass."

可见"ass"这个动物很悲催，在中西文化中都具有贬义含义。

18）谈美华顺手把卧室的门关了，说："改不了吃屎。"
18) Closing the door with a final comment, "A dog never gets out of the habit of eating shit."

第四节 译文句法词汇省略及改变的理据分析

双语翻译中，省略是译者常用的翻译策略之一。葛浩文在《玉米》的译文中也大量地使用了这一策略。就其省略方式可以粗略地分为三种形式：句法省略、词汇省略、重复替换，以及由此带来的改变局部重构。导致省略在译文中应用的原因很多：语义重复，上下文照应已经清晰表达其含义的前提下，英语句法的制约，要求语言转换时强制性省略；另外，词义的覆盖范畴不对应，导致其不得已的选择和取舍；再者，英语习惯尽量避免同词同义的直接重复，即便是为了语言表达的修辞性押韵结构，也会经常使用省略结构或局部替代、改变等方式转述原汉语的重复结构；再有，译者认为原作表达有些赘笔，在翻译过程中的修改，省略也是常见策略之一。除了以上所述的情况之外，译者作为独立的个体在文本判断上的好恶表达倾向在译文篇章上也有痕迹，省略的出发点应该是主观选择的意愿驱使。综上所列诸多现象，在葛浩文的译文中都有实例佐证。

1) 这份喜悦是那样地深入人心，到了贴心贴肺的程度。

1) Happiness took root in her heart.

显然英语将后半句"到了贴心贴肺的程度"这种比喻性的描述省略了，将其涵盖在深入人心"took root in her heart"了。诚然，从语义转换的角度看这里的省略，不存在意义丢失的现象而无可非议。从语言表述的特征来看，体现了英汉语言的差异，汉语表述擅长用具体化的比喻手法加深或夸张语言的表达力度，而英语相对推崇简洁朴实，依据自身语言特色进行处理属于可接受范围。

2) 玉米借助于母亲，亲眼目睹了女人的全部隐秘。对于一个长女来说，这实在是一份额外的奖励。

2) The arrival of Little Eight constituted the third time she'd watched her mother give birth, and that made her privy to all of a woman's secrets, a special reward for being the eldest.

应该说汉语的"玉米借助于母亲，亲眼目睹"在上句小八子的出生中已经表述过了，为了避免重复，英语句法凭借其关系代词"that"的关联作用，加连词"and"和逗号"，"的不断句标记，将语言有机地联系起来。又进一步把后面的汉语判断句压缩为名词词组，补充说明"privy"，使话语之间逻辑内在联系更为紧凑。笔者认为这是个成功的转换案例，该译文将源语自然嵌入译语的语言系统，又不失去语义表达。

3) 二丫头玉穗只比玉米小了一岁，三丫头玉秀只比玉米小两岁半。

3) The second sister, Yusui, was only a year younger than Yumi, and the third girl, Yuxiu, two and a half years.

这样省略属于英语结构性省略，汉语是相同结构的直接重复，英语避免或忌讳这样的结构使用。在英语写作中，完全相同的结构重复是写作弱笔的体现。译者的处理不仅有次序词汇第二和第三的提醒，还可通过前后句的照应，自主添加省略内容，不会引起语义混淆的。

4) ……然而，说起晓通世事，说起内心的深邃程度，玉穗玉秀比玉米都差了一块。

4) But neither of them could match Yumi's understanding of the ways of the world or her level of shrewdness.

英译文的省略最大程度地改变了原文的文体特色。原文采用"说起，……说起"的口吻是种举例，口语化色彩很浓的体现。英语译文将"玉穗玉秀比玉米都差了一块"，压缩提取成主语，用代词的形式与前句照应，避免重复使用名词，同时采用否定主语达到强调的目的，使这句话的文体体现与原文相差鲜明。不过最大程度完成了译文句子之间的衔接功能。

5) 玉米没穿棉袄，只穿了一件薄薄的白线衫，小了一些，胸脯鼓鼓的，到了小腰那儿又有力地收了回去，腰身全出来了。

5) She wore only a thin knit top that, because it was a bit on the small side, showed off her full breasts and thin waist.

英译文将原文的"没穿棉袄，和到了小腰那儿又有力地收了回去"没有翻译出来。笔者认为他们需要被翻译。因为没有穿棉袄直接回答了玉米青紫的胳膊的原因。至于"到了小腰那儿又有力地收了回去"也应该译出来，首先是出于原作在此的空间位置感很强，视线是由胸及腰的审视过程，而且这句话凸显了女孩子的线条美感。直接省略后，语言过于平淡，对视觉没有冲击力。译文的省略不失语义，但缺乏表现力。

6) 玉米在带孩子方面有些<u>天赋</u>，<u>一上来就无师自通</u>。

6) <u>Naturally gifted</u> in the business of childcare, she held the baby like a real mother after only a few days.

原文的"<u>一上来就无师自通</u>"实则在译文中因为同义重复的缘故省略了，其语义包含在"<u>Naturally gifted</u>"。而"she held the baby like a real mother after only a few days"是针对"没过几天已经把小八子抱得很像那么一回事了"的译文，很好地诠释了她的天赋表现出来的无师自通。由于语义重复的互补现象在译文中的省略处理是葛浩文英译文本中的常见策略。

7) 但害羞是多种多样的，有时候令人懊恼，<u>有时候却又不了</u>，反而叫人特别地自豪。

7) But there are different kinds of shyness; one kind can be upsetting, another kind can be a sign of pride.

从原文话语看，"<u>有时候却又不了</u>"是指很气恼却还放不下，还是愿意去做，因而"反而叫人特别地自豪"。目前英译的处理直接丢掉了原文的因果逻辑，翻译成选择性地表述，"有时…，有时…"这里的省略，可以视为一种语义偏差现象。

8) 老人说，<u>门槛高有门槛高的好</u>，<u>门槛高也有门槛高的坏</u>，玉米相信的。

8) She believed the old people when they said that <u>a door's high threshold has its virtues and its vices.</u>

显然，英译文避免再次对"门槛高有门槛高的"话语进行二次重写，这是符合英语语法体系的规约表达的，所以看似意译的策略，实际上是直译基础上的省略策略，是目的语的系统制约使然。

9) ……那份高兴就<u>难免虚空</u>，有点像水底下的竹篮子，一旦提出水面都是洞洞眼眼的了。……好在玉米并不着急，也就是<u>想想</u>。瞎心思总归是有酸有甜的。

9) ...her happiness seemed <u>like a bamboo basket</u>: Its holes were revealed when it was taken out of the water. ... Fortunately, Yumi was not overly anxious; these were only <u>idle thoughts</u>. <u>Such thoughts</u> are sometimes bitter and sometimes sweet.

很清楚，同样如例 8 所示，为了避免重复，省掉了"<u>难免虚空</u>"，直接采用比喻"<u>like a bamboo basket</u>"附加解释，让语言变得简洁。"想想"就仅仅是想想，意通"瞎心思"，所以前置"idle"后面呼应"such"，余意尽在其中。

10) 玉米的话产生了效应，<u>饭桌上扒饭的动静果真紧密了</u>。玉秀没有呼应。咀嚼的样子反而慢了，骄傲得很，漂亮得很。

10) Yumi's urging produced results and <u>the speed picked up around the table</u>. But not for Yuxiu, who actually began chewing more slowly—<u>damned</u> haughty and <u>damned</u> pretty.

原文"<u>饭桌上扒饭的动静果真紧密了</u>"在译文中提炼转化意译为"<u>the speed picked up around the table</u>"，上下文语境下应该可以理解，只是没有原文形象，原文那么多小脑袋凑在一起扒饭的情景丢失了。而对于玉秀的描述，译文将"……得很"处理成前修饰，重复使用"damned"

语气反而增强了，值得借鉴。

11）玉秀依旧很骄傲，不过，几个妹妹都看得出，<u>玉秀姐脸上的骄傲不对称了，绝对不如刚才好看</u>。

11) The haughty look remained, but the younger sisters could tell that something was <u>different somehow, and that Yuxiu wasn't nearly as pretty as before.</u>

显然，原文中的"玉秀姐脸上的骄傲不对称了"在译文中没有重复翻译，而是意义暗含在"something was <u>different somehow</u>"，与之前的"The haughty look remained"相呼应，寓意清晰，不必重复，省略是必然的现象。

12）玉米当着所有妹妹的面把玉秀叫做"三姐"，<u>口气相当地珍重，很上规矩</u>。

12) By referring to Yuxiu as third sister in front of the others she <u>underscored</u> the family's <u>prized hierarchy.</u>

"很上规矩"是属于乡土方言表述，只能换成"hierarchy"中性词体现语义。至于"口气相当地珍重"只能通过动词"<u>underscored</u>"与"<u>prized</u>"前后照应映衬出语义。

13）听了一次，就有两次，有了两次，就有三次。

13) Yumi only wanted her sister to obey her <u>once</u>; if she <u>did</u>, she'd <u>do it again</u> and then again.

英译文显然借用了英语的语言习惯和表达优势，通过助动词"do/did"和副词"again"将汉语"一次、两次、三次"的追加递增含义传译出来，十分自然，符合目的语的语言应用习惯。

14）三次以后，她也就习惯了，自然了。

14) After three times, obedience would become second nature.

例 14 的省略处理应该说和例 13 同出一辙，用"second nature"涵盖汉语的"习惯了，自然了"的表述。值得学习借鉴。这也许就是母语译者的优势所在。

15）村子里的男孩一般都不用大号，大号是学名，只有到了课堂上才会被老师们使用。

15) Village boys normally did not hear their given names except from their teachers.

汉语里人名一般分为学名和乳名，学名的乡土化表述即大号，姓后面的名字部分；另外，处于各种讲究，例如风水说、辈分、生辰八字以及为了孩子能够茁壮成长，还会起一个乳名，一般是较熟悉的亲人朋友之间使用，公众场合下表示正式一般不用。而英语中姓名表述只有姓＋名字部分，最多还有中间名字。所以，译者的处理是一般性地解释翻译，以丢掉原语语体的乡土气息为代价。过多解释对于表达无济于事，这也许就是翻译过程中的不得已。

16）富广家的拽了两下，有数了，玉米这个丫头不会松手的。

16) After two failed attempts to take the baby, Fuguang's wife realized that Yumi would not loosen her hold.

17）富广家的脸却吓白了，又不能说什么。周围的人一肚子的数，当然也不好说什么了。

17) Fuguang's wife paled with shock. She could say nothing, nor could the women, who all knew Yumi's intentions.

例 16 和例 17 中,"有数"和"一肚子的数"反映了汉语口语中"数"是个多义词,在语境下,它们都与数字的数无关,译者只能根据语义进行灵活处理,取其语义,丢弃其形式,分别为"realized"和"intentions",将笼统的含糊词义不得已具体化了。"realized"和"intentions"是汉语"数"的含义的局部或某些侧面表达的意思,但无法完全对等。

18) 但是当着这么多的人,又是在自家的门口,<u>富广家的脸上非常下不来</u>。

18) But with all those people standing around in front of her house, <u>the humiliation was intolerable</u>.

"富广家的脸上非常下不来。"这样的表述无法用英语直接转述,只能省掉原句结构,用替换结构表述其实质意义。

19) 玉米把王红兵的手抢回来,<u>把他的小指头含在嘴里,一根一根地吮干净,转脸吐在富广家的家门口</u>,……

19) Snatching the little hand away from the woman, Yumi <u>licked every finger clean and spat at Fuguang's door</u>...

可以看出,汉语在这里重在过程描述,先把手"抢"回来,再"含"在嘴里,故意地一根一根地"吮",转脸"吐"出。英译表述没有汉语那么细腻,画面感也没有那么强。笔者认为这是译者的个人倾向,没有规定的原则性问题,也许,换个译者会认为细节描述非常必要。仁者见仁,智者见智。

20) 玉米<u>一家一家地</u>站,其实是一家一家地揭发,<u>一家一家地</u>通告了。谁也别想漏网。

20) Yumi stood in front of one door after another, <u>exposing and warning</u> the women inside, <u>sparing</u> none of them.

汉语"一家一家地"重复了三次,对于汉语而言是强调,因为汉语不拒绝同一词汇的直接重复以达到修辞的强调功能，以此也表示了玉米有心机，要给她妈妈赢回脸面的决心和做法。但是，英语从根本上是否定同一词汇形式及语义直接重复的。所以结构性省略是必然现象，转换为英语的"exposing and warning, 以及 sparing"形式十分妥帖自然。

21) 妇女们羡慕着一个虚无的女人，拐了一个弯子，最终还是把马屁结结实实地拍在玉米的身上。

21) Expressing envy of a nonexistent lucky woman was a roundabout way of flattering Yumi.

"马屁结结实实地拍"在玉米身上，听起来幽默风趣，也包含着讽刺意味，符合这里的描述情景。无法转换的方言表述只能用语义趋向贬义的"flattering"勉强表达，而"结结实实"的修饰语无处插入，不得已进行了省略。

22) 小伙子叫彭国梁，在名字上面就已经胜了一筹，因为他是飞行员，所以他用"国家的栋梁"做名字，并不显得假大空，反而有了名副其实的一面，顶着天，又立着地，听上去很不一般。

22) The young man was called Peng Guoliang, a name that made him a true standout. Why? Because Guoliang, which means "pillar of the state," was appropriate for an aviator. Like a pillar, he was anchored to the ground, but his head was in the sky. An uncommon name.

汉语中"并不显得假大空，反而有了名副其实的一面"如此长的补充说明，着笔这么多以解释"国梁"用在他身上做名字合适。而英语只是选择了"appropriate for an aviator"一个形容词"appropriate"替代了扩展说明部分，通过附加"like a pillar"，顺延指出能够顶天立地的自然逻辑；再通过破碎句，即只是名词性词组收尾，不仅抓眼球，而且以示强调功能。译者精心设计了对原文的省略措施及相应的通过目的语句法的弥补措施，以达到尽可能同等功效的作用。

23）彭国梁的身旁有<u>一架银鹰，也就是飞机，衬托在那儿</u>，<u>相当容易激活人的想象力</u>。

23) <u>The Silver Hawk airplane</u> beside him stirred the imagination further.

英语句子浓缩了汉语的很多解释性话语，如"The Silver Hawk airplane"合并为一，省掉了插入语句"<u>也就是飞机</u>"；同理，"<u>beside him</u>"兼容了"<u>衬托在那儿</u>"的语义；还有"<u>further</u>"传达了"<u>相当容易激活人的</u>"修饰性表述，从而带来了简洁明了的译文。这种省略方式值得借鉴，给予我们很多启发。

24）玉米的信写得相当低调。玉米想来想去决定采取低调的办法。

24) After much thought, Yumi decided to write a restrained letter.

显然，"<u>玉米的信写得相当低调</u>"就汉语而言，语义已经包含在后半句了，直率地说，这句写作可谓赘笔，译者压缩处理在情理之中。

25）王连方一个人来到会计家。王连方作为男人的一生其实<u>正是从走进会计家的那一刻</u>开始的。

25) He arrived at the bookkeeper's house alone, <u>where</u> his life as a man truly began .

汉语句子的后半句主体部分"<u>正是从走进会计家的那一刻</u>"转换成英语句子后，由关系副词"<u>where</u>"将其重复表达及逻辑关系一并兼顾，这是句法转换中双语句式的包含作用所致带来的必然省略现象。

26）玉米又是惊、又是羞、又是怒。更不知道说什么了。

26) ...too stunned, embarrassed, and outraged to say anything.

汉语通过多次重复"又是"，完成了强调作用和音韵均衡结构，将玉米各种情感交织在一起的复杂心情跃然纸上。而英译时只在最前面出现一次"too"，再通过标点符号"，"逗号辅助，这是最常见的表达重复结构的英语应用方式，是两种语言结构的习惯使然，它们的句法功能是对等的，只是英语趋向省略应用方式更普遍。

27）它太遥远、太厉害、太高级了，它即在明处，却又深不见底，可以说神秘莫测，你反而不知道他们究竟在哪里了。

27) They are too distant, too powerful, and elevated—visible and unfathomable, mysterious and unidentifiable.

英译方式总体采取了省略结构，前半部分的"太遥远、太厉害、太高级了"与例26基本相同，反映了规律性的处理方式；后半部分通过"肯定——否定"的对照结构，借用英语的构词法优势，加前缀。由此很好地让语言结构均衡，形成对称美。这种省略方式的应用从某种程度上讲提高了原语言的表达力度，更紧凑，更简洁。

28）王连方过去很有势力，说到底只管着地上。现在，王连方公社里有人，县里头有人，如今天上也有人了。人家是够得上的。

28) Wang Lianfang had been invested with certain powers, but they were limited to events on terra firma. Now happenings in the sky also fell under his jurisdiction. Wang Lianfang had connections in the commune, in the county government, and now in the sky as well. He was omnipotent.

该例提供前半部分在于说明"王连方过去很有势力"，从上下文语境中可以限定"connection"的具体含义是有权势力量。至于具体的省略方式与上例相同，无需赘笔。

29）不管怎么说，他们的恋爱是白纸黑字，<u>一竖一横，一撇一捺</u>的，这就更令人神往了。

29) After all, black ink on white paper constituted their courtship, created by <u>various strokes of a pen;</u> and the villagers found that charming.

汉语的四字结构"<u>一竖一横，一撇一捺</u>"意在描写他们的爱情书写寄语的浪漫情思，特别是在乡村大环境下更显得独特而有情调。其结构构成是"ABAB"形的重复，富有画面感。英语面临这样的四字结构通常是转变为非 idiom 形式居多。更谈不上重复原有结构了。这样的处理在葛浩文先生的笔下并非少数，比如"一举一动"也是"ABAB"结构，他会译为"every action"。不过这个例子（例29）对重复的处理只是在于解释其意义了。"<u>various strokes of a pen</u>"假如回译的话，很难归回到"一竖一横，一撇一捺"。

30）玉米是<u>一个多么内向的姑娘，内向的姑娘</u>实际上多长了一双眼睛，专门是<u>向内看的。向内看的</u>眼睛能把自己的内心探照得<u>一清二楚</u>，所有的角落都<u>无微不至</u>。

30) ...making a difficult task even more so far for Yumi, <u>an introverted young woman</u> who, <u>like all such</u> women, possessed a second pair of eyes <u>that looked inward.</u> These <u>inward-looking eyes</u> illuminated <u>every</u> corner of her heart with <u>extraordinary clarity.</u>

汉语使用了蝉联修饰的表达手法，即让前句的尾部和后句的首部重复，如"<u>一个多么内向的姑娘，内向的姑娘</u>"和"<u>向内看的。向内看的眼睛</u>"，从而造就了前后句的内在衔接、照应及强调功能的表达。英译的处理必须依据英语客观的语言表达习惯和语言体系的规约，无法复制这样的蝉联修饰语手法。结果第一个重复使用了"like all such women"这种介词同义的短语形式回应汉语的直接重复"内向的姑娘……",第二个通过词形组合的略微变化给予微调整"that looked inward. These inward-looking eyes";至于四字结构"一清二楚,无微不至"。我们清楚地知道词组中的"一"其意义就是"二",同理"清"便是"楚",类推"无与不"和"微与至",其基本结构两个都是在"ABAB"上的变异。译者对此采取以习惯做法如(例30)所示,用非 idiom 形式传达。所以形成"every corner of her heart with extraordinary clarity"。

31) 要是彭国梁能在玉米的身边就好了,即使什么也不说,玉米会和他对视,用眼睛告诉他,用手指尖告诉他,甚至,用背影告诉他。

31) If only Peng Guoliang could be there beside her, she wouldn't need words. She could talk to him with her eyes or with her fingers, or even with her silhouette.

英译提取共性使用动词"告诉",使其句法避免重复,再并列使用介词结构"with her eyes or with her fingers, or even with her silhouette.",同样是英语语言的规约使然,介词与其后置词不分开。

32) 玉米恍惚得很,无力得很。

32) Her mind was in a fog, her energy depleted.

很显然,汉语通过"得很"的状语修饰表达了玉米内心的苦和无力表述。在英译中暗含在整个句子,以及主谓搭配体现的语义中。借助明确的主语表明心里迷茫,精力倒空了。汉语更为抽象的描述转述为英语越发具体化了。句式上就无从谈重复结构的再现了。

33) 玉米就觉得愁得慌,急得慌,堵得慌,累得慌。

33) She was awash in a turmoil caused by sadness, anxiety,

oppression, and exhaustion.

例 33 的重复结构与例 32 相同，让读者感受到了玉米在这场恋爱中的煎熬，简直到了崩溃的边缘，这种补语结构有强烈的心理撞击作用，带给读者感同身受的心堵难熬。英译的处理更多倾向于词汇自身的语义彰显其含义。首先在谓语部分使用了"awash in a turmoil"这一词组，即浸泡在纷乱的情绪中，再由介词短语"by sadness, anxiety, oppression, and exhaustion."进一步补充 turmoil 的情感因素。语义表现得十分到位，只是语感没有汉语那样强烈。

34）表面上<u>再</u>风平浪静，<u>再</u>和风细雨，<u>再</u>一个劲地对着姓王的喊"支书"，姓张的肯定有一股凶猛的劲道掩藏在深处。现在看不见，不等于没有。

34）<u>However placid things seemed, however harmonious the surface or calm the winds</u>, a powerful undercurrent of hostility lay hidden deep in the hearts of the Zhang clan. They always addressed Yumi's father as Secretary Wang, but just because the enmity was not in full view did not negate its existence.

这句话里的强调结构最大程度地再现于译文中，通过"<u>However + adj.</u>"的强调句结构。只是第三个"<u>再一个劲地</u>"副词强调结构进行了句内的语序大调整，使语言依旧内在联系紧凑，逻辑衔接合理。

35）高老师微笑着从水里提起衣裳，直起身子，甩了甩手，把大拇指和食指伸进口袋里，<u>捏住</u>一样东西，<u>慢慢拽出来</u>。<u>是一封信</u>。

35）Still smiling, Gao Suqin lifted a piece of laundry out of the water, straightened up and shook the water off her hands before <u>slipping</u> her thumb and index finger into her pocket to <u>exact something—an envelope</u>.

汉语和英语的译文表述传递了不同的画面及信息效果。汉语先"捏住"，继而"慢慢拽出来"演绎了一个过程，对此能反映出高素琴故意挑逗玉米，看她的反应。而英语用"exact something"就只能强调结果，省掉了细腻的过程描述，将高老师的拿捏，玉米的心理波动起伏都丢失了。另外，汉语"是一封信"是个独立句，由语言不完整的片段省略组成，侧重点在于强调有信息，有内容要传达。而英语将独立句并入前句部分，"—an envelope"通过破折号"——"提示强调性，改变了原有句法形式，不过句法功能基本对等。但是，envelope 与 letter 还是有区别的。

36）有庆家的姓柳，叫粉香，做姑娘的时候是相当有名气的。主要是嗓子好，能唱，再高的音都爬得上去。嗓子好了，笑起来当然就具有号召力，还有感染力。

36) Prior to her arrival in Wang Family Village, Youqing's wife, whose maiden name was Liu fengxiang, had earned a reputation as a singer who could reach even the highest notes. The natural charm and appeal of her smile allowed her to win over every listener.

汉语的画线部分"嗓子好，能唱，再高的音都爬得上去。嗓子好了……"表述过于口语化，语言组织较为松散，拖沓赘笔，语义基本重复，英译时进行了必要的压缩和重组，省略了不必要的琐碎的表达式，如上文画线部分所示"a reputation as a singer who could reach even the highest notes."，在句式上更加紧凑。某种程度上说，翻译过程中对于原文的微调和修改也是常见的处理策略。

37）她的脸上并没有故作镇定，因为她的确很镇定。
37) She did not have to try to look calm—she was truly unruffled.

对待汉语的重复表现"镇定"，体现了英译省略的一贯原则，尽量避免在英语中并不能起到强调作用同形同义的单调重复。分别用动词词组

"look calm"和相同语义的形容词"unruffled"来传达。

38）玉米<u>不看她</u>。她也<u>不看玉米</u>。

38) Yumi <u>avoided looking at</u> her, and Fenxiang <u>returned the favor</u>.

这里的"avoided looking at 和 returned the favor."再次回应了此类语句的规律性或一般性的英译处理。

39）有庆家的这两天有点不舒服，说不出来是哪儿，只是闷，<u>只好一件一件地洗衣裳</u>，靠搓洗衣裳来打发光阴。<u>衣裳洗完了</u>，又洗床单，<u>床单洗完了</u>，再洗枕头套。<u>有庆家的还是想洗</u>，连夏天的方口鞋都翻出来了，<u>一左一右地刷</u>。

39) Youqing's wife had been under the weather for a couple of days. She could not pinpoint the cause, but something was making her listless. So she <u>did the laundry</u>, scrubbing clothes to pass the time. Then she washed the sheets and the pillow covers. And still <u>she wasn't satisfied</u>, so she dug out her summer sandals and <u>brushed them clean</u>.

英汉语句对照明显，汉语口语化的重复语句在英译时均进行了省略处理。比如，汉语的"只好一件一件地洗衣裳，"概括为英语的"<u>did the laundry</u>"；而对于"<u>衣裳洗完了</u>"和"<u>床单洗完了</u>"采取了直接省略；并且将"<u>有庆家的还是想洗</u>"替换了表达，换用"And still <u>she wasn't satisfied</u>，不再多次重复动词"<u>washed</u>"，同理，"<u>一左一右地刷</u>"的具体描写也直接表达为，"<u>brushed them clean</u>"，再次说明汉语不忌讳同词同义的直接重复，它可以传达给读者作者想表达的意图，即主人公心理无缘由地闷，不知如何打发，就凭借洗衣服发泄，通过有意进行洗衣的细节说明，渲染她的烦躁情绪。英语基本不接受同词同义的单一重复使用，认为是赘笔现象，所以译者遵从了母语语言习惯，巧妙地进行了适当地省略和变化，语句的表现力丝毫不逊色原文。

> 40) 你就省下这份心吧，歇歇吧，拉倒吧你。
> 40) No need to do anything.

黑线部分实际上是同义重复，只是说话者自我安慰的附加语气而已，省略是必然的。

> 41) ……拉紧她们的手，左手一个，右手一个。玉米拽着自己的两个妹妹，在黑色的夜里往回走。
> 41) ...Yumi took each of them by the hand and led them home in the darkness.

很显然，汉语划黑线的部分在英译中"Yumi took each of them by the hand"，语义都已经包含在内，避免语义重复是英译省略的主要缘由。

> 42) 玉米坐在那儿，后来睡着了。玉米睡着了，坐在那儿。
> 42) ...and she sat in a chair, she fell asleep.

汉语通过句子的反复，告诉读者玉米的身心疲惫至极。英语无法包容此种表述，省略后，通过姿态传达给读者，即便坐在椅子上，也能入睡，可想有多心累。不过是否是"椅子"，原文没有明说，此处是额外信息量的补充，属于翻译过程中的超文本现象。

> 43) 一个人总共只有两只手，玉米不选早，不选晚，偏偏在这个时候把自己的两只手嫁出去，显然是不识时务了。
> 43) People have only two hands, and by choosing this particular time to give her hand in marriage, Yumi showed a pronounced lack of judgement.

显然汉语口语化很强的表述"不选早，不选晚，偏偏在这个时候"的语义涵盖在"particular"之中，直接避免了同义重复的必要性。

44）文书把小快艇一直开到王家庄的石码头。小快艇过桥的时候放了一阵鞭炮，鞭炮声在五月的空中显得怪怪的，听起来相当地不着调。

44) ...who set off a string of firecrackers as he passed beneath the bridge near the stone pier. Firecrackers in May—nothing could have sounded stranger.

省略的原因与上例相同，只是操控方法有别。汉语将"小快艇一直开到王家庄的石码头"行驶的目的地先叙述，再讲的过程。而英语按照空间地理顺序"beneath the bridge near the stone pier"进行排列，并且让主语"he"统领全句，逻辑顺序清晰，语言使用简洁，依据英语表达习惯，这样的省略很有必要。同理。"stranger"取代了后续"听起来相当地不着调"再译出来的必要性。

45）王连方来到石码头，对着小快艇巡视了几眼，派头还在，威严还在，一举一动还是支书的模样，脸上的表情也还在党内。

45) On this day, when he reached the pier, Wang surveyed the speedboat with the flair and dignity of a village secretary; he still looked every bit the Party member.

显然，汉语用来押韵强调的手法"派头还在，威严还在，一举一动"，实则近似含义重复，包括"脸上的表情"都是在表明王连方的架势依旧。英译用"the flair and dignity"综合了上述意义，简化了表述形式。

46）这一来她和郭巧巧之间就越发深不可测了，有着隐蔽的、结实的同盟关系，是心往一处想、劲往一处使的。

46) In this way, Yuxiu created a mysterious relationship with Qiaoqiao, a cleverly concealed alliance in which they worked together with one mind.

英译文将"越发深不可测了"翻译为"mysterious"很贴切，同时避免了上面用过的"deep"；汉语为了强调"结实的"程度，又补充了"心往一处想、劲往一处使的"表达，实则互为语义叠加衬托。英译删除了重复语义，处理为"worked together with one mind"其原因同上面的例子一样。

47) 儿孙自有儿孙福，他们自己的事，他们自己去消受。
47) Children have to make their own happiness.

汉语画线部分英语都没有翻译，原因与例46相同，语义互补，省略处理。

48) 像他的老子一样，一脸的方针，一脸的政策，一脸的组织性、纪律性，一脸的会议精神，难得开一次口。
48) Like his father, his demeanor connoted procedure, policy, organization, discipline, and the spirit of formal meetings.

英译时将汉语所有的"一脸的"全部省略，提取了一个概念性词"demeanor"，增加了一个功能性动词"connoted"，将汉语的一系列并列名词逐一排开，依旧体现并列关系。实则这些名词就是一种列举性的陈述说明。至于"难得开一次口"直接省略掉，因为前面已经说过，郭佐面对其他家人，除玉秀外，就是一言不发"clammed up"，上下文呼应，文本照应，不必重复。

49) 玉秀偷偷地瞄过郭左几眼，两个人的目光都成了黄昏时分的老鼠，探头探脑的，不是我把你吓着，就是你把我吓着。

要不就是一起吓着，毫无缘由地四处逃窜。

49) ...each one scaring the other and sending them both scurrying around.

英译借用了代词的优势"each one, the other 以及 them both"，将汉语的"把字结构句子"省略，压缩成一个句子，没有什么不好。同时借助语境隐含了"要不就是一起吓着"的句面表述，"毫无缘由地四处"用副词"around"覆盖了其含义。省略是在不减少语义的基础上进行的，是翻译策略应用的前提。

50) 玉秀把翠绿色的牙刷拿在手上，用大拇指抚摸牙刷的毛。大拇指毛茸茸的，心里头毛茸茸的，一切都是毛茸茸的。

50) ...and stroked the bristles with her thumb, which created a downy feeling that was replicated in her heart.

从上例可见，同义同形的重复在转换中的省略，在葛浩文先生的英译文中带有普遍性。汉语的"用大拇指"和后续句子中的"大拇指毛茸茸的"大拇指指称概念及形式完全相同，英语借用发达成熟的功能词"which"，以达到避免重复的目的。同样的处理体现在"毛茸茸"的转化中，只有第一个直译"a downy feeling"，第二个通过动词"replicated"的语义"复制、再现"传达，既然已经由身到心地体验，就涵盖了"一切都是毛茸茸的"的语义，这句话被省略似乎也在情理之中。但是，站在读者的角度，读汉语句子似乎有触感有画面联想，英语激不起这样的心理反应。

51) 玉秀让她伤心。是真伤心，伤透了心。

51) Yuxiu had hurt her feelings quite badly.

英译的概括性表述，我们读不出"伤心"那种递进的层次感。汉语看似简单地重复，对于情感的升级表述，唤起读者的心理共鸣有很大的情感召唤作用。

52）……潮湿的双手抚在了郭左的手背上，用心地抚摸。<u>缓慢得很。爱惜得很</u>。

52）...she placed her wet hands over the backs of his and <u>caressed</u> them <u>tenderly</u>.

汉语语境下的省略句"<u>缓慢得很。爱惜得很</u>。（省去了动词'抚摸'）"在于写情，写心理过程。英语直接选择带有感情色彩的词汇"<u>caressed</u>"加上后修饰词汇"<u>tenderly</u>"，完成了语义的转换，只是采取了结构上的省略与重构。

53）玉秀后来不点头了。只是<u>摇</u>，慢慢地<u>摇</u>，一点一点地<u>摇</u>，坚决地<u>摇</u>，伤心欲碎地<u>摇</u>。

53）Then she stopped nodding; she just <u>shook her head</u>, slowly and weakly at first, but soon she did it with heartbreaking determination.

汉语看似强调动词"摇"，实则语义中心在其前修饰部分告诉读者，玉秀这位心气很高，仅仅20岁的妙龄靓女，一夜之间，所有的人生美好被拦腰斩断。读者似乎感受到了她欲哭无泪，前景渺茫的无奈心态。真是心碎了一地，无从捡起。英译的方式更好地诠释了修饰成分的语义凸显，为了避免同词同义的重复，只出现了一次"<u>shook her head</u>"，而汉语不怕重复，连续使用五次，英语只是二次回应用了助动词"<u>did</u>"。此处形式语言（英语）和表意语言（汉语，即词到意到）的差别也十分明显，属于双语转换过程中的必然调整处理。

54）这丫头谁都不靠，完全靠她手里的一支笔，<u>一横一竖，一撇一捺</u>，硬是把自己送进了城。

54）<u>Relying only on</u> the pen in her hand, Yuyang had <u>made all</u>

the strokes necessary to get into town.

汉语的"这丫头谁都不靠"语义隐含在"Relying only on"（只凭借学习，排除了其他方法）。至于"一横一竖，一撇一捺"的描述意指十年寒窗的苦读，英语通过动词"made+all+necessary"将玉秧迫使自己用功的语义传达出来，能使出来的笨劲都用上了，才获得今天来之不易的进入师范学校的学习机会。只能说，译者在此用英语的表达习惯替代了汉语的形式，意在避免语言生硬的硬译痕迹。

55）那些钱物还是庞凤华第二天洗衣服的时候自己掏出来的，带着庞凤华的体温，甚至还带着庞凤华的心跳。

55) She found them Monday while doing her laundry. They still carried the warmth from her body.

译者很严谨地将时间精确表达出来"Monday"，这点值得后辈译者学习。至于"甚至还带着庞凤华的心跳"这种主观推进的夸张手法，可以说是译者个人取舍的结果，不是因为语义重叠进行的必要省略。我们平时所指的译者个体间性的特征，这里就是一例。

56）庞凤华这一次没有坐着哭，而是趴下了，伏在了班主任的枕头上，两只肩膀一耸一耸的。

56) She threw herself down on his pillow and sobbed, her shoulders heaving.

汉语的过程描写语言"庞凤华这一次没有坐着哭，而是趴下了"，在译文中直接省略，包含在后半句中。可能译者认为这里赘笔或语义重复了。

57）这一切都是普普通通的，很日常，没有半点异乎寻常的地方。

57) Nothing out of the ordinary.

这几句话意在重复，所以省略是避免语义及句法赘笔。

58) 当然，一切都是变了形的，带上了<u>青春期的夸张</u>，<u>青春期的激情</u>与<u>青春期的哀怨</u>。

58) Of course, everything was twisted, colored by <u>pubescent</u> exaggeration, passion, and sorrow.

汉语通过"青春期的"三次重复，强调感情色彩；而英语译文只出现一个前修饰"pubescent"可以覆盖到接续的三个名词。语言习惯使然，进行调整是必要的，是英汉互译中经常提到的"增词"和"减词"策略。即：汉语的前置并列修饰语重复英译时省略，反之亦然，英语的前置修饰语汉译时需要增词。

59) 而<u>某某是一只</u>螳螂，<u>某某是一只</u>猎狗，<u>某某是一只</u>青蛙，<u>某某某绝对是</u>一只懒蛤蟆，至于<u>某某某</u>，正面看不出来，侧面一看，无疑是一只鸡，而且是公鸡。脖子上的那一把<u>一愣一愣的</u>，<u>又机警</u>，<u>又莽撞</u>，当然是鸡了。

59) Her victims included <u>Mantis, Hound, Frog and Toad</u>. As <u>so-and-so</u>, he definitely resembled a rooster, but only if you looked at his profile when he <u>thrust out his neck</u>, <u>alert and jerky</u>. Of course he was a rooster.

汉语多次重复的"某某+是"意在举例说明，符合汉语的行文习惯，但不可照搬进入英语世界。译者采取了合并小句，并排陈列名词的替代方式，"Her victims included <u>Mantis, Hound, Frog and Toad</u>"，只出现了一次"某某某"，对应地译为"so-and-so"，切入文本，有语境下的文本照应作用。至于"一愣一愣"转移为解释性"thrust out his neck"是语义需要的处理；还有"又机警，又莽撞"的又字结构转移到"and"的连接关系上得到体现。这里的多层次省略，笔者认为恰当合理，符合语境转化和语言需要的特征。

第四章 《玉米》译文语篇面面观 127

60) 然而，对于师范学校来说，十一月的月底却春意盎然。不管天多么地冷，风多么地萧瑟，雨多么地凄惶，师范学校反而更热闹。翻一翻日历就知道了，再有十来天就是"一二·九"了。哪一所师范学校的工作日历能遗漏了十二月九号呢？十二月九号，那是革命的时刻，热血沸腾的时刻。那一天风在吼，马在啸，黄河在咆哮，那一天红日照遍了东方，自由之神在纵情高唱。正像八一级的学生、诗人楚天在橱窗里所说的那样：

"你／一二·九／是火炬／／你／一二·九／是号角／／你是嘹亮／你是燃烧"。

"一二·九"是莘莘学子的节日，当然也是赵珊珊的节日，庞凤华的节日和王玉秧的节日。是节日就要有纪念。这是制度。师范学校纪念"一二·九"的方式并不独特，无非是把同学们集中到广场，以班级为单位，举办一次歌咏比赛。大家在一起唱过了，开心过了，热闹过了，顺便决出一二三等奖，这才能够曲终人散。

60) On the other hand, late November actually began instilling the vitality of spring in the students; the campus turned lively despite the cold air, harsh winds, and dreary rain. A casual flip of the calendar revealed that 12-9 was barely two weeks away. How could any school leave December 9— a revolutionary moment, a time when blood roiled, the day when the wind, the horse, and the Yellow River roarded— off their schedule?

On that day the red sun shone brightly on the East as the god of the freedom sang with loud passion, as described in a poem postered by Chu Tian, a student in the class of '81.

You

12-9

Are a torch

You

12-9

Are a bugle

You're sonorous

You're a flame

December 9 was <u>a holiday</u> for the great mass of students; it was <u>a holiday for</u> Zhao Shanshan, <u>a holiday for</u> Pang Fenghua, and <u>a holiday for</u> Wang Yuyang. <u>A holiday</u> required celebration because that was what people did. There was nothing particularly memorable about their school's form of celebration, which was to gather the students on the athletic field between classes for singing contests. <u>The holiday</u> would not be considered celebrated until they <u>had</u> all sung, <u>had</u> enjoyed a good and festive outing, and <u>had</u> seen the top three prizes awarded.

这段语料从篇幅上讲截取了汉语相当长的一个段落。英译文将其切分为三个自然段。翻译转化中，最突出的特色依旧在于如何对待汉语强化目的下的重复问题。以下分五个点来说明：

（1）"多么地"三个前置副词原本修饰做谓语的三个形容词"<u>冷、萧瑟、凄惶</u>"，在译文中改变了句式，变成了形容词修饰名词，即"<u>cold air、harsh winds、and dreary rain</u>"，语义到位，韵律依旧保留，自然省去了多余的"<u>多么地</u>"存在。

（2）关于"一二·九"纪念日的表达，不算省略表达，汉语显性使用相关词就接近 15 个，此外还存在字里行间的隐性表达。英译处理采取完全直译的策略，这取决于汉语本身就采取了同义词替换、代词替代等多种形式，避免单一的使用，使所有词汇成就了文本的上下文照应关系，句法和语义表现力双语都十分贴近，以上诸多元素是求得近似绝对等值翻译的前提。看实证便知："12.9"国际通行数字表示，"十二月九号"（December 9 ），"十二月九号，那是革命的时刻—— a revolutionary moment"显然这里少译了"十二月九号和那是"将其省略进"破折号——"里了，"<u>时刻对应 moment</u>"；"<u>时刻对应 a time when</u>"，继续往后用代词"<u>那一天 the day when</u>"，另外两个那一天同原文一样隐含了；以此类推对应的"<u>On that day、You、12-9 以及 a holiday</u>"，实现了全方位的翻译等值。

(3) 汉语与"凤、马和黄河"搭配的动词分别是"吼、啸和咆哮"，读起来气势磅礴，来势凶猛的意象，英译仅采用"roar"接洽三个不同主语。这是一词多义的英语使然。就像动词"have、play、do"一样译为汉语时也要注意恰当搭配组合的表达。这种现象带来翻译策略上的增词减词及相关搭配处理。常见现象是汉译英减词多，反之，英译汉增词多。但是不绝对化或固化处理。

(4) 至于"December 9 was a holiday for..."，由此展开的三个并列句"it was a holiday for"是否有必要这样直接重复？笔者个人认为没有必要，解释不了这里重复的意义何在。反倒觉得"it was a holiday for sb, sb, and sb"没有什么不妥。

(5) 最后是这段文字中的助词处理："唱过了，开心过了，热闹过了"，很显然汉语的助词表时间功能转化为英语的时态体形式，即用显性的语法体态承载时间含义"had all sung, had enjoyed a good and festive outing, and had seen"。这是形式语言的要求，接受遵循规则改变是跨语翻译时的必须原则。语言是生态环境下的语言，如果与其生态语境不吻合，译本就没有生命力，其翻译实质上体现的是驾空于两种语言之外的翻译人造语言。本身就很难存活。

　　61）这是怎样的无忌，怎样的狂傲，怎样的为所欲为！
　　61) He was audacious, presumptuous, and willful, ...

汉语中的"怎样的"同例 60 中的"多么地"强调性地表达都进行了省略处理。语义在形容词中有充分体现，译者翻译策略一致性得以说明。

　　62）一旦认识了谁，你就会不停地遇上谁。玉秧和楚天就是这样。他们总是碰到，老是碰到。有时候是食堂，有时候换成了操场，图书馆就更不用说了。更多的时候还是在路上。
　　62) Once you meet someone, it seems that you're always running into each other. That is exactly what happened to Yuyang and Chu Tian. They ran into each other over and over—in the

cafeteria, on the athletic field, and, of course, in the library. But mostly it happened when they were headed somewhere.

汉语中的"总是，老是"体现遇见的频率之高，后面的多个"有时候"以及变换说法的有时候"更不用说了、更多的时候还是"都是补充、列举的作用。英译时，译者很精简地使用了"over and over"将重复性呈现出来，再通过破折号"——"罗列出相关的地点，表述地道，语言很简洁明了，值得学习。

63）趁着好心情，当天晚上赵姗姗就把庞凤华拖到班主任的宿舍去了。庞凤华不肯。要不是赵姗姗硬拖，庞凤华绝对不会去。

63) Taking advantage of the happy moment, Shanshan dragged Fenghua over to the homeroom teacher's dorm room that evening. Fenghua, who hadn't wanted to go, ...

汉语划黑线表述透视出庞凤华一种态度，通过"不肯、硬拖、绝对不会去"等说明她没有那些打算，也没有动那种心机。英译的省略将语义压缩在"dragged Fenghua over"表示出一方的被动行为，又附加了说明"who hadn't wanted to go"以对照前面的表述，转译过程中的语义都在，原文的言外强调意义存在不同程度的明显丢失。

64）魏向东已经好几年不当领导了，但是，魏向东自己都觉得奇怪，说来说去，他当领导的感觉又回来了。语气回来了，手势回来了，关键是，心态也回来了。全他妈的回来了。

64) Wei, who had not occupied a leadership position for a long time, was surprised to discover that talking like this made him feel like a leader again. He had regained the tone and gestures of an official. But the crux of the matter was that a leadership mentality had come back—the damn thing had returned.

这个汉语多层小句组合的长句,以魏向东为主题展示了他在和同事小杜谈话的过程中,使足了官威,拿足了架势。通过动词,一系列的"回来了"多侧面得以说明。有趣的是译者在处理英译时,尽可能地转达这里"回来了"的特殊言外之意,没有简单地将其省略。同时,为了不违背英语语言的应用习惯,即避免同形同词性功能同句法作用的词单调地直接重复使用,借用了大量的语义近义词进行替换,从"again,到regained(它覆盖了语气和手势,并且加上了主语 he)继而转换为 come back 和 returned",让语言有了充分的表现力。另外,将汉语一逗到底的句法结构,合理地进行重整,分为三个独立句,逻辑关系十分清晰,前面的第一个"回来了"是后续一系列"回来了"的逻辑主题中心词,接下来的都是对前面的具体说明,用句号结句体现主次逻辑关系,用"but"连句体现前后小句的并列逻辑关系,最后部分是收尾概括说明,破折号提示的解释作用非常到位。由此可见,译文质量的好坏不只是语言表述的到位,还包括辅助语言表达的副语言积极配合的功能。葛浩文先生的严谨用心值得我们慢慢品味。

65) 从她定期的情况汇报来看,不是鸡毛,就是蒜皮。没有什么太大的价值。

65) Her reports were generally worthless and covered only trivial matters.

实际上,"不是鸡毛,就是蒜皮"就是同义词重复,当然评定为"没有什么太大的价值",汉语这样口头语的表述比比皆是,只能在英译时采取语义转化处理,用概念性的"trivial"替代形象的喻体含义词汇"鸡毛和蒜皮",无形中也是一种文化丢失。"一地鸡毛"这种描述头绪繁多,无法梳理,琐碎又缠身的状况,在汉语里特别形象。英译汉时适当地将英语的形容词做四字结构的汉语表述处理,就其理论依据应该是汉语对于语言的渲染着色更为看重,比较而言,英语比较平实。再举一列,"魏向东双目如炬,……"译为"his keen eyes",处理策略与上例如出一辙。

66) 而玉秧额前的刘海也被汗水打湿了，贴在了脑门子上。这就是说，玉秧脑门子上的弧线也充分显示出来了，很饱满，很光亮，弯弯的，像半个月亮。

66) Her bangs were so soaked with sweat that they stuck to her forehead in a shiny crescent.

很明显，以上汉语画线部分在英译文中直接省略掉了。我个人很同意译者的处理，这里的写法，直言不讳地说很赘笔，"很光亮"体现的是汗水，半个月亮可以覆盖"弯弯的"语义。只是"很饱满"用在这里似乎不合语境。译文无论从显性词汇还是隐性隐含都没有涉及该词的语义。或许译者也觉得该词唐突吧，不明其所指。

67) 看不见玉秧也就罢了，关键是没有人向他汇报，没有人向他揭发，没有人可以让他管，没有工作可以让他"抓"，生活一下子就失去了目标。

67) It was bad enough that he couldn't see Yuyang; what made it worse was that there was no one to report to him or to expose others, no one to order around, and no work to take charge of. Life lost its appeal, ...

汉语的"没有人向他"并列结构转化为英语的"there was"引导结构，采用不定式的后置定语形式，同样成就了并列结构的作用和功能，比如"there was no one to report to him or to expose others"。这就是句法功能对等的等效翻译处理的实证。

68) 夜色如昼，一切都尽收眼底。没有了秘密，没有了隐含性，没有了暗示性。就连平时阴森森的小树林都公开了，透明了。魏向东提着手电，一个人在雪地里闲逛，寡味得很。没有漆黑的角落，没有人偷鸡摸狗，黑夜比白天还要无聊。

68) The light turned night into day, bringing everything out

into the open: no secrets, no hints, and no suggestiveness. Even the normally dark grove was exposed and transparent. Flashlight in hand, Wei roamed aimlessly in the snow, feeling utterly bored. The nights were worse than the days, since there were no more dark corners where people could engage in unsavory acts.

实际上，汉语的"没有了秘密，没有了隐含性，没有了暗示性。"是无主语结构，英语通过改变句式，以"The light"为主语引出全句，通过"bringing everything out into the open"起到补充说明，用冒号引出并列的名词短语，用"no"的形容词意义，构成"no secrets, no hints, and no suggestiveness"做进一步的举例解释，这样读起来英译逻辑衔接更为紧凑。对比之下，语义没有缺失，只是结构变化很明显。至于后续的"没有漆黑的角落，没有人偷鸡摸狗"先是还原了无主句，采用"there were no more dark corners"，再是将"没有人偷鸡摸狗"这个形象喻体改变为概念性表述"unsavory"，起到解释语义作用，略有所失。

69）窗户纸给捅开了。班主任和庞凤华的这道窗户纸到底给捅开了。这是怎样的贴心贴肺。他们原来是爱，一直在爱，偷偷摸摸地，藏在心底，钻心刺骨地爱。

69) The paper-thin-curtain separating them had finally been torn open to reveal a welcoming intimacy. They had been in love all along, a secret, private, heartbreaking love.

汉语的"窗户纸给捅开了。班主任和庞凤华的这道窗户纸到底给捅开了"，实则是语义的加强表达，英译时译者将其合并组合为一句话，并将后面的小句，一并收拢进来。汉语成语表达的"ABAB（贴心贴肺）"结构转译为"形容词＋名词结构（welcoming intimacy）"，这点恐怕只有母语译者可以做到。坦率地讲，笔者是意想不到这种搭配和组合的，也无力选取这一词组应用到此来传达"贴心贴肺"的含义。这就是笔力和词汇运用有限的具体体现，这里深受译者启发。

汉语的时间副词"原来，一直"转变为英语的时态形式"had been"，又附加了"all along"。至于最后的偏正结构，即副词+动词——"偷偷摸摸地，藏在心底，钻心刺骨地爱"，英译转换了词性，改为形容词+名词——"a secret, private, heartbreaking love"语义功能完全等同。名词性短语依旧起到补充说明作用。

70) 需要他们共同面对、共同对付的，首先是这样的一件事：他们的事情，绝对不能够"败露"。只有不"败露"，才有所谓的未来，才有所谓的希望。一旦败露，后果绝对是不堪设想的。

70) Something they had to face and confront together: they only hope for the future was to never let their love come to light.
The consequence of public exposure were unthinkable。

很显然，汉语的这些推测性话语"只有不'败露'，才有所谓的未来，才有所谓的希望"都隐含在"never let their love come to light 以及 The consequence of public exposure were unthinkable"之中，以省略避免了语句冗余。

71) 誓言都是铁骨铮铮的，誓言同样是掷地有声的。
71) Vows are loud and clear, firm and vigorous.

汉语的并列句有语义推进和强化的作用，英译省略采取了语义描述的处理。用并列的四个形容词"loud and clear, firm and vigorous"体现了誓言的特征。

72) 班主任和庞凤华共同忽略了一点，人在恋爱的时刻是多么的身不由己。身不由己，是身不由己啊。
72) The teacher and Fenghua both forgot one thing: People who are in love cannot control their feelings. They simply couldn't

do it.

作者反复使用"身不由己。身不由己，是身不由己啊"，以体现理智在感情面前苍白无力。英语尽管省略掉一个，但是"cannot control their feelings 和 They simply couldn't do it"的交替表达，同样将感情超越理智的操控完美地体现出来。

73）生活是多么的生动，多么的斑斓，多么叫人胆战心惊，多么令人荡气回肠。玉秧感谢生活，感谢她的"工作"。

73）Her life was filled with all sorts of activities, colors, trepidation, and stirring emotions when she hid dark corners to ferret out others' secrets. She was grateful to life and to her job.

这段文字中大量的形容词排比结构"多么的"以抒发情感，英译使用了前修饰语"all sorts of"接续了一些系列名词的并列，简洁省略符合英语的表达习惯；同样的处理原则体现在两个"感谢"上，通过介词结构"to life and to her job"，将暗含的省略部分清晰地隐藏于字里行间。例73这种对待形同结构的省略处理，在葛浩文的译文中具有普遍性、常规性的处理原则可以说明译入语语言的强制性规则使然。至于"when she hid dark corners to ferret out others' secrets"是由于译者的顺序调整置于此处，因而，上例中看不到对应句。

74）蛇多得数不过来，像一筐又一筐的面条。它们摞在一起，搅和在一起，纠缠在一起，黏糊糊的，不停地蠕动，汹涌澎湃地翻涌，吱溜吱溜地乱拱。

74）Snakes (There) were so many of them, like baskets of noodles, knotted, twisted, and snarled. They were sticky and slimy, writhing, roiling, surging, and slithering.

首先，英汉语言的标点符号断句发生了变化。汉语先将蛇多比喻为多如面条入筐。继而描述它们的外在堆放形式、触感及动感方式。英译文利用其语言的自身形态变化灵活的优势,用动词+ed的形式很好地诠释了存在状态的特征,同时省掉了汉语的"在一起"的词汇表达法,采用构词形态传达语义——"knotted, twisted, and snarled"。这里插一句题外话,译者近义动词的选择也颇显语言功力,非常形象,极具画面感,而且三个动词之间的细微差别把握也是别具一格,互相衬托,语义及意象都很到位。

同样的功能作用体现在动词+ing的形态应用上,"writhing, roiling, surging, and slithering"它们之间的语义推进,相关性和差异性都体现得恰到好处。不仅如此,"ing"的语法形态功能,完美地传译了汉语只能靠词汇表述的近义词"不停地、汹涌彭拜地、吱溜吱溜地",由此可见,不同语言客观存在的系统性差异必然要进行翻译形态的转换与替代。

第五节 作者的评论性语言的等值性客观转换

原文作者的评论性语言是尽量以客观角度,而非主观意念的态度在表达自己的观点。在句法上多数使用第三人称为主语,或非人称代词以及无主语形式引导句子。在语义上,所述观点带有一定程度的普遍性,容易引起共鸣和共识,具有相对地普遍真理性意义,跨越了时间及空间的限制。翻译转化过程中,为了凸显这些特征,译文在时态处理上会普遍采用一般现在时,间接转述可能会涉及一般过去时,以呼应原文的恒久性时间意义。基本上译入语在这种语境下的语句处理,几乎能够达到与原文的绝对等值或等效翻译,甚至在形式上也相差无几。这是翻译实践追求的绝对对等功能的完美体现,在文学作品里也可以部分地实现。

1)长幼不只是生命的次序,有时候还是生命的深度和宽度。说到底成长是需要机遇的,成长的进度只靠光阴有时候反而难以弥补。

1) Age among siblings often represents more than just the order of birth; it can also signal differences in the depth and breadth of life

experience. Ultimately, maturity requires opportunity; the pace of growth does not rely on the progression of time alone.

不难看出，作者对于玉米这个农村姑娘是刮目相看的。译者对于作者的评论性语言也是赞同的。这点可以从翻译文本的功能上得到阐释。原文用了递进连词"不只是……还是"强调了长幼的内在质的不同，译文使用了"more than just... also"呼应原有的强调功能。而且在句法组织上尽可能地贴近原文句法特征，即少用连接词，通过采用标点符号";"分号，最大可能地省略了主从连接词的应用。由此可见，原作评论性语言在译文中得到最大限度的基本等值性的客观转换。这里说基本等值是建立在双语转换必不可少的增减原则上，比如增加了"signal differences"是出于意义的需要，删除了"反而难以弥补"也是同样的目的。

2) 权力就这样，你只要把它握在手上，捏出汗来，权力会长出五根手指，一用劲就是一只拳头。

2) ...but authority is something you can take in your hand and squeeze till it sweats and sprouts five figures that can be balled into a fist.

上面画线部分的原文和译文对比显示，在评论性语言的表达上，双语最易得到等值性转换的假设再一次被证实。从语序句法排列，到用词的拟人化手法描述都取得了最接近的客观等值传译。不仅如此，英译的"balled into"比原语更有表现力。

3) 权利就是在别人听话的时候产生的，又通过要求别人听话而显示出来的。

3) Authority is achieved when others obey you, and it manifests itself in a demand for obedience.

4）心里的事发展到了脸上，那就不好了。

4) Transferring what is in your heart to your face is a recipe for disaster.

例 3 和例 4 再次从语料上取证了作者评论性语言在翻译过程中能够得到最大限度地等值转换，不论是语言形式还是语言所承载的信息内容，包括文体语域都是最接近等值。

5）不幸的女人都有一个标志，她们的婚姻都是突如其来的。

5) Unhappy women are all subject to the same phenomenon: Marriage comes with unanticipated suddenness.

译文与原文的关系近乎绝对等值的匹配，语气语调文体都有很高的近似度。评价性语言相对比较正式，用词接近书面语，英汉这点上也是对等的。再次说明局部范围里绝对等值的翻译是存在的。

6）队伍就是这么一个东西，只要有动静，不愁没有人跟进去。

6) Crowds are like that: As long as they make enough noise, plenty of people will join in.

7）吃屎的本性没变。

7) She was like the dog that can't stop eating shit.

8）死亡最大的敌人真的不是怕死，而是贪生。

8) The biggest enemy of death is not the fear of death but the desire to live.

9）比生绝望的当然是死，可比死绝望的却又是生。

9) Death, naturally, begets greater despondence than life. But sometimes the reverse is true.

10) 所谓的隐私，大抵上也就是这样的一回事。隔着一张纸罢了。纸是最脆弱的，一捅就破，纸又是最坚固的，谁也不会去碰它。

10) This is generally how private matters are treated. It is as if they were screened by a sheet of paper so flimsy it cannot withstand a simple poke but so sturdy that everyone will avoid it.

11) 许多事情就这样，事后一想，都能对得上号，越想越有问题的。

11) That is how it is with so many things; we find evidence to match the reality only after the fact, though the more we pay attention, the more problems we discover.

12) 这一来幺妹子很不值钱了，充其量只不过是做父母的为了生<u>一个</u>男孩子所做的预备，<u>一个</u>热身，<u>一个</u>演习，一句话，玉秧是<u>一个</u>附带，天生不讨喜，天生招父母的怨。

12) That had rendered the youngest daughter inconsequential. At best she'd been <u>a</u> necessary preparation for her parents' project of producing a baby boy, <u>a</u> rehearsal, <u>a</u> trial run. In <u>a</u> word, she was <u>an</u> extra, born to be disliked and shunned by her parents.

汉语的"<u>一个</u>"的多次重复使用，强调说明玉秧在父母眼里无足轻重。英译顺其自然将其转换为"<u>a 和 an</u>"，语义及语用环境完全吻合，更不用说句法结构的匹配度很高了。客观语气的评论性语言，采用最多的就是陈述语句结构，在跨语翻译中基本可以求得等值或近似等值翻译的期望值，再次得到验证。

13) 他们躺在被窝里头，安安静静的，言语里头有一种<u>幼稚的世故</u>，又有一种<u>老成的莽撞</u>。其实每一个人都是诚实的，<u>袒露的，透明的</u>。他们<u>坚信</u>自己无所不知，所有认为他们幼稚的人一定会吃足了苦头。你就等着瞧吧。

13) Lying calmly under their blankets, they spoke with naïve sophistication interspersed with mature recklessness. In fact, they were honest, exposed, and transparent, convinced that they knew everything, that whoever considered them naïve would suffer when the time came.

汉语的矛盾修饰"幼稚的世故"和"老成的莽撞"具有普遍性的共识，直译达成对等，不论是形式还是修辞效果。接下来的表达是作者的主观评论性语言，借用一般过去时锁定了特定年龄段的特征，客观性地转述接近翻译等值。

14) 幸福让人犯贱，班主任一脸的贱。
14) People often forget themselves when they're happy, and the teacher was no exception.

这句评论性的语言，译者在处理时有自己的态度。因为"犯贱，贱"在字面上倾向于贬义。但是原作者并没有恶意攻击他们，只是更倾向于口语表达了。译者恰到好处地折中处理，反映了此种情境下的一般心理。

15) 不进则退，这是一条真理。任何时候都是这样。
15) Everyone knows that making no progress is the same as backpedaling, a truth that can be applied to any place and time.

16) 不过屈辱感是一个很奇怪的东西，你把它藏得越深，它的牙齿越是尖，咬起人来才越是疼。
16) But humiliation is a strange thing. The deeper you bury it, the smaller its teeth, and yet its bite is sharper.

17) 爱是重要的。但是，有时候，掩藏爱，躲避爱，绕开别人的耳目，才是最最重要的。

17) Love is essential, but sometimes it is even more essential to hide and shun it so as to escape watchful eyes.

18) 做得过了，反而露出了马脚。

18) When someone tries too hard to hide something, they usually wind up drawing attention to it.

这里的例 15/16/17/18，笔者没有一一给出解释说明，因为它们是本节的主题——作者评论性语言等值性客观转换量的积累体现，和本节的其他例子一样都表示了评论性语言带有显性的客观陈述特点，一般情况下都可以追求最大程度的等值效果。

第六节　乡土语言的英译描述

论及乡土言语，莫言如是说，"每个作家都有自己的家乡，我的写作就有家乡深刻的烙印。作品中写到的一草一木，一山一水，都来自于家乡。还有方言，每个作家可以通过驯化的方式来处理方言。有一些作品就很不错，比如说鲁迅也有很多作品用到方言，但不仅没有让人一头雾水，还会觉得眼前一亮。"作家阿来也表示过类似的观点。他说，"小说就是讲语言的。不论是古代还是现代的，最终还是语言的，作家必须有个性地，有自己鲜明特质地去讲故事，必须有和别人不一样的语言来讲同样的故事。作家和翻译家之间就是语言的一种比较、搏斗，对自己翻译的作品'吃透'，还要明白潜藏在文本背后的潜台词，这才有了翻译的前提。"毕飞宇也不例外，他创作的小说源自中国大地某个区域，反映的是特定历史时期的特定人群，描述他们的喜怒哀乐、是非及价值观。为了人物塑造更贴近生活本来面目，语言选择富有鲜明特色，个性用语特质在文本中俯拾皆是。乡土语言的应用便是特征之一。

乡土语言的跨文化翻译是文本翻译描述必然要涉及的话题。常见处理原则是采用一般性语义概念词替代原语言的特色词，这种策略直接造成原语言文化特色丢失。葛浩文在这方面的处理也可以证实这一策略的普遍应用情况。另外，在不违背双语语言体系和表达方式的前提下，即文化可以达到共识的基础上，译者还是会选择尽量保留原语言的文化喻体的，采取直译或者直译略加补充语境的方式，以求得原文与译文在语体、文体、喻体以及喻义最大程度上的近似度。第三种情况是运用译文读者更熟悉的目的语现成表述，替换原有的形式，结果是语义及语用功能得以保留。研读《玉米》译文发现，译者是三种方式交替使用，以前两种使用较多，第三种较少。

1）富广家的没有嚼蛆，前两天她和几个女的坐在槐树底下纳鞋底，玉米来了。

1) It was not something Fuguang's wife had dreamed up. A few days before, she had been sitting under a locust tree with some other women sewing a shoe sole when Yumi walked up.

"嚼蛆"在汉语里是一个少见的复合词组，作者在这里使用只有两种可能，一是他惯用方言的表达方式，二是苏北口语方言的体现，其基本含义是"乱嚼舌根"。译者将其解释为"dreamed up"，其语义范畴比"嚼蛆"要宽泛很多，而且是中性语义趋向，但是汉语嚼蛆是贬义趋向。"纳鞋底"一词是乡村妇女在那个年代常做的手工活之一，很有生活气息和时代感，甚至是今天的中国妇女都很少体验的一种劳作，由于语言转换中无法附加在词汇上的联想意义，"sewing a shoe sole"这一表达使其原有的乡土文化气息消失殆尽。

2）王连方想，不说话也好，总不能多了一个蚊子就不睡觉。

2) ...and that hadn't bothered him—you can't stop sleeping just because there's a mosquito in the room.

"总不能多了一个蚊子就不睡觉"这个比喻用来说明王连方到处睡

女人，导致玉米怨恨他而不理他，并没有给他带来多大的苦恼。"蚊子"作为喻体，它的危害普遍皆知，所以这一俗语的转换接近绝对等值。文化共识是翻译等值能够实现的前提，这是不争的事实。

3）这么多年来王连方光顾了四处<u>莳弄</u>，四处<u>播种</u>，再也没有留意过玉米，……

3) Over the years, he'd been so focused on <u>fooling around and spreading his seed</u> that he hadn't paid enough attention to Yumi.

"<u>莳弄</u>"这个词组在现代汉语词典或电子工具书上都不存在，作者为何使用？难道是方言？译文直接处理成"<u>fooling around</u>"或者"<u>fooling about</u>"（乱搞之意），对王连方的性行为是真实写照，不去顾及原文语言特色的丢失，这种处理很妥当。

4）王连方是支书，到底不是一般的人家，<u>不大有人敢攀这样的高枝</u>。

4) Wang Lianfang was, after all, a Party secretary, not just anyone—a fact many families <u>found intimidating</u>.

这句话在译文的处理上特点鲜明。首先是插入语"after all"的增添，暗示着这是不争的事实，标点符号（破折号）的应用起到了进一步说明，同样表达了汉语原文的因果逻辑关系，只是无法将汉语不敢攀高枝的口语表达形象地转化出来，用敬而远之的害怕"<u>intimidating</u>"蕴含在内。这是双语交换中，喻体不可避免的丢失现象。

5）<u>皇帝的女儿不愁嫁</u>，哪一个精明的媒婆能忘得了这句话。

5) All shrewd matchmakers believed the saying that <u>an emperor's daughter never had to worry about finding a husband</u>.

从语法上看，"<u>皇帝的女儿不愁嫁</u>"和"忘得了这句话"中的"<u>这句</u>

话"是同位语，译文精简压缩在情在理。文化共识让这一俗语能够清晰直接地转换成另一种语言。

6) 远在天边，近在眼前。
6) As far away as the edge of the sky, yet right in front of their eyes.

此处惯用法的处理与例 5 接近，较好地完成了语义的转换，也最大程度地保留了尾部的押韵。"边与前"及"sky 与 eyes"。

7) 赶上过年了当然又少不了一大堆的人情债、世故账，都要应酬。
7) Then there are the social obligations that require attention.

汉语"人情债、世故账"包含的内容在中文读者心中覆盖面很广，而对应为"the social obligations"语义不够吻合，只能是牵强为之。

8) 所以，到了冬天，主要是腊月和正月，农活是没有了，人反而更忙了。"正月里过年，二月里赌钱，三月里种田"。这句话说得很明白了。
8) ...and especially during the last month of the old year and the first month of the new,...As the saying goes, "Celebrate in the first month, gamble in the second, and till the fields in the third".

腊月和正月是中国农历的说法，不同于国际公历的纪年表达，译文在这里采取的是释译原则处理汉语的文化现象；而对于"正月里过年，二月里赌钱，三月里种田"这样的俗语则采用直译的处理，凭借上下文本信息的照应，应用文本语境，助力翻译策略实施。

9) 到了阴历的三月，一过了清明，也就是阳历的四月五号，农民们又要向土地讨生活了。

9) They must turn to the land for survival early in the third lunar month, right after Qingming, the tomb-sweeping holiday, which falls on April's in the Western calendar.

该译文的处理，译者的主体操控痕迹很明显。首先将全句进行了语序大调整，把时间状语全部后移，主句提前，从而造成句子之间的逻辑衔接不及原文紧凑。The second lunar month is the farmers' only free time, days when they visit relatives and try their luck at gambling. They must ... 画线部分的前后时间概念衔接，不及原文汉语那样，交代了农历二月，自然提到三月的事情。译者这样处理情有可原。后续"清明"是个传统的中国节，译者认为有必要给予读者一些文内注释，充当最短的补充信息，同时不会破坏译文文本的正常进展。对此，译者通过大写的书写方式"Qingming"，附加逗号补充了相关信息"the tomb-sweeping holiday"，可谓简洁且一目了然。同样的方法，译者没有将"阳历的四月五号"直译为"the fifth of April in the solar year"而是替换成"Western calendar"便于读者理解和阅读，不至于产生混淆概念。可见，译者对于文化元素的处理是多样化方式，有自己的取舍，不是一成不变的。

10) 可是家里没有香火，到底是他们家的话把子。
10) And yet, the absence of a male heir had been the subject of gossip swirling around her family.

对于汉语的"香火"和"话把子"这种方言或俗语特色很浓的口语化表述，英译时无法对应它的文体和区域色彩，译者只能采取和案例 8 相同的翻译策略，翻译其语义本质并略加解释，如"the absence of a male heir"指缺男性继承人，还有"the subject of gossip swirling"意指这成了他人议论的话头，自家的短板。

11) 她抱得那样妥帖，又稳又让人放心，还那么忘我，表现出一种切肤的、扯拽着心窝子的情态。

11) ...she was so tightly bound to the baby that nothing else seemed to matter.

原文传递给读者的信息是玉米和刚刚出生的小八子亲情胜似亲生母子，息息相关，用"切肤的、扯拽着心窝子"的程度来形容，有种骨肉相连的意义。而译文对于这样的比喻丢失了喻体，只能从含义上表现出唯有小八子在她心中最重要，语言的煽情性描述减弱了许多。

12) ……玉米一掺和进来，他们便局促了，眼珠子像受了惊吓的鱼，在眼眶子里头四处逃窜。这样的情形让玉米多少有些廖落。

12) ..., who (those young men) clammed up if she (Yumi) approached when they were talking to other girls. Their eyes darted around in their sockets like startled fish. This always saddened Yumi and made her feel lonely.

"局促"和"廖落"在汉语里是口语化的表现，用"clammed up"表达"局促"，语义还是有些不吻合。"局促"的意义是场面尴尬，不便像以往那样畅快地交流，也不可能无拘无束。但是"clammed up"侧重表示"变得沉默不语了"。"lonely"从语义上是"廖落"的同义词，但语域和语体都不对称。只有"像受了惊吓的鱼，在眼眶子里头四处逃窜"这个比喻修饰性用法达到共识，顺利转化为"darted around in their sockets like startled fish"。

13) 一个女人如果连持家的权利都不要了，绝对是一只臭鸡蛋，彻底地散了黄了。

13) If she shuns even the authority to do that, what besides a rotten egg with a watery yolk is she?

这里的英译对比喻"绝对是一只臭鸡蛋，彻底地散了黄了"的处理和例 5、例 6、例 11 相同，最贴近地表达了原文的喻体，这是翻译追求的最高境界吧。

14）村子里和玉米差不多大的姑娘已经"说出去"好几个了……

14) Several of the girls her age who had been spoken for...

"说出去"就是很方言的许配了婆家，英语只能用一般性语义词汇"spoken for"表达，再结合文本语境 "they would sneak around cutting out shoe soles for their future husband" 可以理解为订婚了。只是建议译者同样使用双引号""，会在书写形式上引起读者的关注。

15）……那份高兴就难免虚空，有点像水底下的竹篮子，一旦提出水面都是洞洞眼眼的了。……好在玉米并不着急，也就是想想。瞎心思总归是有酸有甜的。

15) ...her happiness seemed like a bamboo basket: Its holes were revealed when it was taken out of the water. ...Fortunately, Yumi was not overly anxious; these were only idle thoughts. Such thoughts are sometimes bitter and sometimes sweet.

汉语"洞洞眼眼"和"瞎心思"分别由"holes"和"idle thoughts."在语义层面传达了，但是洞洞眼眼的重叠结构，和由此带来的音韵及放慢语速的特定口语效果，在"holes"词汇的方方面面都体会不到，瞎心思的未尽意义也不等于"idle thoughts"。

16）施桂芳生孩子一定是生伤了，心气全趴下了。

16) The physical toll of childbirth had undeniably affected her vitality.

原文的"生孩子……生伤了，心气全趴下了"。两个"了"字构成的句法让读者读来都能感受到施桂芳的身心疲惫。而译文丢掉了汉语的文体略显拖沓的形式，用阐释的方法转述了语义，却失去了原文的那种文字外的张力。

17）做姑娘的时候早早学会了带孩子、持家，将来有了对象，过了门，圆了房，清早一起床就是一个利索的新媳妇、好媳妇，再也不要低了头，从眼眶的角落偷偷地打量婆婆的脸色了。

17) When a girl learns to care for a baby and take charge of a household, she can wake up that first morning after her wedding fully prepared to be a competent wife and a good daughter-in-law, someone who need not be in constant fear of what her mother-in-law thinks.

译文和原文表述的最大区别在于，汉语的时间接续构建的句子链接比较紧凑，"做姑娘……，将来，过门，圆房，做新媳妇，好媳妇……"而英译文只是将基本时间概念传译过去，没有了"找对象，结婚，再圆房，继而才会产生夫妻及婆媳关系"的层次性细节表述。再者，原文"从眼眶的角落偷偷地打量婆婆的脸色了"的表述手段是由外及里的心理过程，英语直接省去了形象的描述，点透了语义。这段文字的处理总体来讲是阐释性意译的策略，译文看不到原文那样像数珍宝似地描述一个姑娘转变为一个能干主妇的过程。可以说这是译文对原文的欠额处理。欠缺在表述的细腻上，使文字带来的言外延伸意义变窄了。这点恐怕是释译结果的普遍现象。

18）还有一点相当要紧，玉秀有两只双眼皮的大眼睛，皮肤好，人漂亮，还狐狸精，屁大的委屈都要歪在父亲的胸前发嗲。

18) And there was more: Yuxiu, who had large, double-fold eyes, fair skin, and a pretty face, could be cunning when she needed to be.

Even a minor slight might send her into their father's arms to pout.

　　这段汉语文字活灵活现地描述了一个聪明漂亮，并且占尽优势，处处不服软的心高气傲的小姑娘老三的形象。"两只双眼皮的大眼睛"是代表女性美的共识表述，译者直接翻译为"large, double-fold eyes"，不知是否能够引起美感共鸣？"人漂亮"转译为"a pretty face"是常见的以局部代全体的策略，很合理并且恰当。"还狐狸精"在中国文化中常用来指害人的或包藏祸心的"美女"，但是随着时代的变迁，词汇的语义也发生着改变，比如，"狐媚"当今已经是褒义词了，玩笑中的"狐狸精"泛指女同胞或自娱戏称。英语中用狐狸为喻体的成语也是贬义，比如，"play the fox（行为狡猾）"，但是它没有专指女性的狐狸精一词。它只用"fox"，通指男女，像这样的表达"a sly old fox"。这里在原文仅仅是描述一个小姑娘耍点心机，译者丢弃喻体，避免误解，只能是选择词义解释"could be cunning"。至于"屁大的委屈"译为"Even a minor slight"可能过于书面化或文绉绉了，邻近粗话和口头禅的语言无法匹配对应。最后"发嗲"译为"pout"语义上完全吻合，能否不那么书面语地理解为"撅嘴、撒娇"取决于对文本前后照应的理解。可见这短短地描述中，包含了多元素的文化概念，译者不是一概而论，而是具体事项具体化处理。

　　19)"你看看人家玉米"，这里头既有"不怕不识货，就怕货比货"的意思，更有一种树立人生典范的严肃性、迫切性。
　　19) "Just look at Yumi," they exclaimed.
　　They weren't worried that their children would overlook Yumi's qualities, but that they would never match up. Also implied in this simple comment was the serious and urgent business of setting up a model for proper living.

　　"不怕不识货，就怕货比货"可归属到汉语的谚语或俗语中，读来押韵，容易上口。但是英语无法用对应的谚语传译，只能通过阐释方式，释译这种文化现象，这是常见的文化载体在双语转换中的丢失体现。

20) 人家玉米已经快有<u>婆家</u>了啦！你们还<u>蒙在鼓里</u>。

20) But Yumi was about to <u>be married</u>, and the women were <u>still in the dark</u>.

例 20 的译文处理类似于例 19，汉语说某个女孩有对象了，在乡村常见的说法是有"<u>婆家</u>了"或者"说出去了"，转译为"<u>be married</u>"，语义有些偏离。另外一个"<u>蒙在鼓里</u>"的喻体隐含之意，在译文中只能是用"<u>still in the dark</u>"替代了。

21) 玉米恨不得一口就把这门<u>亲事</u>定下来。

21) Yumi wished <u>the match</u> could be settled right away.

"亲事"在汉语里有大量的同义或近义词，比如"婆家、说出去了"等等，这里译者也是努力替换，用不同的词汇表述其概念。但是，我们明显认识到原文词汇语义和译文之间的选词存在"概念意义"层面上的客观偏差，在这个范畴里，两种语言的词汇意义无法等值对换。

22) ……第二个月桂芳居然<u>不来红</u>了。

22) ...she <u>missed her period</u> the second month。

23) ……"我这是<u>坐上喜</u>，就是的，我知道的，我肯定是坐上喜，就是的。"

23) ..."<u>I got pregnant the very first night</u>. I had to be, I just know it. I know I got pregnant our first night."

显然，这里的乡土文化语言"<u>不来红</u>"和"<u>坐上喜</u>"分别由英语的常规性语言表述，即"<u>missed her period</u>"和"<u>got pregnant the very first night</u>"。这种不得已的替换的确改变了文体特色，但是维护了语义最大的近似度，以及文本的顺畅，并且无需额外任何添加及补充。

24) ……"你呀，你是谁呀？就算不肯，打狗也要看主人呢，不看僧面看佛面呢。"

24) ... "You. Don't you know who you are? Even if they're unwilling, they need to know you're the boss. As they say, check the owner before you hit the dog, and if you don't care about the monk, at least give the Buddha some face."

汉语画线部分的俗语"打狗也要看主人呢，不看僧面看佛面呢"在英语中直译是建立在语境铺设的基础上的，即通过文内增补"they need to know you're the boss"，让上下文语义关照。The boss 换个角度等同于 the owner，同理对于僧而言，the Buddha 也是主人。这样俗语的隐含延伸意义就很明确了。译者用简洁的语境补充，最大限度地保留了原文的俗语形式特色，同时传达了寓意内涵。

25) 一九七一年的春天，王连方的好事有点像老母猪下崽，一个跟着一个来。

25) In the spring of 1971, good news cascaded down on Wang like a sow expelling a litter of piglets: ...

汉语表示王连方碰到好事连连，意义在于强调多，因而应用了"老母猪下崽，一个跟着一个来"，英语将其转换为量词"a litter of（一窝）"，再补充语境"cascaded down on（如瀑布般倾泻而来）"，让语义走向都朝褒义发展，不会因为使用喻体为"母猪"而产生语义偏离，同时较好地保留了原有俗语的表达形式，这样的处理与例 26 相同。

26) 高素琴后来过来了，她来汏衣裳。高素琴把木桶支在自己的胯部，顺着码头的石阶一级一级地往下走。她的步子很慢，有股子天知地知的派头。

26) And then Gao Suqin came out to wash some clothes. With a wooden bucket on her hip, she negotiated the stone steps, one slow

step at a time, looking like someone in possession of rare knowledge.

原文汉语的描述意在幽默风趣，高老师身上有玉米期待的回信，故意拿捏着慢条斯理地走路，好比自己有多么高深的学问或非常渊博的知识；同时又极具反差地设置在码头的河边洗衣场景。所以方言"汏"的应用与"天知地知的派头"，定要顺阶而下，慢条斯理，戏剧性地对照效果，很有画面感。显然译文在方言"汏"的处理上无能为力，只得用普通词"wash"。但是，接下来译者选择了大词汇"negotiated"缓慢下移，还附加了状语"one slow step at a time"，将无所不知聚焦在"in possession of rare knowledge"层面，意味着common knowledge不言而喻了；不仅如此，用词在文体上造成的反差效果与原文的写作手法有异曲同工之效，双语文本在语言功能性层面近似。

27) 人家如俊家的不一样，虽说长得差了点，可是周正。一举一动都是女人样，做什么事都得体大方，眼珠子从来不躲躲藏藏的。

27) Rujun's wife was different. She was not pretty, but she was a person of substance; her every action befitted a true woman. She conducted herself in an appropriate, tasteful manner, and her eyes never betrayed a hint of evasiveness.

显然，汉语的"周正"是一个范畴词，很难具体说明，只能概括性地解释，用来描述女人，可以指向的有"女人样，得体大方，眼珠子从来不躲躲藏藏的"。这些特征互为补充，又各有所倾向。英译时译者只能用同样的抽象词"of substanc"来传达，其语义有待于读者去体会，但方言特征消失殆尽。

28) 如俊家的说："换换手，隔锅饭香呢。"

28) ... "A change will do you good," she said when Yumi held back. "Food from a neighbor pot always tastes better."

汉语"隔锅饭香"这一比喻形容换换手好，是通过直译解决的。由前语境设置铺垫的作用促成的，这种策略在文本中普遍存在，如前面的例 24。

29）扯了一会儿咸淡，如俊家的发现玉米直起了上身，目光从自己的头顶送了出去。

29）She and her visitor had been <u>chatting about a variety of things</u> for a while, when Rujun's wife saw Yumi sit up tall and peer over her head.

显然英语使用释译策略处理了汉语的"咸淡"方言区域特色。"chatting about a variety of things"，直译为"漫无边际的闲聊"，语义基本等同，只是文体差异明显，是翻译必然面对的客观遗憾和无奈之事。

30）<u>眼力老道的女人</u>曾深刻地指出："至少四个月！"屁股在那儿呢。

30）Some of <u>the more perspective</u> women pointed out <u>knowingly</u>, "At least four months along. Just look at her buttocks."

译文的改变依旧是老问题，译者将汉语"眼力老道"只能借助解释性表达"the more perspective 和 knowingly"之间的语义相互映衬来完成，靠释译或诠释的方法对待区域性语言特色的处理在译文中也是常态处理原则。不过此处译者将"<u>屁股在那儿呢</u>"移入引号内是对原文句法的修改，笔者更倾向于译者的处理，归属到那些眼力老道的女人直接话语里，更为清晰，而且前后句的内在逻辑衔接更为紧凑。

31）不管怎么说，当着外人的面王连方还是<u>不好太冒失。猫都知道等天黑，狗还知道找个角落里呢</u>。

31）Say what you will, he was not a man given to reckless behavior in public. <u>Cats instinctively wait for nightfall; dogs know to</u>

hide in corners.

"猫都知道等天黑，狗还知道找个角落里呢。"俗语的应用，进一步诠释了人不可以没有起码的廉耻，公众场合都要干苟且之事，就太冒失了，连猫狗动物都不如，哪里还叫作人呢。在前句"not a man given to reckless behavior in public"的语义说明之后，接下来的俗语翻译，在这个语境下顺畅地处理成直译植入的方式很自然。再者猫狗为喻体能够引起共性认知，成就直译实现的必要前提。共性的文化元素引发的共鸣文化心理，在面对区域性俗语表达时，翻译中求得等值结构和近似语义的可能性很高。

32）有庆家的没头没脑地丢下这句话，王连方被弄得魂不守舍，幸福得两眼茫茫。

32) It may have been a silly comment, but it had a stunning effect on Wang Lianfang, who was so overjoyed his eyes glazed over.

显然，汉语四字结构将语言的表现力、节奏感及心理体验都突显出来，这是汉语强化语言感染力的主要手段；而英语将这一切都转化成词汇形式，让词汇自身的语义彰显其联想情感的内涵。"没头没脑"译成了"silly"，"魂不守舍"译为"overjoyed"，"两眼茫茫"则是句法处理"his eyes glazed over"。至于汉语四字结构英译的词化处理在翻译中已是普遍现象，这与双语的语体特色有关，汉语趋向于多用成语修饰语言，而英语尽量避免使用固定词语的应用，这点在译界已经得到普遍的认同。但就译者个性而言，词汇及语义的具体选择带有个人主观的偏向性。换句话说，另一个译者也许不会分别将它们处理为"silly、overjoyed 和 glazed over"，这点在翻译上是不可避免的客观存在，同时，最大限度地只有相对客观标准，无绝对准则，即无非此即彼的概念，体现了翻译的包容和特殊性。在批评和鉴赏译文时必须有的一个心理尺度，不能以己喜好过度赞赏或贬低他人用词特色。目前很多学术论文在评析译者作品时很明显带着主观偏见。不能因超出了自己的理解范畴，就断然否定译者的用词选择。

33）怎么说人靠衣裳马靠鞍呢。
33) How does the saying go? "A woman needs her clothes; a horse needs its saddle."

34）肉烂在自家的锅里，盛在哪一只碗里还不都一样？
34) If the meat turns mushy in the family pot, what difference does it make which bowl it goes into?

无需在此多言，和例 32 一样，共识的比喻直译是最贴切的处理方法。

35）老话说"春风裂石头，不戴帽子裂额头"。
35) There is an old saying that "A spring wind can cleave rocks, so wear a hat if you don't want a split forehead."

显然，译者还是一如既往地采用了尽可能直译的策略来完成俗语的转换，前提自然是不会引起误解及歧义。直译策略是保留原有文化特色，输入文化外传及交流信息或扩充新意表达的最有效方式，文化共识是直译的基石。葛浩文在处理相关乡土文化信息及特色文化信息时，明显采取尽可能保留的原则，这点从文本取证的大量语料可以得到证实。随着文本语料的进一步收集，会越发显现这一特征。往后出现的实例更多的是量的统计，而非质的改变，若继续遇到相类似的翻译策略实施，不再重复解释。

36）春风并不特别地刺骨，然而有势头，主要是有耐心，把每一个光秃秃的枝头都弄出哨声，像嚎丧，从早嚎到晚，好端端的一棵树像一大堆的新寡妇。

36) While not particularly biting, it blows with great force; but most important is its patience <u>as it meticulously whistles and howls past every bare branch from morning to night, each limb of a fine tree like a new widow.</u>

汉语形象的比喻在英译中得到复现,光秃秃的树干在强劲的春风吹动下,形象地比喻为嚎丧,声音有力量,持续有耐力,拟人化地称作犹如新寡妇的哭声,画面感极强,丰富了想象力,直译是最好的选择。

37) 所以老人们说,"春霜不隔三朝雨"。
37) Old-timers like to say that "Rains come three days after a frost."

38) 王连方虽说还能故作镇静,到底<u>断了箍,散了板了</u>。
38) Wang Lianfang tried to appear unruffled, <u>but he'd been caught in the act, and there was no getting out of it.</u>

显然汉语乡土语言的区域性表述"<u>断了箍,散了板了</u>",无法在译语中找到匹配的语体相呼应,译者只能采取一贯的释译方式处理,以传达基本语义,即"<u>but he'd been caught in the act, and there was no getting out of it</u>"。

39) 表面上当然看不出什么,<u>一砖一瓦</u>都在房上,<u>一针一线</u>都在床上。
39) On the surface, of course, everything seemed normal: <u>the bricks and tiles remained in place, needles and thread stayed by the bed where they belonged</u>

汉语四字结构的数字不仅起到了强调作用,而且也表现出语言均匀的节奏,英译时,葛浩文始终采取复数的概念意义转达,这在前面有大量的类似实例证据。所以,"一砖一瓦"译为":the bricks and tiles";"一针一线"则为"needles and thread"。这点在译文文本中始终一致。

40) 刀子没有两面光,甘蔗没有两头甜。
40) As the saying goes: "A knife is not sharp on both edges; sugarcane is not sweet at both ends."

41) 过了这个村就没这个店了。
41) As they say, "After this village there will be no more inns."

42) "五月不娶,六月不嫁",庄稼人忌讳。
42) "Men don't marry in May; women don't wed in June." In the countryside that is the taboo.

这种俗语基本上也是直译完成的,只不过英译时将汉语实际存在而在句子表面隐去的主语显性化表现出来了。如句中的"Men 和 women",逻辑上"娶"的主语自然是"男人";同理,"嫁"的主语应该是"女人"。

43) 玉米和玉秀一直不对,用母亲施桂芳的话说,是"前世的冤家"。
43) They had always been at odds with each other. Their mother often said that the "bad blood was a carryover from a previous life".

汉语口头上常比喻两人关系不好是"前世的冤家",或"上辈子的仇人",人人皆知其所指含义。英语显然没有这样对应的表达式,只能采取了意译手段。

44) 如果打狗都不看主人,那就不是一个会过日子的人了。
44) Anyone who "beat the dog without seeing who owned it"

was just asking for trouble.

可见，不会引起误解、易于接受和交流的俗语，直译现象很普遍已是不争的规律性技法。

45）"风寒脖子短，天冷小便长"这句话真是不假呢。
45) There is a truth in saying that "Cold winds make for short necks, chilled air makes relief seem long."

这句话除了在转述语序上颠倒了前后位置以外，俗语本身几乎直译，很押韵，容易上口。冷风和小便这两种自然现象和生理现象带给人的感觉是相同的。

46）要是换了以往，玉秀早把他的<u>祖宗八代骂</u>出来了。
46) ...and in the past, ...the pranker's lineage would have been the target of one of her withering curses.

汉语与英语在诅咒语表达上有一个共性，都涉及或指向世系家族或身体器官，尤其是两性概念的词汇。即便如此，"<u>祖宗八代骂出来</u>"的口语感特色，译成"lineage"还是语域不吻合，"withering"的使用同样过于书面化。

47）虽说是<u>狐假虎威</u>，好歹总算是出了门了，见了人了。
47) Though she was drawing strength from her sister's fierce demeanor—<u>the fox parading along behind the tiger</u>—at least she was out in public.

汉语的成语"狐假虎威"，英译处理时，先给予铺垫解释，再通过破折号提示，才引出直译形式。可见这种成语中的动物在译语中不具备这样的言外含义，算是一种文化空白处理方式。

48) 俗话说，"男不和酒作对，女不和衣作对。"

48) There is a popular saying that goes "Men never turn down a drink, and women never say no to the clothes."

49) 这样好看的衣裳，玉穗可是饿狗叼到了屎橛子，咬住了决不会松口的。

49) Something that nice on Yusui was like a hungry dog with a turd in its mouth—it cannot be pried out.

50) 谁能料得到枯木又逢春，铁树再开花呢。

50) Who'd have thought that spring would come to a dying tree; that the sago palm would bloom again?

例48、例49和例50表述引发的心理认知是共性的，翻译很明显都采取了直译处理。

51) "老房子失火了，没得救！"……

51) The old house has gone up in flames and can't be saved, he said to himself. He was not really upset; the sigh was more a display of that special happiness only an aging man knows.

俗语的理解需要语境，隐含意义仍然是指男人在两性关系上的枯木逢春，或者第二春的活力。下文的解释为文本中的直译俗语提供了语境补充，不会导致它仅仅是字面意义的传达。

52) 这是玉秀很不高兴的。玉秀拧紧了眉头。

52) Yuxiu was very unhappy, so she wrinkled her nose.

汉语表达不快或发愁，都用"拧紧了眉头"。即关注的是上端"眉头"，而英语的着重点是下端"鼻子"。观测部位不同，但语义一致，用母语的惯用形式替换表达，是常见的策略之一。就如，汉语的"红茶"对应英语的"brown tea"。

53) 所有的人都是心照不宣的。
53) Everyone who witnessed the incident knew that.

汉语"心照不宣"英译无对应的习语，只能是接近语义的阐释"who witnessed the incident knew that"。

54) 个个有仇，等于没仇，真是虱子多了不痒。
54) If everyone is your enemy, it is the same as having no enemies. When there are too many lice, you stop scratching.

55) 玉穗这个小婊子实在是憨，连睡相都比别人蠢，胳膊腿在床上撂得东一榔头西一棒的，睡得特别地死，像一个死猪。
55) The little whore really was a simpleton; she looked dumber than other people even when she slept, with her arms and legs spread all over the place like a dead pig.

汉语的"憨"和"蠢"在此是同义概念，英语分别用了"simpleton"和"dumber"很贴近原文语义，同时也避免重复。汉语对玉穗的睡相难看有形象的描述，像"撂得东一榔头西一棒"，好像胳膊腿没有着落，乱扔，太没有规矩了。对此英语无法对应使用比喻来描述，只能借助于动词"spread all over"延伸读者的想象力，语言比起汉语没有那么强烈的画面效果。

56) 问："姐夫，公社是公的吗？有没有母的？"
56) Or "Brother-in-law, are all communes 'common' or could some be 'uncommon'?"

汉语的幽默产生是凭借"公社"的"公"是同形同音不同意，继而"母"字对照，一目了然，引人发笑。英译应该说很漂亮，很努力地想实现同样的幽默效果。采用了音同和基本形同"'common'"和"'uncommon'"，只是加了前缀形成语义对比，与前面的"communes"有局部的音形呼应，以便产生联想。从修辞对等评价，翻译很好；但是从语义转换角度看，未必能够传译。这也许就是翻译无奈丢失的一种表现，只能择其一。

57）小唐又不好挑明了什么，有了<u>对牛弹琴</u>的感觉。
57) Trying to enlighten her was <u>like talking to a brick wall</u>.

汉语成语"对牛弹琴"的语义与英语的表达"<u>like talking to a brick wall</u>"的语义功能完全相同，只是喻体换了。在翻译上采取用译入语替代译出语的替换策略，也是处理文化信息的常用手段，只是葛浩文尽可能采取直译加阐释的原则，替换策略的应用不那么频繁。

58）再说了，小唐阿姨只是这个意思，人家并没有把话挑白了，<u>你吼巴巴的发什么骚</u>？
58) Besides, while a match may be what Aunty Little Tang had in mind, nothing definite had been said, <u>so why jump the gun</u>?

翻译策略与例 57 相同，不再赘笔复述。

59）配不上的。<u>被人嚼过的甘蔗谁还愿意再嚼第二遍</u>？
59) It was a mismatch from the very beginning. <u>Where could you find anyone willing to eat sugarcane that someone else had already chewed on</u>?

这种比喻很容易产生认知共识，具备直译条件。

60）隔夜饭不香，回头草不鲜。

60) As they say, last night's food loses its taste, and the grass behind is no longer fresh.

很典型的文化共识的心理产生的直译效果。

61）玉米这样给她脸色，是希望玉秀能够自我检讨，当面给她认个错。

61) Yumi was giving Yuxiu the cold shoulder in hopes that she would reflect on her behavior and admit that she'd done wrong.

由于语言习惯的趋势，汉语习惯的"给人脸色"，替换成英语习惯的"giving Yuxiu the cold shoulder"，即，给人冷肩膀。

62）好事不出门，丑事传千里。

62) Good news never gets out the door, but scandals travel far.

63）"玉秀你不知道，医生的嘴巴从来都不打膏药，"她说。

63) "You have no idea how bad doctors are at keeping secrets. They'll talk for sure," she said.

"膏药"在中西文化中含有不同的文化心理。"膏药"是中国传统中医治疗实践中的药物形式之一，本身又分为很多种形式和类型。在中国读者的心理，"膏药"与中医文化的源远流长密不可分。"膏药"为西方文化的空白，它在译文读者心理不会产生文化联想意义。更何况这里的比喻含义更贴近的语义不是"膏药"，而是更像"石膏"，起封闭作用。这种情况下丢弃喻体，只是传达语义可能比较可取，避免歧义或误解。

64）"愿在世上挨，不往土里埋"。

64) As the saying goes, "Plod along in this world than be

buried in the earth beneath it."

65) 老来得子。
65) Having a child late in life

66) 母以子贵。
66) A mother gains status through her children.

67) 人不可貌相。
67) Not judge a person by appearance alone.

从例 71 到例 74，这些俗语或熟语的基本语义都在译文中得到释译，只是在形式及音韵结构上，不能与原文等同，这是处理这类语言形式的常见策略，尤其是四字结构采用释译或意译的现象更为普遍。

68) 所谓"树欲静，而风不止。"
68) As the saying goes: "The trees want to stop moving, but the wind keeps blowing."

69) 怎么说退一步海阔天空的呢。
69) As the saying goes, "Take a step backward and you can see the whole world."

70) 星火燎原。
70) As they say, "A single spark can turn into a prairie fire."

71) 所谓大丈夫能屈能伸。
71) A true man knows when to be humble and when to be assertive.

72) 所谓言多必失。

72) As the saying goes, "Mistakes inevitably arise when one talks too much."

73) 只要抓住了，那绝对不是杀一儆百的事，绝对不是杀鸡给猴看的事。

73) If he ever did, he would not stop at punishment one couple to warn the others, or as the saying goes, "Kill a chicken to scare the monkeys."

74) 真金不怕火炼，身正不怕影斜。

74) True gold does not fear fire, and an upright body never fears a slanting shadow.

面对这些俗语、谚语、格言等，译者基本上都采取了一致的直译策略，偶尔加一些必要的解释，所以这部分笔者只是尽量搜尽文本中的语料，以证实翻译原则实施的统一性，没有必要再对它们做出一一解析。

第七节　汉语特色句法的英译转换描述

汉语特色句法，其中也包括汉语特色词法。在《玉米》文本中，主要表现为汉语句子中常用的名词连串并列、主语省略、的字结构、四字结构、把字结构、重叠词、语言回指或进一步补充说明带来的部分重复现象。另外，还指附加的形容词修饰语，以及看似汉语简洁的语言，转述时无法找到对应的句法表达和增加额外解释性的话语，还有一点不可忽视的便是汉语量词的大量使用，组成了搭配之间的表达多样性；再有，汉语习惯具象性——说明，而英语要归纳出概括性语言，并将具体所指事物之间的上下层次，进行逻辑关系有序排列，在句子层面上体现出来。葛浩文处理汉语特色句法的策略的独到之处值得学习研读。

1) 农民的冬天并不清闲。用了一年的水车、槽桶、农船、丫杈、铁锹、钉耙、连枷、板锨，都要关照了。该修的要修，该补的要补，该淬火的要淬火，该上桐油的要上桐油。

1) Peasants do not have the luxury of taking winters off, for that's when they have to work on their equipment after the year's use. Everything—water wheels, feed troughs, buckets, farming skiffs, pitchforks, shovels, rakes, flails, and wooden spades—needs attention, some to be repaired, others to be mended, sharpened, or oiled.

汉语由三个句子组成的连句话语，在译文中转换为两个句子，语言的逻辑关系得到进一步的调整处理，这点可以从标点符号的改变证实。句式上英译最大程度地保留了汉语的特色，使两种语言句法功能的效度得到最大值的传译。首先看汉语句法的特色，它是由"农民的冬天"引出的，前修饰"农民的"可以覆盖第二个句子的无主语的隐含逻辑意义，明确指向是"农民"用了一年的工具。接着顺延其逻辑关系的推理便是第三个句子的"的"字结构后面的名词省略是"工具"。再看英译处理上的最大特点是调整了主语，将汉语前修饰"农民的"提取为主语，统领全句，增加了"for"组成的较弱的原因状语从句给予说明，从句中的从句主语"they"与前面呼应，取得逻辑一致，继而再增添宾语"equipment"概念词，引出下面的具体所指，使前后句互相照应，上下语义场所指明确。最后，由主语"everything"引出，破折号"——"罗列具体项，这里可以理解为举例说明，或对 everything 的补充，很好地诠释了原文的"都要关照了"。接着将原文的"的"字结构句子，用不定式独立主格的形式表达，（比如，"some to be repaired,"）对前面列举的工具关照方式给予说明。同时，这样的结构也最贴近原文的句法形式。这是两种语言句法转换的一个成功案例，很值得借鉴。

2) 王连方和女会计开始了斗争，这斗争是漫长的，艰苦卓绝的，你死我活的，危机四伏的，最后却又是起死回生的。

2) A battle between the two of them began, one that was drawn-out, difficult, and exhausting, a danger-ridden fight to the bitter end. But they ultimately pulled back from the precipice.

汉语简短的描述中用了四个四字结构来形容王连方与女会计之间的战斗,如"艰苦卓绝、你死我活、危机四伏以及起死回生";而英译处理时仅用了一个固定短语与起死回生相呼应,即"pulled back from the precipice",其他只是用单独形容词翻译其义,如"difficult, and exhausting, a danger-ridden"等。究其原因,其一是现代英语表述中尽量不使用固定短语,用常用词简洁明了地说明一样有力量,固定短语反而过时陈旧,缺乏表现力,这点恰好是中英文体的应用差异体现。其二,四字结构在汉语中带来的音韵节奏无法在英语中完整地再现于形式与语义的统一,译者普遍会采取丢弃其形式,传达其语义的取舍态度,尤其是在不特别突出强调音韵节奏或语音效果的说明文、议论文、小说文体中。言外之意,诗歌或散文也许会另当别论。

3) 有庆家的发了脾气,大骂有庆,一字一句却是指桑骂槐而去。有庆家的一不做,二不休,勒令王有庆和寡母分了家。"有她没我,有我没她。"

3) Deeply angered, Fenxiang flung curses at her husband, all indirectly aimed at his mother. And, never one to let a matter drop, she demanded that his mother move out: "It's her or it's me, you choose."

很显然,英译的文本与原文的句式结构相去甚远。译者强调了柳粉香十分生气难以压制,将"发了脾气"前置以示强调,译为"Deeply angered",接着省掉了"一字一句"的词组表述,转化为动词"flung"暗示骂得很过分,又碰上了汉语的成句结构"指桑骂槐",这种由此及彼的喻体,在英语中没有同等的植物包含这种寓意,只能做出选择,丢失喻体形式,传达语义本身。同样的处理原则体现在"一不做,二不休"的译文上，它们在汉语文本上与前面的"一字一句，指桑骂槐"前后照应，将柳粉香的愤怒逐级递进地往上推。英语无法直接在词面上还原的局限下，最大程度地使用了句子结构表达语义。如结构压缩前置的"Deeply angered"，"flung curses"与"all indirectly aimed at his mother"的语义呼应，"never one to let a matter drop"中的"never"传达着不可调和的语气。还有下面的"It's her or it's me, you choose"。二者只能择其一的句型应用，都充分表示了译者对译入语的积极调动，竭尽可能地再现原文的语言结构及用词所表达的延伸含义。

4）再说了，作为男人，他到底还是王家庄<u>最顺眼的</u>，说出来的话<u>一字一句都往人心里去</u>，牙也干净，肯定是天天刷牙的。

4) So why not? He was <u>the best-looking</u> man in Wang Family Village, <u>well dressed</u>, always <u>said the right thing</u>, and had nice, clean teeth that were, she figured, brushed daily.

汉语口头上最顺眼的含义包括长得好看，但是实际语义要宽泛得多，英语只能择其一；"衣有衣样，鞋有鞋样"的表述是展示从头到脚的外表细节，译者不知出于何故省略后者词组，至于"一字一句都往人心里去"释译为"said the right thing"，是译者的普遍处理原则，没有将"一字一句"表达式的强调作用体现出来，这点与例 3 相同。更何况带数字的汉语四字结构转换成英语时多以非固定成语结构替代。

5）有庆在水利工地，正是<u>一寸光阴一寸金，寸金难买寸光阴</u>。

5) Youqing was usually at the irrigation site, and <u>time was of the essence</u>.

汉语的洗练通透概括的表达，在英译时只是转换为基本概念。就其自身语义而言没有问题，但是从段内句子的聚向组合上，逻辑有些牵强。

6）可是有些事情还真是<u>人算不如天算</u>。

6) But fate controls the affairs of humans, no matter how cleverly they make their plans.

与以上各例相同，面对这样的汉语表达，译者一律采取阐释的原则，释译原文本的语义，丢弃其特定的语言形式。

7）只是一会儿工夫，玉米家的大门口立即挤满了人，<u>男男女女老老少少高高矮矮胖胖瘦瘦的</u>。

7) Within minutes, <u>men and women—young and old, tall and short, fat and skinny</u>—crowded around Shi Guifang's gate.

首先，译文对原文语序进行了大调整。其次，重叠词的并列形式的逻辑关系在英语中体现得更清晰。先提取出整体"男男女女"即"men and women"，接着前后用破折号补充说明包括"<u>老老少少高高矮矮胖胖瘦瘦</u>"，无所不有，那叫一个热闹或者对全村的轰动性涉及每个人。但是没有标点的汉语中实际上包含了四组反义词词组，这在英语中要体现在语言形式的组合中，所以借用了逗号和 and，将每一组词组隔开。从句法结构上看，语速和节奏都不及原文紧凑。但是两种语言组句的必然差异，改变是客观硬性的要求。最后，重叠词在英译中丢失也是常见的不可避免的现象。

8）稻草被火钳架到火柱子上去，跳跃了一下，<u>柔软了，透明了，鲜艳了</u>，变成了光与热，两个人的脸庞和胸口都被炉膛里的火苗有节奏地<u>映红了</u>，他们的喘息和胸部的起伏也有了节奏，需要额外地调整与控制。

8) When the straw fell from the tongs onto the flames, it leaped into the air first, then <u>wilted</u> and <u>turned transparent</u> before finally <u>regained color</u>, creating both heat and light. Their faces and chests <u>were reddened rhythmically</u> by the flames too, had a rhythmic

quality that required some adjustment and extra control.

对比之下，汉语的表述特别有画面感，可以惟妙惟肖地想象：稻草落在火柱上，继而变蔫了，抽缩了，被火烧透了，自然颜色鲜艳了。连续几个"了"字结构，语言描述了过程，韵律节奏都伴随着美感，这是汉语单字单音及语序发挥优势的结果。而翻译成英语时，节奏感没有那么鲜明。如"wilted and turned transparent"由 wilted 的双音节跳到 transparent 的多音节，已经失去原语汉语的节奏匀称表现，更何况随着文本的表达还需借用介词结构连接词语，如"before finally regained color"。这里说明从汉语特色语句转译为英语时，韵律结构及句法转变是较为明显的特征。造成这样差异明显的具体原因，主要由于双语的固有语言体系的客观要求，也不排除译者个人用词或遣词造句的习惯性倾向及偏好。后者解释只是来源于主观见解，依据是所选译者的文本现象，坦率地讲，没有实质性的据。下面例 9 再次说明了汉语极具表现力的语句结构，在英译文中得不到相应的韵律结构表达，只能是语义的基本传达，这就是翻译中必然出现的不可避免地欠额处理。

9) 空气烫得很，晃动得很，就好像两个人的头顶分别挂了一颗大太阳，有点烤，但是特别的喜庆，是那种发烫的温馨。
9) The air was so hot and in such constant oscillation it was as if private suns hung above their heads and all but baked them joyously in a sort of heated tenderness.

显然汉语的"烫得很，晃动得很"有种可触可感的意向，而英语的"so hot and in such constant oscillation"只是一种解释性表达。

10) 彭国梁，他走了。刚刚见面了，刚刚认识了，又走了。
10) Peng Guoliang is gone. We just met, just got to know each other, and now he's gone.

原文通过几个"刚刚"描写玉米才反应过来,彭国梁真的走了。英文译者在此通过特意使用斜体书写,"Peng Guoliang is gone. We just met, just got to know each other, and now he's gone. 和小一号的字体,还有独立成段的形式,外加上近乎直接地转述原文的语序,给了读者许多提示,将玉米的失落心情尽可能地传递出来,这在翻译中是很少使用的策略,可见译者着笔的用心和意图。

11) 玉米又一次回过头,庄稼是绿的,树是枯的,路是黄的。
11) She looked behind her. The crops were green, the trees dried up, and the roads yellow.

汉语的判断句结构"是……的",在英译中得到了很好地再现,通过"were green"的系表结构的静态表现,"dried up"动词的渐变过程体现以及连接词"and"带来的系动词省略,直接用形容词"yellow"收尾,既没有破坏英语的固有语言结构,同时最贴近地还原了汉语的音韵结构。

12) 有庆家的慢慢失神了,对自己说,你还想安慰人家,再怎么说,人家有飞行员做女婿——离别的伤心再咬人,说到底也是女人的一分成绩,一分运气,是女人别样的福。
12) Absentmindedly, Youqing's wife asked herself, why are you trying to make her feel better? No matter what you say, she'll soon be an aviator's wife—the pain of separation eating at her represents something worthwhile, a stroke of luck, a woman's good fortune.

例 12 的翻译策略与例 10 有共同之处,译者为了更好地展示主人公的心理活动,有意识地直接传译了原语的句法结构,竭尽可能地给予保留,同时附加了如例 10 一样的斜体,小一号字体等形态特征,翻译的主体意识很明确。

13) 天上没有太阳。没有月亮。天黑了，王家庄宁静下来了。天又黑了，王家庄又宁静下来了。

13) No sun in the sky and no moon. Darkness brought tranquility to Wang Family Village. The sky turned black, and Wang Family Village was once again stilled.

汉语的无主语短句简洁，寓意明确。预示着什么事情要发生，因为王家庄过于平静，黑暗笼罩了。英译很好地借来语句片段，即 fragments of sentences，最贴近地还原了源语的简洁结构，又不失英语避免简单重复的习惯，分别采用 "Darkness brought tranquility" 以及 "The sky turned black 和 once again stilled." 的近义替换表达，让语言自然流畅地得到转述，很值得借鉴。

14) 张卫军的女儿小小的一个人，小小的一张脸，小鼻子小眼的，小嘴唇又薄又翘。

14) (Zhang Weijun's daugher) was tiny all over: tiny face, tiny nose and eyes, and thin, haughty lips.

汉语用了很多"小小的"来形容张卫军的女儿，体现了说话者把怨恨撒在了这个孩子身上。因为"小小的"意味着没有长开，更无法与浓眉大眼的传统审美观相提并论。英语译文故意少有地多次重复"tiny"，将贬义内涵直接传达出来。"tiny"其词义在英语中是没有达到正常尺寸的含义，用这个词形容别人家的孩子相当于说孩子营养不良，是袖珍版的。因此这里的直译策略贴近原文的用意很明确。

15) 王连方做过很周密的思考，他时常一手执烟，一手叉腰，站在《世界地图》和《中华人民共和国地图》的面前，把箍桶匠、杀猪匠、鞋匠、篾匠、铁匠、铜匠、锡匠、木匠、瓦匠放在一起，进行综合、比较、分析、研究，经过去粗取精、去伪存真、由里及外、由现象到本质，再联系上自己的身体、年纪、精力、威望等实际，决定做漆匠。

15) He gave the matter serious thought. Standing in front of his maps of the world and the People's Republic of China, a cigarette in one hand, the other resting on his hip, he narrowed his choices to: cooper, butcher, shoemaker, bamboo weaver, blacksmith, painter, coppersmith, tinsmith, carpenter, or mason.

Now it was time to synthesize, compare, analyze, study, choose the refined over the coarse, the honest over the fraudulent, examine things inside and out, and study appearance versus essence. Given his age, his strength, and the prestige factor, he settled on painter.

英汉对比时，一种共识是汉语是意合语言而英语是形合语言。这里的汉语长句英译可以说是一个典型的案例。汉语句子"一逗到底"见句号，逗号隔开的各个分句或小句逻辑关系是有不同层次的。"王连方做过很周密的思考"实质上是主题句的作用，等待下面后续句详细回答他是如何思考的。英语用句号结束了本句，"He gave the matter serious thought."。从句法形式上传达了它与后续句子之间的主题——说明的逻辑关系。这点可以说是形合语言与意合语言在标点符号辅助语言形式上的应用差异。

接着汉语组句又提取一个照应关系的代词"他"统领全句，通过一系列动词"执烟、叉腰、进行、再联系、决定"把谓语串联起来，其间使用了"把字结构"将一系列名词并列和"介词结构——经过……"将过程给予描述，再凭借语序组织将长句合理、清晰地表达到位。英译时，译者显然进行了断句处理。不仅如此，从"进行综合"那里分为下一个段落，从而形成英译重组语言的痕迹十分明显。通过分词结构"Standing in front of his maps..."，名词结构"a cigarette in one hand"和"the other resting on his hip"拉长了语言的补充说明和伴随作用，译文中增加了功能性动词"he narrowed his choices to"，使一系列名词并列排出。分立新段落后，增加逻辑性衔接结构"Now it was time to"引出系列动词，同时补充相应的功能性动词，以便形成合理的动宾搭配关系，比如"choose, examine, study"，接着又将汉语的动宾词组"<u>再联系上自己的身体……</u>"转换为介词＋名词结构，如"<u>Given his age...</u>"形式引出断开的第三个独立句。

英译处理汉语长句时，首先，断句是必然的策略。其次，最大限度地调动英语语言的优势替代原有语言结构是必不可免的方式。另外，适当添加主语及补充功能性动词也是常见的翻译增补策略。汉语长句英译时，句法层面的调整幅度很大是不争的事实，反映了双语自身固有语言体系的规律，及使用者必须遵从的必然性。

16）它们在得到灌溉的刹那发出欢娱的呻吟，慢慢失去了筋骨，<u>满足了，安宁了，</u>在百般的疲惫中露出了<u>回味的憨眠</u>。

16) Moans of pleasure escape at the moment the earth is bathed and slowly freed from its bindings, <u>bringing contentment and tranquility</u>. Exhausted, it falls into a <u>sound</u>, blissful sleep.

汉语拟人化的描写，如画般呈现了大地喝足水后的惬意之情，作者在这里用情很多，着笔情深谊长。可是译文在处理中无法将"<u>满足了，安宁了</u>"那个渐渐滋润的过程表现出来，只能用静态名词表示，直接展现其结果，即"<u>contentment and tranquility</u>"。至于"<u>百般的疲惫</u>"和"<u>回味的憨眠</u>"这样的偏正修饰词处理，"<u>exhausted</u>"属于直接改变词性，省略了前修饰，而"<u>a sound, blissful sleep</u>"是对"<u>回味的</u>"一种阐释性处理。尽管和原文表现方式不同，译文有着毫不逊色的表现力，读来一样令人回味无穷。

17）秧苗一大片一大片的，起先是<u>蔫蔫的，软软的，羞答答的</u>，在水中顾影自怜。而用不了几天大地就感受到身体的秘密了。大地这一回彻底<u>安静了</u>，<u>懒散了</u>，不声不响地打起了它的小呼噜。

17) ...vast fields of seedlings. At first the little plants are <u>strawlike, pliant, bashful</u>, and because of the water, <u>narcissistic</u>. But in

a matter of days the earth becomes aware of the secret it possesses and is at peace. It is languid; soft snores emerge from its sleep.

汉语在这短短的数句话中使用了很多形容词，描写秧苗刚刚插入土地时的状态是从外在形式入手，观察而得知的。数天后，大地知道了自己孕育着生命，是通过借喻手段，大地的角度叙述的，以静态体现出来的。但是前者的重叠形容词"蔫蔫的，软软的，羞答答的"和后面的静态形容词"安静了（在译文中处理成介词短语结构），懒散了"在译文形式上是无法体现出来差别的。英语语言本身缺少使用重叠形容词，这是翻译中的客观局限，无法传达原文不同形式的形容词的细微差异。

18）玉米对自己没有一点信心，但是无论如何，玉米要拼打一回，争取一回，努力一回。

18）Despite the fact that her confidence was in tatters, she was driven to fight for what she wanted, to win what she'd come for, and to spare no effort to reach her goal.

汉语通过多次直接重复"一回"起到了强调的修辞效果，作者借此表明了玉米坚定不移的尝试决心。英语尽量避免使用这样的重复手段。译者高明地使用了"what"以及并列的不定式结构"to fight, to win, to reach"，让语言有了相同的分量，读起来语感节奏及传达的信息力度一样强，彰显了各自语言对强调意义的表达方式，值得借鉴。

19）好在玉米有过相亲的经验，很快把自己稳住，坐了下来。

19）Happily, this was not the first time she was to meet a prospective mate, a thought that had the desired effect.

首先，汉语的"玉米有过相亲的经验"在英译中显然实施了意译策略，接着，"a thought that had the desired effect"在原文本中并不存在，添加更多的是语义及逻辑的衔接，从而引出了后续句子的重组。

20) 玉米想，到底是公社的领导，在女人的面前就是沉得住气。

20) The man, whichever one it was, obviously carried himself in a way that you would expect from a commune official, keeping his composure in the presence of a woman.

例 20 与例 19 很相似，汉语的一句话，引来英语的补充解释使篇幅在文内扩大。"到底是公社的领导"英语解释性语言较长："The man, whichever one it was, obviously carried himself in a way that you would expect from a commune official"。笔者认为困扰译者的主要原因是这样的句子看似简单，但很难在译文中说清楚，只好采取解释性说明。母语为汉语的读者不妨通过翻译去体会。译者如果不够敏感，是很容易忽略这种语意中的缺失的。"文内注解，或增加阐释的现象及理据"在母语译者和外语译者之间的异同也是我们翻译研究应该重视的一个研究范围。

21) 郭家兴说："不是了嘛。"这句话太伤人了，玉米必须有所表示，……

21) "So you're not," he said.

Such a hurtful comment! She was still a virgin since the lack of a spot on the sheets was a result of her own hand, not the actions of a man. She wondered briefly if this was just a technicality. Since she had done with her hand what she wouldn't let her pilot do, perhaps it was all the same. But she knew it wasn't. She needed to clear things up.

从篇幅就可以看出，译文在文中增加了很多解释，插入到"这句话太伤人了，玉米必须有所表示，……"的中间，回应郭家兴的那句"不是了嘛"。适当地解释不但不会成为文本的承载拉长语篇的负担，而且弥补信息上的空白带来的误解或不理解。但此处的解释，笔者认为过多，到"...not the actions of a man"即可，至于后面的内容不言而喻，可以留白。原作者也是如此处理的，不必讲得如此直白，这样对于玉米复杂的心情，包括失去的爱情解读过于单一，缺少了细腻的内心感受，建议删除为好。

22）五月二十八号，<u>小满</u>刚过去六天，七天之后又是<u>芒种</u>，……

22) ...on the twenty-eighth of May, a mere six days after <u>Lesser Fullness, the eighth of the twenty-four solar periods, when the winter wheat has become full,</u> and one week before <u>Grain in Beard, the ninth solar period.</u>

不难看出，涉及中国特有的计时文化，译者从书写上给予大写形式，"Lesser Fullness 和 Grain in Beard"，接着不惜笔力对这种节气给出了文内解释，同时也冒着拉长文本的危险，使译文不及原文那样紧凑，但是的确通过解释清晰地补充了地理文化知识。

23) 这个时候的庄稼人最头等的大事就数"<u>战双抢</u>"了。先是"<u>抢收</u>"、割麦、脱粒、扬场、进仓；接下来还得"<u>抢种</u>"、耕田、灌溉、平地、插秧。忙呐。

23) The most urgent and important task for farmers at this time is what they refer to as <u>"fighting two battles."</u> The first, <u>the "battle of the harvest,"</u> includes <u>reaping, threshing, winnowing and storing</u>. The second, the <u>"battle of the sowing,"</u> includes <u>plowing, irrigating, leveling, and planting</u>. Busy times.

看似很短的几句汉语，内容丰富，并且逻辑结构排列十分紧凑。分为三层，第一层提出"主题词"——"<u>战双抢</u>"，进一步分出分级词："<u>抢收</u>"和"<u>抢种</u>"，接着给予阐释说明具体所指。译文在此最大限度地还原了汉语的结构，通过补充功能动词"includes"搭起全句的框架，让汉语的无标记动词短语并列结构转变为英语的"ing"形式，既保留了其语法功能，又没有破坏其传达的一环扣一环的紧张的工作程序，只能说读着语句都感受到"忙啊"。汉语的"忙呐"用破碎语片结句，和整体文体衬托的氛围吻合，译者处理得恰到好处。

24）玉秀漂亮。玉秀有<u>一双</u>漂亮的眼睛，<u>一只</u>漂亮的鼻子，<u>两片</u>漂亮的嘴唇，<u>一嘴</u>漂亮的牙。

24) She had beautiful <u>eyes</u>, <u>a</u> lovely nose, pretty <u>lips</u>, and perfect <u>teeth</u>.

我们可以清晰地看到，汉语使用了四个不同的量词表达与名词搭配，读来很有形体感不同的体现；而英语除了使用一个泛指性很强的"a"以外，省掉了所有的量词表达，直接在名词后采取复数概念，以保证意义不会出错，这只能说是双语量词应用差异的具体体现，是翻译中必须进行改变的客观因素。

25）虽说只是小小的一俏，却<u>特别地</u>招眼，<u>特别地</u>出格，风骚得很……

25) While that might not seem like much, it was <u>eye-catching, different, coquettish</u>...

汉语两个"<u>特别地</u>"作为前修饰语，意在表达过分地招摇、浮夸，而英语的"<u>eye-catching, different, coquettish</u>"都没有附加前修饰，这两个词是可以带修饰语的，不像"extreme"这种极端形容词没有程度标记，为什么呢？是因为这些词的词义自身已经浓缩了或涵盖了程度词的语义？坦率地讲，笔者解释不了这种译文现象。

26）总的来说，王家庄的人们对王支书的几个女儿有一个基本的看法，玉米懂事，是老大的样子，玉穗憨，玉英乖，玉叶犟，玉苗嘎，玉秧甜，……

26) In general terms, the residents of Wang Family Village

shared common views of Secretary Wang's daughters: Yumi was a sensible girl, as the eldest ought to be; Yusui was flighty; Yuying was well-behaved; Yuye was stubborn; Yumiao was bad-tempered; and Yuyang was sweet.

这段文字的英译处理也能体现汉英两种语言体系的句法差异。汉语是直接用形容词作谓语，没有系动词形态标志。而英语的形容词是没有资格直接充当谓语的，这是两种语言的规范约定。问题是译者在展现了第一个完整的句法结构后，像"Yumi was a sensible girl"，后续说明的其他姐妹采用的是相同结构，有没有必要这样重复再现的策略进行处理？如"was flighty、was well-behaved、was stubborn、以及 was bad-tempered 和 was sweet"，这种同一结构的重复不是英语最忌讳，而且尽量避免的吗？译者在此这样处理有何特别用意？假如将这些句中的"was"全部去掉，用逗号隔开，不就是引导或提示读者，他们和前句分享相同结构吗？还有又为什么特别使用了分号？这个符号在英语中的作用是在提示比逗号组句的单位大，或是表达的需要，可以省略连接词，将内在语义之间的逻辑关系交给阅读者自己阐释。笔者个人认为省去这些标记语法功能的"was"形式，用逗号取代分号，从翻译的角度看，文本形式与内容更贴近原文，便于拉近两者的距离，以取得近似的功能对等。但是，也心存疑虑，是自己的理解有限，没有与译者的匠心独运产生共鸣。

27) 玉秀恶人先告状，……

27) When there was trouble, she was usually at fault, yet she was always the first to complain,

译者对于汉语的这句话显然做了大量的铺垫说明，而且直接插入文本。可能他的出发点认为"恶人"的词面意义和这里的语境下含义有区别，避免产生误解而为之。

28) 玉秀提醒说："大姐叫玉米，我肯定是玉什么了，我总不能叫大米吧。"郭左笑起来,又做出思考的样子,说:"玉什么呢?"玉秀说:"秀。优秀的秀。"

28) "Well," Yuxiu said to help him, "my sister's name is Yumi, which means I have to be 'Yu' something. The 'mi' in her name means 'rice,' so you wouldn't expect me to be called 'da mi'—big rice—would you?"

Guo Zuo laughed and struck a thoughtful pose. "So, it's 'yu' what?"

"Xiu," Yuxiu said, "as in 'youxiu', you know, outstanding."

这个案例凸显了面对人名翻译时的一种策略。葛浩文借用了音译加英语释义的原则处理了人名的翻译,值得借鉴。比如,玉秀的"Xiu"先用音译解释为"as in 'youxiu'"再用英语意义表示,即"outstanding"。

29) 玉秀哪里能知道这一道褐色的竖线意味着什么。小唐可是过来的人了,吃了一惊,一下子看清了玉秀体内的所有隐秘。

29) The significance of that mark escaped her, but not the worldly Little Tang, who reacted with surprise. She knew at once what was hidden behind that mark...

汉语通过"哪里能知"这样的加强语气说明妊娠反应对于初为人母的玉秀来说一无所知。但是,小唐却不同了。英译处理这样的汉语句式表达巧妙地借用动词"escaped",与下一个分句呼应,"but not the worldly",语义的对照关系一目了然。同样凭借句与句之间的衔接,将逻辑语义搭建在篇章单位的翻译转换上"what was hidden behind that mark",让"that mark"所指一致,文本的上下文照应,推进了语义的发展。英译处理汉语句式不仅仅是靠词汇本身语义,同时借用了句法结构的内在衔接以传达意义。

30) 肚子里的胎儿似乎也得到了格外的鼓励，开始顽皮了，小胳膊小腿的，还练起了拳脚，一不小心就"咚"地一下，一不小心又"咚"地一下。

30) The baby inside, as if responding to her encouragement, had begun misbehaving, kicking here with little feet and thumping there with tiny hands.

读到这里叫人心酸，忍不住掉泪。这本来是题外话，与翻译文本研究无关。只是感叹都是生命，腹中胎儿何罪之有？要陪母亲这样经历苦难？不被母亲勒着，能够正常呼吸喘气都成了奢侈品和不敢祈求的向往生存环境，哪敢期盼像别的婴儿那样得到倍加呵护？一切的欢快喜悦都体现在停不下来的动作中。

从句法层面分析，不难看出英汉语句的表现形式差异显著。汉语采取先概述，后举例说明的方式，通过拟声动词"咚"的重复，强调体内婴儿的拳脚不停，很是顽皮。英译很好地借用了自身语言的优势，将动词以"kicking 和 thumping"的 ing 形式出现，把动态的进行含义活灵活现地传递出来。

31) 玉秧看得出，庞凤华骨子里头比她有胆量，她眼睛一挤一挤的，眼泪一把一把的，嘴里头却不乱，该说什么一字一句总是能说到点子上。

31) Yuyang could tell that Fenghua had more nerve than she. Her eyes might scrunch up as the tears streamed down, but she never lost her poise and knew exactly what to say to make a point.

汉语的这三个连续使用"一"字词组，将庞凤华骨子里头的三份贱，又喜欢常用小伎俩的形象描述得惟妙惟肖，非常有动态画面感，具体形象。英译处理将这些数量概念全部暗含在动词词组中，如"scrunch up"，因为主语是"eyes"或许可以补上适当的量词，然而"streamed down"可能联想意义更多的是"哗哗地，唰唰地"流，至于"what to say to make a point"补上"一字一句"的含义在其间,恐怕就更难了。语言的民族文化特色,在表达上引起的共鸣和穿透力,以及全方位的渗透是语言与文化密不可分,互为依存的根基。遇到诸如此类的表达在跨语言文化翻译过程中,主要表现为丢失,其次是得到一定程度的尽可能补偿,最不得已的是语义的基本传达。葛浩文先生的译文处理也证实了这一现实。

32) 玉秧嘴讷,手脚又拙巴,还不合群。
32) She was clumsy—verbally and physically—and antisocial.

汉语一项一项列举,从嘴巴笨,讲到手脚不灵,再说到人际关系处理弱。但是英语先使用一个概括词"clumsy",再凭借标点符号"破折号"意指明确地点出包含的内容,英汉结构处理在此凸显差异。其背后的原因比较复杂,但是长期养成的语言习惯是鲜明的特征之一。

33) 用钱主任自己的话说,"上到死了人,下到丢了一根针",他"都要管",谁也别想"瞒着蚊子睡觉"。管理上相当有一套。所谓的管理,说白了就是抓。工作上要"抓",人也要"抓"。钱主任伸出他的巴掌,张开来,紧紧地握住另一只手的手腕,向全校的班主任解释了"抓"是怎么一回事。所谓"抓",就是把事情,主要是人,控制在自己的手心,再发出所有的力气。对方一疼,就软了,就"抓"住了,"抓"好了。

33) In his own words, he was in charge of matters as important as someone's death and as trivial as the disappearance of a needle. No one could "trick the mosquitoes into taking a nap" because he was a master at managing student affairs, all of which could be summarized by one word: "seize". Seize the work, and seize the individual. He wrapped one hand around his wrist as he explained to all the homeroom teachers how to seize a person. You take the matter and, more important, the person, in hand and squeeze, forcing submission. That does it.

汉语"上到死了人，下到丢了一根针"的表述显然是突出无所不及的事，只是将"事情"一词隐含未表达出来，置于前位有强调作用，逻辑上它是"管"的宾语。英译处理将其作为后置定语，补充了功能概念词"matters"后接续短语"as important as someone's death and as trivial as the disappearance of a needle."做后置定语修饰。英汉句法在翻译中的调整十分明显，译者通过增添"matters"达到了双语句子的功能对等。

汉语的"管理上相当有一套"省略了主语，译文为了更好地组织语言，不仅增加了事实上存在的逻辑主语"he"，还补充了相关联的说明性信息，"because he was a master at"，同时将原文汉语的"句号，改为逗号"，使用关联词"all of which"，再加上解释性话语"could be summarized"引出关键核心词，"seize"。

至于"抓"，汉语始终借用双引号表示凸显作用，而译文只是在第一次出现时使用了双引号。后续的语句"抓"在译文中出现频率相当高，但是它不属于标题10中所罗列的那样无法解释。"抓"在这里是核心词，它决定着语义的推进。特别是在中国文化背景下的中文读者心里激起的反应，与"文革"分不开。中国文学史上的伤痕文学时期的作品是这一段历史的侧面记载。而这种残余意识和理念需要很久的时间洗涤，钱主任为代表的一类人身上就很典型。因此，英译遇到"抓"的概念时都是直接复制，没有用代词替代。只是到了最后，将就"'抓'住了，'抓'好了"，改写为"That does it"。可以接受，因为译文文本解释已经到位。

34）这个要求其实并不过分。魏向东不理那一套。上床<u>不是</u>请客吃饭，<u>不是</u>做文章，<u>不是</u>绘画绣花，<u>不能那样</u>雅致，那样文质彬彬，那样温良恭俭让。

34) But for him even that little bit was too much to ask. Sex <u>isn't</u> throwing a party, <u>or</u> writing an essay, <u>or</u> painting a picture, <u>or</u> embroidering flowers; <u>the last thing you want</u> is refinement, restraint, timidity, or politeness.

汉语通过一系列的否定结构"<u>不是</u>"三个，"<u>不能那样</u>"一个，省略了"不能"，但是字里行间依旧存在的"不能"，仅用"那样"两个，将魏向东的野蛮行为，渗透到骨子里的那种控制欲，表述得淋漓尽致。英语的转述很到位地借用了"isn't"这样铁定的事实性否定结构，把不容置疑，也不可商量的口气展示出来，与"or"并列选择结构呼应，实则达到了无选择可能性的表达效果。继而将"不能那样"用地道的英语结构"the last thing you want"完美地传达出来。

倘若用简洁的逻辑关系分析这里句与句之间的内在关系，可以推论出它们上下意之间是"因果关系"。换言之，在魏向东的理念里，"因为"上床不是请客吃饭，所以专横的他认为想都别想，即"the last thing you want"那些文明高雅之举。由此可见，双语不同的结构搭建，却成就了相同的修辞效果和语义传达。这个例子说明一种语言的独特句型应用，在另一种语言中最好避免直接复制形式对等，试图寻找母语已有的同样具备相当表现力的句型，进行替换，可能译文会趋于更自然更贴切。

第八节 改写

改写策略应用是指在词单位、句单位，甚至段落单位距离原文最远的重构文本，所以"改写"也称为"重写"。在实际的翻译过程中，译文文本或多或少都有改写现象，但它不能占据译文的主要篇幅，否则，依据改写而形成的译文文本只能称为"编译"，是翻译大家庭里扩展版意义的翻译，不是我们传统意义或严格意义定位的翻译文本。我们承认这种文本的存在，是出于种种翻译目的或社会特殊需求，有必要出现的改写文本。但是在强调遵从再现原著特色，或旨在译介异国文学，或通过文学与域外世界交流的宗旨下进行的翻译，翻译中的改写比率还是越少越好。这里笔者所指的译者的改写，也包括大段落删减原文。这时我们会感受到译者在操控译文。

1) 柳粉香肚子里的孩子到底是谁的，不容易弄得清。

1) The father's identity was a mystery.

这个例子可以理解为将汉语句子的基本语义阐释为这样的英语表达，在翻译的任何层级单位上（词、句、段落）都找不到对应关系。

2) 有庆家的并没有吃惊，立起身，心里想，<u>他也不容易了</u>，又不缺女人，<u>惦记着自己这么久，对自己多少有些情意，也难为他了</u>。

2) Not surprised by his visit, she stood up, thinking <u>she ought to be pleased. He could have just about any woman he wanted, and yet she had been on his mind all along; he clearly liked her.</u>

通过对比汉英的表达式，我们看到汉语的"<u>他也不容易了</u>"、"<u>对自己多少有些情意</u>"和"<u>也难为他了</u>"在英译的语言层面没有直接表述。译者是在自己理解了原文的基础上进行了重新整合，改写源自原文，又不是原文的再现，是译者对原作品语料的加工和重新创作。这种改写往往插入整个译文文本当中，不影响全文的整体趋势，总体上不会破坏全文的语境、语体范围，包括语气、态度等等基本信息，可以看作翻译过程中的主观能动性处理方式，带有明显的译者个人倾向性，是否恰当或可取，只能仁者见仁智者见智，无法统一，更谈不上客观标准。

3) 玉米现在的主攻目标是柳粉香，<u>也就是有庆家的。有庆家的</u>现在成了玉米的头号天敌。

3) <u>Liu Fenxiang</u> now became the primary object of Yumi's attacks. <u>She</u> had become enemy number one.

很显然，造成译者改写的原因是由于原作者的语言在此过于重复、拖沓。译者提取"Liu Fenxiang"为主语，统领全句，用代词"She"与之呼应，语言清晰，结构简化。

4) 谁也不会点破，谁也不会提起。<u>这里头无疑都是她的力量</u>。也就是说，<u>每个人的心里其实都有一个柳粉香</u>。

4) Though no one pointed it out or called attention to it, it was there, and that characterized the power she possessed. In effect, everyone in the village liked her.

英译将否定直接强调在主语位置上，增强了语言的强调性。"it was there"的补充表述，在语境下很好地起到了前后的逻辑衔接及语义传达，使"that"的前置概括性凸显，导致后面的结果，译者直接选择用"everyone in the village liked her"比原文表述还直白。即各种男男女女对柳粉香是欣赏的。

5) 玉米出手很重了，换了别的女人一定会惭愧得不成样子，笑得会比哭还难看。

5) It was a comment that would have put another woman to shame, producing an embarrassed look worse than tears.

这个译文是对原句的语义重新整合，源自前面的"也不照照！"引出后面的"it"代词呼应，表明话语狠，特别损人，不留情面，叫人难以接受，但是原文的语言表达已荡然无存。

6) 彭国梁没有能够和爷爷见到最后一面，他走进家门的时候爷爷做死人已经做了第三天了。爷爷入了殓，又过了四天，烧好头七，彭国梁摘了孝，传过话来，他要来相亲。

6) Then, four days after the body had been placed in the coffin and the first seven-day rites were completed, Peng Guoliang removed his mourning garments and sent word that he was coming to meet Yumi.

可以看到汉语画线部分在译文中没有一处是直接体现的，直接表述的是爷爷入棺四天后，等于加上了死去的头三天，但是译文文本自身的前后逻辑推断不出七日，笔者认为这里是文内局部逻辑衔接断裂。

7) 玉米失措得很。这件事是不好怪人家的。彭国梁这个时候回来，本来就是一件意外。

7) The news threw her into a panic, but it wasn't Peng's fault that visit was unplanned.

对汉语原句的调整处理很明显，借用了英式结构 the news 为主语引出全句，又借用了形式主语 it 组句，继而将后续部分语义重整，省略压缩是主要策略。

8) "……天大的本事也只有嫁人这么一个机会，你要把握好。可别像我。""天大的本事也只有嫁人这么一个机会"，这句话玉米听进耳朵里去了。

8) "The only opportunity for even the most talented woman lies in marriage. This is yours, so don't let the opportunity slip through your fingers. You don't want to wind up like me."

The reference to marriage as her only opportunity had the desired effect on Yumi.

汉语画线部分的"你要把握好。可别像我"在英译中得到了充分的扩展，这也是改写的手段之一。但是，第二次出现的"天大的本事也只有嫁人这么一个机会"为了避免和上句重复，同时上下句的照应有利于推进文本的发展，译者很好地借来了概念词"reference"，将后半句也恰到好处地整合为一句话，比原文表述更简洁。译者对于原段落也进行了调整，重新起段落在此，从形式上也会引起注意。改写的策略应用具体就是表现为重写，或详写或略写这样几种形式。

9) 身体和面料相互依偎，一副体贴谦让又相互帮衬的样子。

9) Her figure and the blouse were complementary——they each improved the other.

汉语的三个四字结构"<u>相互依偎，体贴谦让，相互帮衬</u>"将身体与面料的交融相称描写得栩栩如生，而英语的改写使用"complementary, improved"，将语言的色彩处理过于朴实平淡了。

10）屁大的事你都不能拍拍屁股掉过脸去走人。
10) Dismissing them with a pat on the behind simply won't cut it.

语气文体近似原文，语义传达也没有问题，但句法组织及用词已经相去甚远。下面的例子更是如此。

11）玉米的出手很重，玉叶对称的小脸即刻不对称了。
11) ...Yuye's cheek swelled up and twisted her face out of shape.

因为前面提到玉米把玉叶拖到办公室，当着所有老师的面重重地扇了玉叶一巴掌，这里就直接省略了"玉米的出手很重"，同时通过后半句的"Yuye's cheek <u>swelled up</u> and <u>twisted her face out of shape</u>"描写，也再次说明了前句，语义得到传达，是改写中省略的依据。

12）……千叮咛、万嘱咐，最后变成了这样一句话：……
12) ...after wrestling with her thoughts, wrote: ...

这里的译文改写很大，不仅是对原句的阐释性重写，而是改变了原意的重新创造，因为"千叮咛、万嘱咐"与"<u>after wrestling with her thoughts</u>"语义相差甚远，译者的改动在逻辑上及语义上更符合情理，赞同改后的表述。"<u>最后变成了这样一句话</u>"的语义已经暗含在"<u>after wrestling with her thoughts</u>"之中，省译处理很高明。这个译例让笔者很受启发。

13) 玉米现在绝对是<u>家长了</u>，<u>声音一大肯定是说一不二</u>。

13) No doubt about it, Yumi was <u>now the boss</u>. <u>Her word was law</u>.

改写信息明了，很到位也易懂，很符合现代语言的表述习惯。只是和整体文本的语调是否吻合，有待斟酌。

14) 玉米的半个侧面被油灯出落得格外标致，只不过另外的半张脸却陷入了暗处，使玉米的神情失去了完整性，有了见首不见尾的深不可测。

14) Shi Guifang looked up at Yumi, half of whose face was framed in lamplight; <u>she had a lovely profile that was enhanced by the light</u>. The other half, bathed in darkness, <u>was denied a fullness of expressions, leaving her with an enigmatic, incomplete look</u>.

译文的一明一暗的对比描写，让玉米的面容多了许多遐想，比原文的描述更富有想象力。她美是由于"was enhanced by the light"；她"her with an enigmatic, incomplete look"是由于"bathed in darkness"。语言对比鲜明，表达力很强。

15) 玉米最后在<u>打谷场的大草垛</u>旁边找到了玉秀和玉叶，<u>电影早就散场了</u>，<u>大草垛的旁边围了一些人</u>，还亮着一盏马灯。

15) Her search took her to a haystack beside the threshing floor, <u>where</u> she found her sisters among <u>a crowd of moviegoers</u> who had lingered around a blazing lantern.

这里的汉语句中提到了地点"<u>打谷场的大草垛</u>"，在上下句中反复使用，重复率很高，不好组句。译者巧妙地利用英语的从句优势，"<u>where</u>"引导的非限定性定语从句给予补充，简洁了语言的赘笔表达，接着省略了"电影早就散场了"及具体化了"<u>大草垛的旁边围了一些人</u>"，就是看电影的人"a crowd of moviegoers",改写让语言更加简洁明晰,继而再引出亮着的马灯,为下一步的描写这些人的表情做好了铺垫,如此文字安排更为流畅自然,符合逻辑进展,说明适当的改写在翻译中的重要性。

16)虽然远隔千里,玉米还是感受到了<u>彭国梁失控的体气</u>,<u>空气在晃动</u>。

16) <u>The accusatory tone</u> was obvious to Yumi more than one thousand li away and <u>ushered in a dramatic change in her situation.</u>

显然,我们首先看到了句式调整,"<u>彭国梁失控的体气</u>"被置于句首,随后"<u>空气在晃动</u>"改写为"<u>ushered in a dramatic change in her situation</u>",很符合逻辑,因为彭国梁的不信任,在此时对于玉米而言,无外乎是雪上加霜。译者依据自己的理解,插入新的阐释让文本的逻辑性和语言的明晰度更顺畅了。也许,"空气在晃动"原作者是寓意在指玉米的天塌了。对于英语文本而言,改写后文内连接更加紧凑。

17)玉米实在不知道怎样回答这个问题。人都想呆了。

17) She thought and thought until her brain virtually stopped functioning.

实际上,以上两句汉语的语义是互为补充的,译者是在整合语义后进行的再一次阐释。

18)做儿女的太懂事了,反而会成为母亲<u>别样的心疼</u>。

18) A sensible child can cause all sorts of <u>anguish</u> in a mother.

汉语"别样的心疼"重点还是在强调心疼,而英语处理成"anguish",依据现有的英汉双解能够查到的词义,解释为"痛苦、极度地痛苦"。这种情感应该是包括在母亲施桂芳对女儿的心疼中,只是提取了最核心的别样的心疼概念,前面所加的"all sorts of"能给予语义适当的补充。不管怎样改写，"anguish"都比"别样的心疼"语义窄些，不像后者可以附加很多的延伸性意义。

19) 姊妹两个一直绷着力气，暗地里较足了劲。
19) They were forever hatching schemes against each other, ...

汉语"绷着力气"的表达过于区域口语化，文体意义实在难以传达，暗地里较劲就是绷着力气的目的。译者在整合了语义的前提下重新组织语言，"hatching schemes"的语域范围比原汉语想表达的要书面化很多，毕竟是亲姐妹两之间的矛盾，上升不到这个程度。

20) 玉米揣着剪刀，护着玉秀，眼里的目光却更像剪刀，嗖嗖的，一扫一扫，透出一股不动声色的凛冽。村里的人看着这一对姐妹，知道玉米的意思。
20) Yumi, armed with the scissors, was her protector. One look was all it took anyone to figure out her intentions, ...

显然，汉语上面的画线部分在译文中被删除了。被删去的文字描写生动，专注一点"玉米的目光"，通过形象的比喻，叫人不寒而栗。译成英语后失去这个部分，语言过于平淡，类似说明，小说勾勒的意象情景都失去了。

21) 这件春秋衫有来头了，还是当年柳粉香在宣传队上报幕时穿的，小翻领，收了腰，看上去相当地洋气。春节过后飞行员彭国梁回乡，到王家庄来和玉米相亲，玉米没有一件像样的衣裳，柳粉香便把这件衣裳送给了玉米了。柳粉香是王连方的姘头，方圆十几里最烂的浪荡货，村子里的人都知道，这个烂货和王连方正黏乎着呢，两个人"三天两头都要进行一次不正之风"。她穿过的衣裳，玉米怎么肯上身，不过玉米倒也没有舍得扔掉，想来还是太漂亮了。

21) ...the one Liu Fenxiang had worn as the propaganda troupe's program announcer; it had a decidedly urban look—a turned-down collar and a narrow waist. Yumi would never have considered wearing any of that woman's clothes, but she hadn't the heart to throw anything that pretty away.

这里的情况与例 20 相同，出现了大篇幅的删除。不过第一句"<u>这件春秋衫有来头了</u>"可视为省略，因为前边提到玉穗穿着它显摆，紧接着"the one..."就是说明它的来由。只是接下来的大段文字全部删除。难道只是因为柳粉香何氏人也，以及她与王连方的关系前面在《玉米》篇中，有过明确交代吗？笔者个人的理解是，三个姐妹篇既有联系性、相关性。然而他们分别又都是各自独立的篇章。原作者再次简单地概述应该有其自己的用意，删除还是过于强调联系性了，遵从原著较好。更何况原作者没有简单地重复前面的写作，而且在这里个人态度倾向十分明显。读者通过对比，也可以看出王家姐妹的不同价值趋向和个性特点，也许这里作者是有意插入的呢？

22) 可是，<u>说一个，坏一个。再说一个，再坏一个。</u>
22) ...but <u>none</u> of the prospective matches had <u>panned out</u>.

阐释性地概括表达替代了原话语的重复。

23) <u>关键是火候。关键是把握。关键是方式。关键是一锤子定音。</u>
23) The timing had to be perfect, and she needed to do it just right. She would have one chance, one beat of the drum.

汉语的四个"关键"特别地强调了一定抓住机会，失不再来。全部用短句结构本身也是一种强调的作用。英语的改写一目了然，首先是合并句子，变成两个句子。其次是突出主语"she"的作用，主语显著在英语也是一种强调结构的形式表现，可谓异曲同工吧。

24）趴在你的身上，趁着快活，<u>二斤肉能说出四斤油来，下来了，四斤油却能兑出三斤八两的水。完全不是那么一回事。</u>对谁亲，对谁疏，男人一肚子的数。

24) They flatten themselves out on top of you to satisfy their desire and <u>exaggerate their emotional involvement</u>. They are calculating in their choice of whom to be close to and whom to keep at arm's length.

汉语的画线部分直接改写成"<u>exaggerate their emotional involvement</u>"。

25）玉米越说越伤心，眼泪一行一行的。

25) Tears of sadness accompanied every word.

语义到位，但没有原文那样的煽情程度。

26）<u>暴雨真是神经病，来得快，去得更快，前前后后也就四五分钟，说停又停了。</u>檐口的水帘没有了，变成了水珠了，<u>一颗一颗的，半天滴答一下，半天又滴答一下。</u>有一种令人凝神的幽静，更有一种催人遐想的缠绵。

26) The <u>insane</u> torrent stopped as quickly as it had begun; it had only rained for four or five minutes. The watery curtain was replaced by beads of water that <u>fell one at a time</u>, creating a tranquil, lingering, dreamlike aura.

重写后的英语译文节奏比汉语快了很多，特别是"一颗一颗的，半天滴答一下，半天又滴答一下"直接用"fell one at a time"概括性地表述，与下面的情景描写不太吻合。因为水珠滴答的速度和玉秀眼睫毛眨巴的频率是一致的。这样的情景描述回应"有一种令人凝神的幽静，也有一种催人遐想的缠绵"。

27) 时光过去得越久，这种"想"反而越是特别，来势也格外地凶猛。都有点四爪挠心了。

27) It was an unusual longing that would come with a vengeance, as if claws were gouging her heart.

译文的中心词的确落在了"想"即"longing"上，为了突出这一点，借来了强调句型"it was...that"结构，置"longing"以彰显位置，又附加了前修饰和后修饰"unusual 以及 with a vengeance"强化了它的语义程度。但改写直接去掉了时间概念的表达，把随着时间推移不是淡化，反而越发思念的反逻辑意义丢失了。而且"时光过去得越久"这句话在原文中有逻辑衔接的语篇组织作用，省略或者调整造成内在结构有些松散。

28) 很可爱，很好看的。……老鹰抓鸡就不行了。鹰抓鸡需要协作，你拽住我，我拽住你，玉秀夹杂在人堆里头，一比较，全出来了，成了最迟缓的一个环节，总是出问题，总是招致失败。

28) It was a sight they enjoyed. ...Hawk catching a chicken was different because it required the cooperation and coordination of all the "chickens". As part of the group, Yuxiu's obvious difference made her the weakest link, and this always led to the group's defeat.

汉语的这句话"很可爱，很好看的"包含着极大的讽刺意味，意指玉秀的同事不言而喻地都在看她出洋相。英译为"It was a sight they enjoyed"将讽刺的意义突显，忽略"很可爱"不提，语义通过"enjoyed"有所暗指。同样的策略处理了"你拽住我，我拽住你"的具体动作的描写，改写为"the cooperation and coordination of all the 'chickens'"的抽象概念性描述。译者继续沿用转述暗含的策略处理源语的表达方式，通过"Yuxiu's obvious difference"包含了"一比较，全出来了"，这样最弱的环节，自然导致失败，"总是出问题"不译也在情理之中。因而，省译基础上的改写或阐释原文是此处的最大翻译特色。

29) 钱主任不是大老虎，只是一只鹰。你不怎么看得到他，<u>可他总是能够看得到你。</u>

29) No, he was not a tiger; he was a hawk, <u>a predator that could spot prey</u> even when it didn't see him.

译文处理在"he was a hawk"后面加了补充说明，"a predator that could spot prey"，意义明确地指出钱主任和学生的关系更像猎人与猎物之间的关系，这样就避免了读者给"hawk"附加其他美好励志的含义。英语中鹰的附加文化意义很丰富，多数以积极正能量的含义解读，所以这个文内补充解释很有必要。此外，将汉语的"可他总是能够看得到你"采取直接省略处理。缘由是语义暗含前半句中已经有说明了。

30) 暴风雨来了，<u>相当地突然。一点都没有山雨欲来风满楼的架势</u>，……

30) The storm **struck** without the usual warning signs.

该句的改写在气势上比原语弱了很多。"相当地突然"通过"struck"可以领会到，但是"一点都没有山雨欲来风满楼的架势"的描写在译文中体会不到，过于平淡处理。

31) 班主任进门了，站在黑板的左侧。黄老师进门了，站在黑板的右侧。钱主任最后进来了，直接走上了讲台。同学们屏住呼吸，以为钱主任会立即宣布什么的。钱主任却没有那么做，而是避实就虚，鼓掌了。同学们不明白他为什么要这样。但是，既然领导都鼓掌了，被领导的当然要跟着鼓掌。掌声很寥落，稀稀拉拉，钱主任在耐心地等待。等教室里全部平息下来了，钱主任高声说，他首先代表校支部、校行政，代表八二(3)全体同学——不包括个别人——感谢我们的公安战士。钱主任说，公安战士其实每天每夜里都在学校里工作，现在，真相大白了。钱主任伸出他的胳膊、他的手、他的食指，绕了一圈，指着下面说，偷钱的人就在这间教室里头，就在他的眼皮底下。"这位同学的眼睛现在正看着我。"教室里的空气在一点点地往里收，都有些烫了。钱主任还想再说些什么，黄老师却病歪歪地走上了讲台。她拦住了钱主任。黄老师请求钱主任让她"说两句"。黄老师很疲惫，很沉痛，好像刚刚哭过，好像刚刚从病床上支撑着站了起来。黄老师说："同学们，我是一位母亲。我想以一个母亲的身份和同学们谈几句。"

<u>这段汉语文字</u>在英译文中没有出现，它在原文中是紧接在"……谁会知道这只铁疙瘩会砸到哪个人的脑袋呢"的后面的一段文字。这是全书出现的唯一一次大段落删除，而且是直接删除。但是，从语篇衔接的角度看，没有上文的"黄老师说：'同学们，我是一位母亲。我想以一个母亲的身份和同学们谈几句'"这些<u>话语</u>，就不可能引出"黄老师一开口同学们就已经被感动了"。

32) <u>天南地北</u>，古今中外，<u>陈芝麻烂谷子</u>，人际，未来，仇恨，快乐，<u>东一榔头西一棒</u>。

32) They <u>chattered away</u>, <u>talking about everything</u>—ancient and modern, domestic and foreign, <u>trivial and outdated</u>—covering interpersonal relationships, the future, <u>their</u> resentments and rancor, <u>their</u> happiness, and <u>anything they could think of</u>.

这段文字的改写是通过先导入主题"聊天"，译文增添了引导话语的功能性动词"<u>chattered away, talking about</u>"。将汉语的表述"<u>天南地北，陈芝麻烂谷子以及东一榔头西一棒</u>"用概念性含义词"<u>everything, trivial and outdated 以及 anything they could think of</u>"改写了原文的形式，只留下基本语义。只能说英汉语的表达具有一样的可读性，但是不一样的心理构图。

33) 或者是指名道姓的：……

33) Sometimes the general became specific...

34) 喧哗与骚动再一次平息了，每一个同学都闭上眼睛，脸上却笑眯眯的。含英咀华。

34) The disturbance would die down again as everyone shut her eyes, savoring the best part of the conversation with happy, contented smiles.

汉语的"喧哗与骚动"，在英译改写时倾向于强调闹腾"disturbance"，其实躺在床上聊天，更多地是发音导致干扰他人。后续的部分，译文在语句上调整幅度很大，将"脸上却笑眯眯的"这句流水小分句改写为伴随状语，并且添加了词义"contented"，译成了这样"with happy, contented smiles"。同时将汉语四字组成的独立句"含英咀华"作为主句的伴随状语，用 -ing 形式连接起来，这个"ABAB"结构的词组实则语义重复，含英便是咀华。另外"savoring the best part of the conversation"是根据语境，将汉语成语改写了，"of the conversation"就是语境下的补充，自然融入场景，语句衔接在逻辑和语义上都很到位。

35) 班主任很迷人地笑了，十分甜蜜地说："小心我撕你的嘴。"

35) ..."Be careful or I might sew your mouth shut."

译文改写为"sew your mouth shut"缝上你的嘴，与汉语的表达"我撕你的嘴"恰恰相反，但是语义功能对等。

第九节 数字表示的笼统概念词的英译

汉语存在大量的使用数字表达量的概念，但是实际上所指并非精确数字的含义，而是一个大概的笼统概念。英语数字则不做如此语义表达，译文的处理无法还原数字的语言形式，在葛浩文的文本中只能采取意义或阐释的方式。

1）一百七八十个

1) Just under two hundred

2）隔三岔五地

2) Every once in a while

3）连续跳了十来天

3) But after two weeks,

4）千金难买啊

4) No amount of gold or silver could have bought such comforts.

5）母亲生了一辈子的孩子，前后七八个丫头。

5) ...The determination was rooted in what had happened to her mother, who had spent half her life, giving birth to seven girls in a row.

6）真是万事开头难哪。

6) But most everything is difficult when you start out.

7）天气一天一天地凉了，冷了。

7) The days turned progressively cooler until the air was downright cold.

8）一蹦多高，又一蹦多高的。

8) She jumped higher and higher.

9）把饭量都跳大了。

9) All that happened was that her appetite improved.

　　这里收集的9个案例，都是汉语的概念化表达数量含义的片语或短句，这种语言现象英汉皆有，是各种语境下不可避免的语言现象。在翻译过程中，双语为了求得语义对等或最大近似值，译文中首先丢掉的就是原语形式。在处理上，以语义转换为基准，采用了丰富多样的再现形式。如例1至例3，依旧使用数词，"一百七八"转移为"under two hundred"，准确度贴近；同样"隔三岔五"译为"Every once in a while"反映的就是频率，"十来天"指的是十天出头，折中用"after two weeks"可以理解。

　　在例4、例5、例6中，"千金"，"一辈子"，"万事"看似有数字表示，实则是强调概念，"No amount of gold or silver"的否定用法传达的是最高级的肯定含义，与原文语义功能完全对等。译者高水准的翻译能力痕迹明显。还有将"一辈子"传译为"half her life"，而"万事"译为"most everything"，显然译者是吃透了原文的含义，准确地理解了笼统性概念后的传达，才能客观真实地翻译出"半辈子"这样的概念，并且在"everything"前加了理由充足的前修饰词"most"。

　　至于例7、例8、例9中的数字概念在翻译中由副词转述其语义，像"一天一天地"译为"progressively"，不止如此，"cooler"的比较级形式也在传达时间的渐进过程，从这个意义看，"一天一天地"由原文的词组语义表达，转化为译文的句层面语境嵌入形式。语际翻译中，语言层级单位的更替也是常有的现象。例8中的"一蹦，又一蹦"的处理与例7相似，转移到副词的比较级"higher and higher"，同时，也需要动词"jumped"的呼应。例9是通过动词"improved"表达量大的。

10）"这种事"怎么能说呢，说了还不是二百五么。

10) How could she talk about it with anyone? People would have called her stupid and smutty.

与例7、例8和例9同理,"二百五么"不是数字本身,是隐喻含义。译成英语后用具体词义转达比较妥当,不会产生歧义。

第十节 无力解释的英语翻译现象

翻译文本的语篇研究中,免不了会碰上如下情境。即:译者的行文用词取舍,以及句法结构的选择意图等,是笔者借助各种现有相关理论所无法解释的。其原因可能有很多,比较明显的一个是,译者的用词大大超出笔者对于译入语的掌握程度,还有语体的变化带给语篇的反差。比如,原文的常用词在译文中替换成一个生僻的词,或者古语词汇,甚或少见的书面语词汇,这些词汇与其常见语义相差较远,不好理解。第二,有些句法结构的应用不符合该母语语言系统的规约,造成笔者理解及解释上的前后矛盾。对此,笔者自认为可能是二语环境下的认知水平有限。所以,将这些现象客观地展示出来,同时,也将自己的有限的理解真实地陈明,希望和大家一起探讨。

1) 因为没有水,咽不下去。

1) Denied water to help her swallow them.

这里"Denied"词汇的使用,一般情况下,用"without"不能传达这种情境下的语义吗?

2) 玉秀终于睡上安稳觉了,吃得也特别地香。米饭好吃,面条好吃,馒头好吃,花生好吃,萝卜好吃,每一口都好吃,什么都好吃,喝开水都特别地甜。

2) Finally she was able to get a good night's sleep and relish what she ate. The rice tasted better, the noodles tasted better, the steamed buns tasted better, even the peanuts and radishes tasted better; every bite brought her pleasure and enjoyment. Water tasted sweeter than ever.

在例2中，英语的句法结构基本上是汉语句法结构的复制产品。问题在于汉语的这种同一词汇、同一语义的重复是常见的修辞手段，以增强节奏感并起到强调作用。而依据英语语法的描述，单一的重复在英语中是尽量避免的，会导致语言力量的削弱。上面的译文只有在"每一口都<u>好吃</u>，什么都<u>好吃</u>"这里采取了变化，"every bite brought her <u>pleasure and enjoyment</u>"。这种现象很反常，在之前的译文部分都没有出现过类似的情况，难道这样的表达能唤起英语读者特别的注意力？似乎赞同这种译法，就否定了前面的省略处理的解释性，有些自相矛盾了。只能客观说明留在书中，以待他人给予更有说服力的见解。

3) 谈得最多的当然还是学校和班里的情况，同学里的<u>张三李四</u>，老师里的<u>张三李四</u>，以及校门口小吃部里的<u>张三李四</u>。

3) Understandably, their conversations tended to center on the school and their classes, <u>young Zhang and young Li</u> in their classrooms, <u>Mr. Zhang and Miss Li</u> among the teachers, <u>Old Zhang and Little Li</u> at the eatery by the campus gate.

汉语很清楚是表达泛指的漫谈，逮谁说谁，英语为何如此辛苦回应？译者想办法在前置词上变化，但是始终保留了姓氏表达的一致性，用这种形式告诉读者什么？意在传达什么？与原文本的一致性？有这个必要吗？

4）……说<u>某某某和某某某</u>"每天晚上都要躲到小树林里去。"

4) ...a vivid description of a romantic liaison between <u>so-and-so and so-and-so</u>, who "sneak out to the grove every night for a quarter of an hour."

没错，有连字符号"<u>-</u>"，可以清楚地表明"<u>so-and-so</u>"是名词，区别于"<u>so and so</u>（如此，这般）"，但是要问我为什么不用"between a boy and a girl"，我无法回答。个人倾向也是不用"<u>so-and-so</u>"，因为名词加"a"，意义也是泛指。比这个书写至少美观，何况后面接了关系词"who"，语义很清晰。

本章通过十个小节展示了对译文《玉米》篇的面面观描述，因各小节原材料篇幅长短不一，所以搜集到的语料也无法对等。本文在归纳和总结的基础上揭示了双语转换过程中的一些规律，包括译者个人倾向性的处理原则。这些探讨有助于我们翻译鉴赏水准的不断提高，同时，对于我们评判他人译作也有一个相对的衡量准则。

结语

这部描述葛浩文英译中国当代文学作品的研究始于2016年的暑假，历经几乎四年的时间才终于完稿。这期间文献收集、原文阅读、译文阅读用了一年半的时间，2017年的年底开始筛选语料、确定论题、搭建整个书的章节布局；2018年真正开始写作阶段，用时两年，于2019年年底完成初稿，经过2020年的反复修改，在各项信息补充完整的基础上，于2020年的12月份最终定稿。在写作过程中避免不了各种困难重重的境遇，有来自译界同仁的各种观点难以抉择，有原文本的互文性信息无从考证，还有译者的处理原则超越了笔者的解释能力，理据不足带来的无所适从等等诸多棘手问题，不得不说这个过程又兴奋又苦恼又煎熬甚或有些乏味，五味杂陈贯穿始终。但是，笔者最想表达的一点是，通过对比研究和多元角度描述译本，自身受益颇多，不只是对于翻译文本的认知，也对于相关理论有了更深刻的理解。

小说作为文学作品的一种主要形式，历来被称为"时代的风俗画"，因为它反映的是人类社会生活的方方面面，内容涉及社会生活的各个层面，细致入微、无所不及。作家笔下的人物有血有肉、栩栩如生，人物的思想无不在读者心中产生强烈的共鸣。本书所选的三位作家以其独到的写作能力向读者展示了他们自己的所思所想，其作品在国内和国际上都赢得了众多读者的认同和赞赏，译者葛浩文先生当属其中之一。葛浩文作为中国文学爱好者和研究者，首先是喜爱和欣赏这三位作家，才会携夫人一起将他们的作品翻译成英语。

论及老话长谈却又不可逃避的翻译，无论是文学翻译还是非文学翻译，都离不开对原文的理解和解释。如果说，理解是对原文的接受，那么，解释就是对原文的一种阐发（转自谢天振，p53）。这种观点与乔治·斯坦纳（George Steiner）的看法如出一辙，他的翻译观便是：阐释即翻译（illustration is translation）。在这个意义上，译者既是原文的接受者即读者，又是原文的阐释者即再创造者。葛浩文也不例外，他同样经历了阐释翻译的全过程：信任、侵入、吸收、补偿。这些从本书各个章节提供的大量实例中可以得到充分的证明。如果他不相信原作的价值，就没有后续的翻译工作本身。至于"侵入"，是译者作为独立的个体走进理解过程的必然。它伴随着吸收而产生，是译者翻译过程中的取舍抉择。这是因为文本从来没有一个是完全开放的系统。翻译工作是一个各种关系的交织网络，如语言、文化、历史、政治、社会、伦理等等，他们相互碰撞，互为依存前提，必须全面考量，才能做出合理选择。其结果是在翻译中各种应运而生的补偿措施的运用，他们有效地或弥补或缓解因为翻译而带来的各种冲突，如思维体系、语言体系、文化背景及审美理念的差异；译者与作者、译文与原文、译入语文化与源语文化，甚至源语读者与译文读者的期待值等等的冲突，都需要译者来调和。

一仆服侍二主，也许对于译者的身份比喻不够恰当，但它能说明译者的角色就是在两种语言之间架设架桥。任何一个译者都想使自己的译文达到奈达所主张的"译文效果与原文效果相同"。为此，纽马克则规定了"翻译方法由原文功能决定"，尤其是文学翻译。他们的观点都有很强的规范性，而且大致上都是面向原文或来源系统的。他们追求的是永恒的、绝对的、跨文化的翻译标准。在实际的翻译中是行不通的，所以本书将葛浩文的译文研究定位在"描述性研究"。

从各个章节的语料分析可见，葛浩文的译本尽可能地保留了源语文化的特色，他十分忠实于原文的文化，尽量采取直译加解释的方式介绍原文中的各种文化特质。这说明他在翻译中是按照一定的"规范性"（norm）和"惯例"（convention）进行的。但是，他不固守规范性和惯例，能顾及译入语言的文化传统、语言体系及应用的表达习惯。在翻译过程中，他明显有自己成熟的选择原则和取舍标准。描述的目的就在于学习借鉴他灵活多样的处理原则，以便更快更好地提高双语翻译实践能力。从这个意义上讲，翻译文本探讨永远不过时。也许，从市场翻译的需求来看，这类研究过于狭窄，纯属于翻译模式讨论。翻译学习及实践能力的提高毕竟是综合能力的培养和体现，在高校教育中占有不可忽视的地位，翻译实践量的不够，甚至没有大量接触或阅读赏析过大量的成功文学翻译作品，翻译质量的提高就成为一句空话。同时，文学作品是世界文化产物，好作品应该介绍出去，走出国门，让全世界共享这宝贵的精神财富。专项目的性很强的实践训练要做，翻译理论要建设。此外，文学翻译不可以丢，让世界认识中国文学，我们人人有责任做好文化外宣，这是时代赋予我们的使命。

限于作者自身水平，书中定有不当之处，恳请读者朋友批评指正。希望今后不断学习，加强理论修养和写作能力，提高鉴赏审美能力，进一步地做好文学作品的翻译，拿出更好的作品，回馈大家的厚爱。

参考文献

Austin, J. L. 1962. *How to Do things with Words* [M]. Oxford: OUP.
Baker, M.1996. Corpus-based Translation Studies: The Challenges That Lie Ahead [A]. In H.Somers(ed.) Terminology, LSP, and Translation [C]. Amsterdam: John Benjamins Publishing Company.
Blum-Kulka, S.1986. Shifts of Cohesion and Coherence in Translation [A]. In H.Juliane & S.Bulm-kulka (eds.) Interlingual and Intercultural Communication: Discourse and Cognition in Translation and Second Language Acquisition Studies [C]. Tbingen: Gunter Narr Verlag.
Brown, G. & G. Yule. 1983. *Discourse Analysis* [M]. Cambridge: OUP.
Mona, Baker. 1992. *In Other Words: A Coursebook on Translation* [M]. London and New York: Routledge
Susan, Bassnett. 2004. *Translation Studies* (Third Editon) [M]. Shanghai: Shanghai Foreign Language Education Press.
Susan, Bassnett. & Lefevere. 2001. *Constructing Cultures: Essays on Literary Translation* [M]. Shanghai: Shanghai Foreign Language Education Press.
Susan, Bassnett. & Lefevere. 1990. *Translation, History and Culture* [M]. Shanghai: Shanghai Foreign Language Education Press.
Bi Feiyu. 2010. *Three Sisters* [M]. Translated by Howard Goldblatt and Sylvia Li-chun Lin. Boston & New York: Houghton Mifflin Harcourt.
Cook, G. 1994. *Discourse and Literature* [M]. Oxford: OUP.
Christiane Nord, 2006. *Text Analysis in Translation: Theory, Methodology and Didactic Application of a Model for Translation-Oriented Text Analysis.* [M]. Beijing: Foreign Language Teaching and Research Press.
Cleanth Brooks, Robert Penn, Warren. 2004. *Understanding Fiction* (Third Edition) [M]. Beijing: Foreign Language Teaching and Research Press.
De Beaugrande, R. & W. Dressler. 1981. *Introduction to Text Linguistics* [M]. London: Longman.
David G. Myers. 1999-07. *Social Psychology* [M]. New York: Mcgraw-Hill

College.

Enkvist, N. E. 1978. Coherence, pseudo- coherence and non- coherence [A]. In J. O. Ostman (ed.). Coherence and Semantics [C]. Turku: Abo Akademi Foundation.

Givon, T. 1995. Coherence in text vs coherence in mind [A]. In M. A. Gernsbacher & T. Givon (eds.) Coherence in Spontaneous Text [C]. Amsterdam: John Benjamins Publishing Company.

George Steiner. 2001. *After Babel*: *Aspects of Language and Translation*（Third Edition）[M]. Shanghai: Shanghai Foreign Language Education Press.

Halliday, M. A. K. & R. Hasan. 1976. *Cohesion in English* [M]. London: Longman.

Halliday, M. A. K. & R. Hasan. 1985. *Language, Conext and Text: Aspects of Language as a Socio-semantics Perspective* [M]. Victoria: Deakin University Press.

Halliday, M. A. K. 1994. *An Introduction to Functional Grammar* [M]. London: Edward Arnold.

Hobbs, J. R. 1979. Coherence and Coreference [J]. *Cognitive Science* 3:67-90.

Hoey, M. P. 1991. Another persective on coherence and cohesive harmony [A]. In E. Ventola (ed.). Functional and Systemic Linguistics: Approaches and Uses [C]. The Hague: Mouton de Gruyter.

Hoey, M. P. 2001. *Textual Interaction: An Introduction to Written Discourse Analysis* [M]. London: Routledge.

Klaudy, K. 1996 Back-translation as a Tool for Detecting Explicitation Strategies in Translation [A]. In K. Klaudy, J. Lambert & A. Sohr (eds.) Translation Studies in Hungary [C]. Budapest: Scholastica.

Maria Tymoczko & Edwin Gentzler (ed.), 2007. *Translation and Power* [M]. Beijing: Foreign Language Teaching and Research Press.

Partington, A. 2003. *The Linguistics of Political Argument* [M]. London: Routledge.

Peter, Newmark. 2001. *A Textbook of Translation* [M]. Shanghai: Shanghai Foreign Language Education Press.

Peter, Fawcett. 2007. *Translation and Language: Linguistic Theories Explained* [M]. Beijing: Foreign Language Teaching and Research Press.

Peter, Newmark. 2006. *About Translation* [M]. Beijing: Foreign Language

Teaching and Research Press.

Stubbs, M. 1996. *Text and Corpus Analysis* [M]. Oxford: Blackwell.

Stubbs, M. 2001a. Computer-assisted Text and Corpus Analysis: Lexical Cohesion and Communicative Competence [A]. In D. Schiffrin, D.Tannen & H. Hamilton (eds.). The Handbook of Discourse Analysis [C]. Oxford: Blackwell.

Stubbs. M. 2001b. *Words and Phrases: Corpus Studies of Lexical Semantics* [M]. Oxford: Blackwell

Short, M.1989. Discourse analysis and the analysis of drama [A]. In R. Carter & P. Simpson (eds.). Language, Discourse and Literture [C]. London: Unwin Hyman.

Stubbs, M. 1983. *Discourse Analysis: The Sociolinguistic Analysis of Natural Language* [M]. Oxford: Basil Blackwell.

Teubert, W. 2005. My Version of Corpus Linguistics [J]. *International Journal of Corpus Linguistics*, 10: 1-13.

Van Dijk, T. A. 1977. *Text and Context: Explorations in the Semantics and Pragmatics of Discourse* [M]. London: Longman.

Wang Shuo, Howard Goldblatt (trans.). 2000. *Please Don't Call Me Human* [M]. New York: Hyperion East.

Yang Jiang. Howard Goldblatt (trans.). 2015. *Six Chapters from My Life "Downunder"* [M]. Shanghai: SDX Joint Publishing Company.

毕飞宇. 2017. 玉米 [M]. 北京：人民文学出版社。

陈海庆、张绍杰. 2004. 语篇连贯：言语行为理论视角 [J]. 北京：外语教学与研究出版社。

程雨民. 1986. 英语使用中的表面不连贯 [J]. 上海：外国语，(4)。

陈新主编. 1999. 英汉文体翻译教程 [M]. 北京：北京大学出版社。

陈定安编. 2004. 英汉修辞与翻译 [M]. 北京：中国青年出版社。

程镇球. 2002. 翻译论文集 [M]. 北京：外语教学与研究出版社。

陈德鸿、张南峰. 2000. 西方翻译理论精选，[A]. 香港：香港城市大学出版社。

杜承南、文军. 1994. 中国当代翻译百论 [M]. 重庆：重庆大学出版社。

冯庆华主编. 2002. 文体翻译论 [M]. 上海：上海外语教育出版社。

葛浩文. 2014. 葛浩文随笔 [M]. 北京：现代出版社。

郭建中编. 2000. 文化与翻译 [M]. 北京：中国对外翻译出版公司。

郭建中. 2000. 当代美国翻译理论 [M]. 武汉：湖北教育出版社。
胡壮麟.1994. 语篇的衔接与连贯 [M]. 上海：上海外语教育出版社。
黄国文. 1988. 语篇分析概论 [M]. 长沙：湖南教育出版社。
韩雪、高英俊. 2013.场域理论视角下的批评话语分析和积极话语分析 [J]. 湖南第一师范学院学报，(3)。
胡安江. 2010. 中国文学"走出去"之译者模式及翻译策略研究——以美国汉学家葛浩文为例 [J]. 中国翻译，(6)。
胡壮麟、方琰主编. 1997. 功能语言学在中国的进展 [M]. 北京：清华大学出版社。
赫施、王才勇译. 1991. 解释的有效性 [M]. 上海：三联书店。
黄粉保. 2000. 论小说人物语言个性的翻译 [J]. 中国翻译，(2)。
黄龙. 1988. 翻译学 [M]. 南京：江苏教育出版社。
黄雨石. 1988. 英汉文学翻译探索 [M]. 西安：陕西人民出版社。
金圣华. 1997. 桥畔译谈——翻译散论八十篇 [M]. 北京：中国对外翻译出版公司。
伽达默尔. 1997. 真理与方法 [M]. 上海：上海译文出版社。
柯飞. 2005. 翻译中的隐和显 [J]. 外语教学与研究，(4)：303-307。
刘甜甜. 2017. 中央文献俄译中的显化现象研究 [J]. 天津外国语大学学报，(2)：8-15。
李运兴编. 2003. 英汉语篇翻译 [M]. 北京：清华大学出版社。
连淑能. 1993. 英汉对比研究 [M]. 北京：高等教育出版社。
廖七一编. 2000. 当代西方翻译理论探索 [M]. 南京：译林出版社。
刘宓庆. 1998. 文体与翻译 [M]. 北京：中国对外翻译出版公司。
刘珊珊. 2013. 知识分子的"自审"姿态与意识——杨绛《干校六记》小识 [J]. 安徽广播电视大学学报，(4)：107-109。
李冰梅编. 2011. 文学翻译新视野 [C]. 北京：北京大学出版社。
黎翠珍主编. 2004. 翻译评赏 [C]. 北京：中国青年出版社。
刘宓庆. 2001. 翻译与语言哲学 [M]. 北京：中国对外翻译出版公司。
刘宓庆. 1999. 文化翻译论纲 [M]. 武汉：湖北教育出版社。
李瑞华. 1997. 英汉语言文化对比研究 [C]. 上海：上海外语教育出版社。
李文革. 2004. 西方翻译理论流派研究 [M]. 北京：中国社会科学出版社。
彭启良. 1980. 翻译与比较 [M]. 北京：商务印书馆。
皮埃尔·布尔迪厄. 2005. 褚思真/刘晖译. 言语意味着什么 [M]. 北京：商务印书馆.

皮埃尔.布尔迪厄.2012.陈逸淳译.所述之言[M].北京：麦田出版社。
皮埃尔.布尔迪厄.2019.李沅洳译.学术人[M].北京：时报文化出版社。
钱毓芳.2010.语料库与批判话语分析[J].外语教学与研究，(3)：198-202，241。
孙会军.2016.葛浩文和他的中国文学译介[M].上海：上海交通大学出版社。
王东风.2009.连贯与翻译[M].上海：上海外语教育出版社。
王佐良.1989.翻译：思考与试笔[M].北京：外语教学与研究出版社。
魏宁.2002.杨绛《干校六记》的女性视角和知识分子立场[J].长沙：湖南人文科技学院学报。
王逢鑫.2001.英汉比较语义学[M].北京：外文出版社。
吴群.2002.合意之外，尚需合宜——在翻译中必须把握语域[J].中国翻译，(2)。
王振华，2009.语篇语义的研究路径——一个范式、两个脉络、三种功能、四种语义、五个视角[J].中国外语，6 (6)：26-28。
王振华.2008.作为系统的语篇[J].外语学刊，142 (3)：50-57。
王振华.2007.语篇研究新视野——《语篇研究——跨越小句的意义》述介[J].外语教学与研究，39 (5)：415-418。
王克非编.1997.翻译文化史论[C].上海：上海外语教育出版社。
许建平编.2003.英汉互译实践与技巧[C].北京：清华大学出版社。
谢天振.2003.翻译研究新视野[M].青岛：青岛出版社。
许建平编.2003.英汉互译实践与技巧[C].北京：清华大学出版社。
许钧.2003.翻译论[M].武汉：湖北教育出版社。
张耀平.2005.拿汉语读，用英文写——说说葛浩文的翻译[J].中国翻译，(2)。
张德禄.1999.语篇连贯纵横谈[J].外国语，(6)。
张德禄.2000.论语篇连贯[J].外语教学与研究，(2)。
朱永生.1996.语篇连贯的内部条件（上）[J].现代外语，(1)。
朱永生.1997.语篇连贯的内部条件（下）[J].现代外语，(1)。
中国翻译工作者协会.1984.翻译论文集（1894-1983）[C].北京：外语教学与研究出版社。
朱建平.2004.对翻译研究流派的分类考察[J].外语教学，(1)。